U0606875

倜傥宦苑

词谓气识玄正，足见胸中之涵养。
亭虽不才，言词非工，
亦不敢违先生雅命也。
遂以钝拙之笔，直抒景仰之忱。

赵厚庆 ○ 著

中国文联出版社
http://www.clapnet.cn

图书在版编目（ＣＩＰ）数据

枝傲富苑 / 赵厚庆著. -- 北京：中国文联出版社，
2021.1
ISBN 978-7-5190-4460-2

Ⅰ. ①枝… Ⅱ. ①赵… Ⅲ. ①赋－作品集－中国－当
代 Ⅳ. ①I227.9

中国版本图书馆 CIP 数据核字(2021)第 010151 号

作　　者　赵厚庆
责任编辑　周小丽
责任校对　李雅佳
装帧设计　成都得天文化传播有限公司

出版发行　中国文联出版社有限公司
社　　址　北京市朝阳区农展馆南里 10 号　　　邮编　100125
电　　话　010-85923025（发行部）　　　010-85923091（总编室）
经　　销　全国新华书店等
印　　刷　天津旭丰源印刷有限公司

开　　本　710 毫米×1000 毫米　　　1/16
印　　张　17
字　　数　275 千字
版　　次　2021 年 1 月第 1 版第 1 次印刷
印　　次　2023 年 3 月第 2 次印刷
定　　价　68.00 元

版权所有 · 侵权必究
如有印装质量问题，请与本社发行部联系调换

吐时代之声
爽社会之耳

（窦瑞华，曾任民进中央常委、重庆市委主委，重庆市政协副主席。）

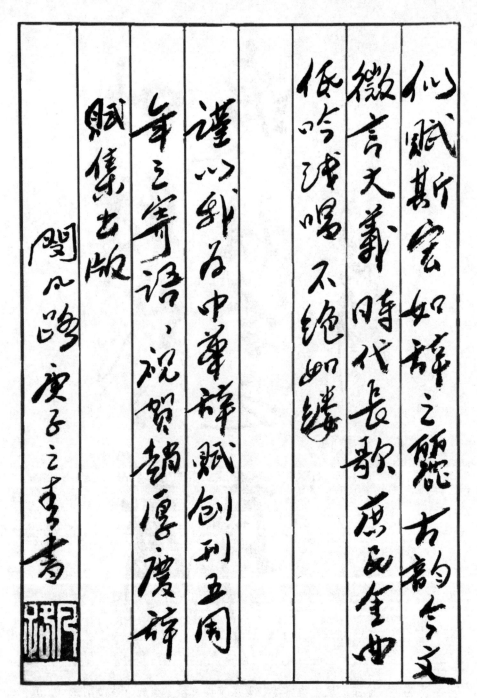

似赋斯文，如辞之丽，古韵今文，
微言大义，时代长歌，庶几金曲，
低吟浅唱，不绝如缕。

谨以斯为中华辞赋创刊五周
年之寄语，祝贺韵厚庆辞
赋集出版

闵凡路 庚子之春书

（闵凡路，《中华辞赋》杂志社主编，曾任新华社辽宁分社副社长、《半月谈》杂志社总编辑、新华社副总编辑兼国内部主任、《新华每日电讯》总编辑。）

序

韩邦亭

　　巴渝自古为文明渊薮，彬彬盛矣！永川来苏赵厚庆先生，今之卓荦者也。为人识见高迈，文思晓畅，以辞赋名噪渝西。早年负笈于重庆师大，黾勉以求，慕圣贤志度。后膺任邑之讲席，以传道为心，历数十载而不移其志。且敦尚古学，襟怀散朗，常与众弟子融然推讨，故门下多俊士杰人。

　　设帐之余，耽好诗赋，勤乎笔砚之役，屡屡夺锦于全国赛事。先生于辞赋勤思善下，用功复深，是以文法森然，多淡荡之笔。其佳制勒于珉、铸于鼎者夥矣，多在永川、大足、梁平、重庆诸地，凡二十余处，足增胜概也。

　　仆初涉赋坛，即与先生熟稔，临屏有笺札之谊。后值《中华辞赋》首倡高峰论坛，乃得聚首于京师，探赜诗赋，论见多有相合者，尔来有年矣！时岁不居，先生已届古稀之年，哲思益畅，物理益明。行文日渐博赡，饶劲健清绝之风，读罢为之叹服。世谓山城多才，信不谬也！

　　先生立身矜重，容止端严，文亦类之。近者以赋稿《枝傲富苑》示余，且嘱为序。尝闻心不正则行道不达，意不诚则行文不远。试览珠玑之句，皆所谓立诚之辞也。先生于道义、家国用力最深，于生活、桑梓用情最厚，于庠序、艺文用意最专。至于山水之清奇，人文之蕃富，俱在毫端，而各臻其妙。诚可谓气识玄正，足见胸中之涵养。亭虽不才，言辞非工，亦不敢违先生雅命也。遂以钝拙之笔，直抒景仰之忱。

**　　　　　　　　　岁次戊戌立冬后一日，邦亭谨序于鲁南之云影斋**

　　韩邦亭，民盟盟员，山东枣庄人。系中国辞赋家协会副主席、中国楹联学会理事、《中华辞赋》杂志特约编委、《辞赋骈文》主编。《中华辞赋》杂志高级研讨班主讲教师之一。

　　著有《韩邦亭词赋选》。其辞赋、楹联作品镌刻于辽、冀、鲁、湘、浙、粤等多地的景区、学校、庙宇中。

自序

——七十述怀

我和共和国同年共岁，共和国前进我成长。

比我年长的，有的一直走夜路，有的摸黑摸到天亮；我一出生，眼前就是彩霞满天。所以，我觉得自己非常幸运。

出生以后的悠悠万事，我大概都记得。

能够记事以前，有不清楚的，我从儿子身上想起来了；为了加深印象，我又从孙子身上想起来了。

我知道，我是从父亲的手腕里挣脱之后学会走路的，我是从母亲温暖的怀抱中学会说话的，我是从亲友们的鼓励和赞许中发蒙的，我是从老师的谆谆教诲中懂事的，我是在党的培养下成长的。

当然，我和孙子一样哭过鼻子，也和儿子一样挨过责怪，更与同龄人一样有过困惑，但幼稚之后是成熟，坎坷之后是坦途，九曲之后是大海，风雨之后是艳阳。

不知不觉，就迎来了改革开放四十周年；不知不觉，迎来中华人民共和国成立七十周年；不知不觉，我也到了古稀之岁。真是光阴似箭，日月如梭啊！

我这七十年是怎么走过来的呢？

儿童时代，我感受到东方的明媚与清新；少年时代，我受到雷锋精神的激励与鼓舞；青年时代，我体验到前进过程中的惊涛骇浪；中年时代，我看到了祖国日新月异的变化；现在，我享受着退休之后的天伦之乐。

乐也，乐乎快哉！我们的生活充满阳光，哪有不快乐的呢？即便是我的头发直到现在都"蒙受着不白之冤"，我仍然很快乐。

我乐在与学校有缘：我的父亲曾任小学校长，我的母亲是个小学教师。孩提时代，我与教室朝相见，晚相望；室外咿呀学语，室内琅琅有声，我与他们配合得相当融洽。六岁入小学，十五岁离开中学；回到农村，终因学力浅薄而空羡鸿鹄；十年之后入小学任教；恢复高考进入大学；四年寒窗，大学毕业，离了彼校又进此校；扎根家乡中学，教书二十余载。就这样，学生—老师—学生—老师，构成我人生舞台的主旋律。前行的路上，留下我——农村高级完全中学班主任、教务副主任、副校长、校长和书记的一串串足迹。即便退休，也十分乐意地加入关心下一代工作和老科技工作者的队伍中。

我乐在与文学有缘："天苍苍，野茫茫，风吹草低见牛羊"，我在哥哥的朗诵声中体验到文学画面；连环画、小人书、线装本、大部头，我在识字量与日俱增的过程中阅读了大量文学作品；古代文学、现代文学、外国文学，我在大学老师的生动讲解中认识了无数文学形象；吹拉弹唱舞，生旦净末丑，我在丰富多彩的文艺活动中受到了文学感染；诗词曲联赋，小说戏剧文，我在反复研读欣赏中领略了文学韵味；退休而未全休，赋闲而未偷闲，我在火热的生活中汲取了文学养料。于是，"登山则情满于山，观海则意溢于海""情动于中，而发于言"，我搞起了文学创作；于是，我手写我心，出版了文学作品，加入了重庆作协。

第一本集子《赋韵文心》因体量不够，便赋、文兼收，前为赋之韵，后为文之心。出版之后，意犹未尽，便经常在《中华辞赋》以及其他杂志上发表作品。积多了，就产生了再出一本集子的想法，以充实辞赋内容，彰显辞赋特色。

本次出版的这本集子取名《枝傲富苑》，除了文字表面看得出一点点意思以外，还有另外一层意思：枝傲，"赵"之反切也；富，"赋"之谐音也；枝傲富苑，即"赵赋之苑"也。

政经文史，人事景物，本书多有涉猎；喜怒哀乐，爱恨臧否，本书多有表现。因为我与学校有缘，所以，选入有关学校的内容就相对多一些，将近占了全书的三分之一。

党和国家近两年都有大庆。出版此书，正逢其时，算是我向党、向祖国、向人民献上的一份薄礼。

是为序。

赵厚庆

2020 年 4 月 18 日

3

目录
Contents

人物篇

袁隆平赋 ……………………………………………… 3
钱学森赋 ……………………………………………… 6
忠魂 …………………………………………………… 9
王大中赋 ……………………………………………… 10
名家系列赋 …………………………………………… 12
挚友江生颂 …………………………………………… 20
钟南山赋 ……………………………………………… 21
李兰娟赋 ……………………………………………… 23

华夏篇

飞天赋 ………………………………………………… 27
龙赋 …………………………………………………… 29
抗震救灾赋 …………………………………………… 31
中华民族和谐赋 ……………………………………… 33
湖头赋 ………………………………………………… 36
党魂赋 ………………………………………………… 38
碧峰峡赋 ……………………………………………… 40
漳河赋 ………………………………………………… 42
灵璧赋 ………………………………………………… 44
铜川赋 ………………………………………………… 46
瓮安赋 ………………………………………………… 48
江南长城赋 …………………………………………… 50
抗战精神赋 …………………………………………… 52
都匀赋 ………………………………………………… 54

南昌地铁赋 ·· 56

黄公忧思赋 ·· 58

改革强军赋 ·· 60

桑梓篇

渝西广场赋 ·· 63

弯凼河赋 ··· 65

永川赋 ··· 66

兴龙湖赋 ··· 69

神女湖赋 ··· 71

凤凰湖赋 ··· 73

重庆夜景赋 ·· 75

幸福永康宝鼎铭 ··· 77

望贤赋 ··· 78

永川古城记忆 ·· 81

茶颂 ··· 83

东坡广场赋 ·· 85

南坪地下街赋 ·· 87

双桂堂赋 ··· 89

永川新城赋 ·· 91

永川博物馆赋 ·· 93

重庆直辖廿年赋 ··· 95

昌州赋 ··· 97

永川楠木林赋 ·· 98

三教文化广场赋 ··· 99

板桥老街赋 ·· 101

学校篇

三中赋 ··· 105

红旗颂 ··· 107

萱花小学赋 ·· 108

连心桥铭 ··· 109

荣登学府赋 ·· 110

英利学校灾后重建记 ·· 111

重庆财经职业学院赋 ·· 113

来苏小学赋 ………………………………………… 115

南大街小学赋 ……………………………………… 117

宝峰小学受助兴学记 ……………………………… 118

红河小学赋 ………………………………………… 119

永十二中赋 ………………………………………… 121

永川教育赋 ………………………………………… 124

红专小学赋 ………………………………………… 126

松溉镇小学赋 ……………………………………… 128

松溉职校赋 ………………………………………… 130

金龙小学赋 ………………………………………… 132

双路小学赋 ………………………………………… 134

临江小学赋 ………………………………………… 136

和平学校赋 ………………………………………… 137

普莲小学赋 ………………………………………… 139

南华宫小学赋 ……………………………………… 141

神女湖小学赋 ……………………………………… 142

卧龙中学赋 ………………………………………… 143

兴龙湖小学赋 ……………………………………… 144

汇龙小学赋 ………………………………………… 145

重庆市农业学校赋 ………………………………… 147

重庆市农业机械化学校赋 ………………………… 149

贵州工贸职业学院赋 ……………………………… 150

海棠颂 ……………………………………………… 152

重庆智能工程职业学院赋 ………………………… 153

艺术篇

汉字赋 ……………………………………………… 157

高歌赋 ……………………………………………… 160

舞赋 ………………………………………………… 163

《上下五千年》宏览赋 …………………………… 167

生活篇

主婚辞 ……………………………………………… 171

美女赋 ……………………………………………… 173

橡皮船赋 …………………………………………… 175

民味堂赋 ·················· 177

观球赋 ·················· 178

朋友赋 ·················· 180

同学聚会赋 ·················· 184

同心赋 ·················· 186

合道堂赋 ·················· 188

劳动赋 ·················· 190

黄氏红豆腐赋 ·················· 191

外祖母永川豆豉赋 ·················· 192

永川检察赋 ·················· 194

永川税务赋 ·················· 195

警世篇

嫉妒赋 ·················· 199

巧取豪夺赋 ·················· 202

富豪赋 ·················· 204

道赋 ·················· 206

笑赋 ·················· 209

打假檄文 ·················· 212

切磋篇

鹧鸪天（三阕） ·················· 217

情真意切，打动人心 ·················· 219

笔底喷泉　波逐浪涌 ·················· 221

以赋写心　观照自己 ·················· 223

鞭辟入里　酣畅淋漓 ·················· 228

旧章新辞续风雅 ·················· 231

拜望袁隆平 ·················· 236

新赋写作偶得 ·················· 240

读书人"偷"而不窃书 ·················· 244

跋 ·················· 247

后记 ·················· 248

附录 ·················· 252

人物篇

袁隆平赋

嗟乎！社稷之保兮，固国以民为本；大道之行兮，安民以食为天。五谷杂粮兮，备则终岁无患；锅盆碗盏兮，空则一日不安。开明盛世兮，天下河清海晏；风雨飘摇兮，斗争起于饥寒。溺海之时兮，亟待佛祖普度；乏食之际兮，冀盼观音悲怜。空中楼阁兮，蓬莱虚无缥缈；经纬红尘兮，奚出显圣神仙？科学技术兮，第一生产巨力；邓公论断兮，方为至理名言。

日月经天兮，寰球共仰；江河行地兮，万物齐芳。两仪雄浑兮，巨人亮世；神州幸然兮，圣贤生光；定睛一看兮，人而非神；静心一思兮，神力无双；点石成金兮，茎穗变宝；投珠廪库兮，黄谷满仓。德扬恩普兮，泽被四海；道高术强兮，功盖八荒。叩之姓氏兮，袁公隆平；问其生地兮，京畿兰房。遥指千载兮，光前裕后；环视亿兆兮，如痴如狂。山朝海拜兮，当世神农；容俊音洪兮，地久天长。

大功垂世兮，必先劳其筋骨；大德光天兮，常使苦其心智。大善济民兮，总因民有其苦；大义解困兮，全仗心有其痴。大勇求真兮，敢睨国际威裁；大凡务实兮，有如春蚕吐丝。大智攻关兮，嚆矢世界难题；大气凌空兮，攀折蟾宫桂枝。

生不逢时兮，露头即入瘴云；孩提初始兮，流转五地栖身[①]；总角之时兮，就读两湖重庆；弱冠之际兮，终见斗转参横。西农毕业兮，任教安江农校；吐哺杏坛兮，提挈嗷嗷后生。三十而立兮，偏遇天灾人祸；时见饿殍兮，复闻戚戚饥声。心生恻隐兮，辗转夜不成寐；扪心自问兮，济世何以艺能？试验寻觅兮，发现特异稻片；如获至宝兮，雄性不孕根茎。天然杂交兮，启发科研之梦；面对饥馑兮，苦求方舟之行。尔后稍泰兮，忽起"文革"乱象；甫历倒悬兮，又睹寅食卯羹。社稷疮痍兮，斯文难祛其恙；唯有所学兮，畸亩可试一耕。潜心倾力兮，雄性不育试验；孰料妖邪兮，频频暗中折腾[②]。民生为本兮，天无绝人之路；砥柱所赖兮，党有重才之情。贫穷落后兮，岂为社会主义？改革开放兮，复始科技新春。屡战屡败兮，逆为回天之势；渐次渐进兮，转而柳暗花明③。育种程序兮，三系两系一系④；优势利用兮，并程近程远程⑤。协作攻关兮，一省数省多省；队伍组建兮，一排一连一营。水稻亩产兮，破七破八破九⑥；学员沓来兮，黄人白人黑人。党政嘉奖兮，倚重科技兴国；庶民感恩兮，膜拜"两平"救星⑦。四海播誉兮，"杂交水稻之父"；青史续辉兮，华夏"五大发明"⑧。层楼更上兮，世界奇迹再造；跨越吨粮兮，亩产陡然上升⑨。逐梦不已兮，盐碱稻香弥漫；推恩无穷兮，寰球米库充盈。

求索之士兮，不惧千难万险；性情中人兮，更重言雅品端。一正二精兮，修身德才兼备；三忠四孝兮，权衡家后国先；五和六善兮，为人怀近柔远；七乐八谦兮，为事处之泰然。一朝罹乱兮，依依恋党倍切；八秩忆母兮，亲情动人心弦。广闻博览兮，襟怀古今中外；与时俱进兮，步履创新前沿。盛名殊誉兮，淡然置之身后；麾下⑩精英兮，竭力推之台前。琴声悠扬兮，传递人生心曲；弦乐高雅兮，岂迷荣耀光环？古稀之岁兮，赛场腾空揽月；耄耋之年兮，日下躬亲稻田。万里修远兮，不输步伐稳健；九秩不老兮，唯见袁公登攀。"米神"脚下兮，莽莽苍山似海；目视前方兮，煌煌曦景流丹。

（发表于中国新闻文化促进会、中国碑赋文化工程院主办的《中华辞赋》2012 年第 1 期；重庆市永川区文化局、永川区文联主办的《海棠》杂志 2011 年第 1 期卷首语。2019 年修改补充。）

注释

①1931—1936 年，袁隆平随父母居住北平、天津、江西九江、江西赣州、湖北汉口等地。

②1968 年 4 月 30 日，袁隆平将珍贵的 700 多株不育材料秧苗，插在安江农校中古盘 7 号田里，面积 133 平方米。5 月 18 日晚上，该处的不育材料秧苗被全部拔除毁坏，成为一直未破的谜案。袁隆平心痛欲绝。事发后第 4 天才在学校的一口废井里找到残存的 5 株秧苗，继续坚持试验。

③1970 年 6 月，人们对袁隆平前六年数千次的杂交试验结果产生了怀疑。于是，"水稻杂交无优势"的论断越来越被人们相信，对袁隆平的质疑不绝于耳。在这样的情况下，时任湖南省革委会代主任的华国锋把袁隆平请上主席台就座和发言，公开表示了对杂交水稻研究的支持。会后，华国锋还专门找袁隆平谈话，鼓励他说：周恩来总理经常过问杂交水稻科研的事，希望能够继续研究下去。后来，杂交水稻终于试验成功。1998 年 8 月，袁隆平关于"申请总理基金专项支持超级杂交水稻选育"的报告，得到高度重视，时任国务院总理朱镕基批示："国务院全力

支持这个研究"，并拨经费1000万元予以支持。

④杂交水稻的育种程序经历了三系法、两系法和一系法三个发展阶段，即朝着由繁至简，且效率越来越高的方向发展。

⑤从杂种优势水平的利用上，分为品种间、亚种间和远缘杂种优势的利用三个发展阶段，即优势利用朝着越来越强的方向发展。

⑥1974年，袁隆平育成了中国第一个强优势杂交组合"南优2号"。在安江农校试种，每亩产量628公斤。2000年实现了大面积亩产700公斤的第一期目标，2004年又提前一年实现大面积亩产800公斤的第二期目标（在深圳市龙岗区，有关专家对48亩实验田的超级杂交水稻晚稻的实测结果表明：每亩产量高达847公斤），2011年9月，袁隆平带领团队创造了世界杂交水稻亩产突破900公斤的最高纪录（在湖南隆回县108亩示范片，平均亩产达到926.6公斤）。

⑦从20世纪80年代开始，民间普遍都有"吃饭靠两'平'——一是邓小平，二是袁隆平"这种说法。2001年2月19日，袁隆平院士获首届"国家最高科学技术奖"。在人民大会堂举行的颁奖仪式上，时任国家主席江泽民亲自颁授奖励证书和奖金（500万元）。

⑧袁隆平先生被誉为"当代神农氏"，他的杂交水稻被称为继指南针、火药、造纸术和活字印刷术之后的第五大发明。国际水稻研究所所长、印度前农业部长斯瓦米纳森博士高度评价说："我们把袁隆平先生称为'杂交水稻之父'，因为他的成就不仅是中国的骄傲，也是世界的骄傲，他的成就给人类带来了福音。"

⑨亩产陡然上升：中国工程院院士袁隆平团队选育的超级杂交稻品种"湘两优900（超优千号）"，2017年10月15日在河北省硅谷农科院超级杂交稻示范基地，通过了该省科技厅组织的测产验收。平均亩产1149.02公斤，创造了世界水稻单产的最新、最高纪录。

⑩麾（huī）下：谓在将帅旗之下。引申为部下。麾，是将帅用以指挥的旗帜。《周礼·春官·巾车》："建大麾以田，以封蕃国。"麾，亦作"指挥""招手"讲。

钱学森赋

　　雷霆乍响，戈壁腾起浓云；火舌倏出，千里爆裂飞星；御风长啸，卫星径奔苍昊；空间对接，飞船相吻太清。手握倚天之剑，威震四海；目射屠龙之光，势压魔魑。内聚民族之力，本固枝荣；外雪百年之耻，月恒日升。"两弹一星"功臣，群英灿烂[①]；影集绽开笑靥，钱老学森。

　　巍巍钱公，危乎高哉！两纪特殊时空，一生传奇色彩；命连世界风云，身处非凡时代，心系中华民族，功垂千秋万载。

　　岁值辛亥，生于上海；垂髫京畿，展露奇才。十八返沪，就学交大；廿三投考，学路鸿开。步入清华，庚款留美；为国而学，忠献壮怀。学究天人，术通中西；理工文艺，靡不兼该[②]。未及而立，双料博士；卡钱公式[③]，光耀圣台。留美廿年，青蓝互重；导师嘉许，极颂新裁。天有不测风云，狐妖作怪；本欲回国报恩，路遇尪豺。抵挡五师兵力，身价盖美[④]；遭罹五年软禁，蹇舛为灾。心持苏武之节，矢志不改；事得总理之助，否极泰来。浪急归心快，家暖喜鹊排。

　　重拜社稷，复忆轩辕，雄心在宇，大任在肩。头衔跟一串，事业重于天。光荣入党，岁当四十八；乐不可支，国庆正十年。年富力强，履行特殊使命；殚精竭虑，带领同事攻关。一九六四，原子弹呈蘑菇状；三载之后，氢弹巨爆震人寰。一九七〇，花甲一轮将到站；火龙呼啸，人造卫星起酒泉。年届古稀，欣逢改革开放；退而不休，紧抓历史机缘。自然科学，早已著作等身；社会科学，躬先研究前沿。大声疾呼，推进产业革命；大成智慧[⑤]，系统新论敷宣。耄耋之岁，求索国强民富；九十高寿，仍出巨制鸿篇。寿临期颐，唯念"通才"教育；振聋发聩，"大师之问"[⑥]萦牵。音容永葆，魂守皇天后土；芳馨长存，勖[⑦]勉华裔登攀。

　　头发稀疏，额头圆阔，目光深邃，温颜平和，气质优雅，格调超脱。综其一生，多重身份叠合；观其一世，两度面临困坷。传其一宝，"两弹一星"精神；奏其一曲，人生瑰丽之歌。

　　其身份也，光彩荧荧。煌煌科学家，求真求实求新；拳拳爱国者，重义重理重情；赫赫一军人，勇担国防重任；熠熠一党员，善处孰重孰轻；佼佼一"全才"，理工诗赋棋琴；默默一百姓，不计利禄功名。

其困坷也，有惊无险。美方作祟，惊险前后五载；柳暗花明，多亏祖国靠山。十年动乱，科教风雨如磐；中央保护，躲过万劫之难。

其一宝也，精神气魄；标立华夏，气壮山河。热爱祖国，尽忠心之耿耿；无私奉献，怀赤心之灼灼；自力更生，树信心之浩浩；艰苦奋斗，持恒心之雏雏；大力协同，焕齐心之虎虎；勇于登攀，扬雄心之勃勃。

其一曲也，四海飞扬。激越，奔放，高昂，铿锵。节奏跳跃，跃出串串美名；节拍延展，展出枚枚勋章。航天之父，火箭之王；两弹元勋感动中国，世界名人辉耀八荒。君莫道，二〇〇九，钱公静写休止符；当细品，嘉言懿行⑧，逸响长颂万古芳。

（发表于中国作家协会主管、中国作家出版集团主办的《中华辞赋》2014年1、2期合刊——创刊号。）

注释

①群英灿烂：群英，这里指众多杰出人才。1999年9月18日，中共中央、国务院、中央军委决定，对当年为研制"两弹一星"做出突出贡献的23位科技专家予以表彰，并授予于敏、王大珩、王希季、朱光亚、孙家栋、任新民、吴自良、陈芳允、陈能宽、杨嘉墀、周光召、钱学森、屠守锷、黄纬禄、程开甲、彭桓武"两弹一星功勋奖章"，追授王淦昌、邓稼先、赵九章、姚桐斌、钱骥、钱三强、郭永怀"两弹一星功勋奖章"（按姓氏笔画排序）。

②靡不兼该：没有什么不具备。兼该，亦作"兼赅"，兼备，包括各个方面。《隋书·音乐志上》："汉雅乐郎杜夔，能晓乐事，八音七始，靡不兼该。"【清】梁章钜《退庵随笔·官常二》："见其条理详明，言词剀切，民情吏习，罔不兼该。"

③卡钱公式：即所谓"卡门—钱公式"，又称"卡门—钱学森法"，就是由冯·卡门提出命题，然后由钱学森做出结果。"卡门—钱公式"，第一次发现了在可压缩的气流中，机翼在亚音速飞行时的压强和速度之间的定量关系。通俗地说，就是当飞机的飞行速度接近每秒340米的音速时，空气的可压缩性对机翼和机身的升力的影响究竟有多大。"卡门—钱公式"回答了这个问题，准确地表达了这种量的关系，并且为实验所证明。

④身价盖美：影响力震动美国。20世纪40年代，当时的一名美国海军将领说，一个钱学森抵得上海军陆战队五个师的军力，宁肯杀了，也不能让他返回中国。其实，"两弹一星"、核工业以及整个航天科技事业，其价值和重要性远非区区几个师所能比拟。那位美国海军将领没有、也不可能看到，钱学森更大的威力在于，以

果敢的行动有力地展示了中国知识分子爱国、先天下之忧而忧的远大抱负和不甘为五斗米折腰的风骨精神。

⑤大成智慧：即大成智慧学（Theory of meta-synthetic wisdom），是"集大成，得智慧"简要而通俗的说法，为中国著名的科学家钱学森首创。大成智慧是以科学的哲学为指导，把理、工、文、艺结合起来走向大成智慧的过程；是"量智"和"性智"的结合。是科学与艺术的结合，是逻辑思维与形象思维的结合。该理论重视思维的整体观和系统观。

⑥"大师之问"："大师之问"亦即"钱学森之问"。钱学森院士在 2009 年 10 月 31 日逝世的四年前，对前来医院看望的温家宝总理说了这样的话："现在中国没有完全发展起来，一个重要原因是没有一所大学能够按照培养科学技术发明创造人才的模式去办学，没有自己独特的创新的东西，老是'冒'不出杰出人才。这是很大的问题。"2009 年 11 月 11 日，安徽高校的 11 位教授联合《新安晚报》给时任教育部长袁贵仁及全国教育界发出一封公开信：让我们直面"钱学森之问"！于是，"为什么我们的学校总是培养不出杰出的人才"便成为舆论的焦点。

⑦勖（xù）：勉励。

⑧嘉言懿行：有教育意义的好言语和好行为。近义词有"瑰意琦行"。嘉、懿，善、美。

忠　魂

耿耿党魂，与日月辉映；赫赫军魂，共乾坤永存；拳拳国魂，树社稷高标；悠悠乡魂，勖永川兆民。英烈之忠，感天动地；群贤之举，刻骨铭心。

倚重四川美院，再现栩栩身影；上溯八十余载，遴选十大精英①。像高六点五米，材选花岗红石；纵览人物画卷，回顾时代风云。观"忠魂"群雕，扬革命传统；慕先烈气概，铸不朽精神。高山仰止，催人奋进。"幸福永川"彰愿景，渝西高地涌传人。

（写于2012年秋。）

【 注释 】

①十大精英：即红四军将领刘安恭（详见《永川赋》注释④）、雨花台烈士钟天樾、红军将领蒋国钧、老红军先国华、参加广州起义的烈士张丹秋和王彦家、渣滓洞烈士黄绍辉、重庆市公安英烈第一人张汝德、一等功烈士罗章金、"攀枝花卫士"杨磊。

王大中赋

卓尔哉，杰然也！威威一虎将，赫赫一功臣；堂堂一府命，拳拳一能人；煌煌一书家，奕奕一笔神。情溢东海，志盖九州，势压山岳，气贯乾坤。斯人自何来？永川来苏镇；王姓有奚名？大中字景云。

诞生于辛亥革命之岁，启蒙于乡邑私塾之堂，就读于永川中学之序，深造于黄埔军校之庠[①]。从戎翌年，恰逢西安事变；抗日伊始，誓作铁壁铜墙。卢沟桥枪声骤起，王大中怒火万丈；"八一三"告急天下，二十旅首上战场。一日两餐，数层设御；夜间突击，子丑响枪。近战四十余日，对阵千万刀枪。战于湘滇两广，驰骋左右两江。日寇延战火，灾星降友邦；大中毅然远征，不惮背井离乡。影从五十师，籍注一四八团；空运缅甸域，时佩团长肩章。掩护美工兵，警备新平洋。南杜收复，日月重光。谢王而感恩，勒石以颂扬[②]。昔卜继而攻克，日寇鼠窜逃亡。载誉回祖国，声威振邻邦。史迪威由衷称许[③]，祝捷会激赏难忘。

其人如联，联如其人："为人类正义而战，牺牲小我成大我；争民族生存而死，抛洒忠魂换国魂。"迨至四九年，奉调九十五军；担任参谋长，联络地下党人。组织策反，郫县易旗。得贺龙之信任，赢麾下之畏钦。起义既成，十六兵团听命；什邡整训，少将参谋振缨。召之即来，到职四十一军；马不停蹄，肃清叛将残兵。此后四年，任教华东军官校；不惑之初，转业山东财政厅。古稀未几，共襄大政任参事；山东省府，开诚布公见丹心。神椽走龙蛇，书艺伴终生。传技痴心，老年大学海人不倦；鞠躬尽瘁，七十六岁阳寿灭灯。身边痛失君，块垒缠乱云。

王公之经历，令人感奋；王公之人品，受人敬仰；王公之才艺，引人钦佩；王公之精神，励人传扬。只身闯南京，两块银圆求生计；戎马驰天下，一波三折斗倭狼；郫县举大义，特务暗杀列总首；反右敢直言，蕙苡明珠未彷徨[④]。满腔热血贮正气，一生磊落凝阳刚。正直而坦荡，哂奸笑佞如粪土；热诚而端庄，为父为师蕴慈祥。绘画弹琴皆爱，军事文学俱精，英语俄语咸会，篆隶行楷均强；谙熟欧柳[⑤]，兼备颜赵[⑥]，临摹大家，更擅二王[⑦]；或俊逸清秀，或遒劲雄浑，或古朴典雅，或厚重苍茫；海外翰墨飘香，国内颇多珍藏。学则锲而不舍，战则危而不惊，忠则信而不疑，义则诚而不狂。此等精神，身后物化当崇两宝：一曰《王大中书法艺术》，一曰"最高级抗战徽章"⑧；此等精神，当今传承应续双馨：一曰"正人品进退忧国"，一曰"施才艺时空流芳"。

（写于2015年秋。）

注释

①庠（xiáng）：古代乡学，泛指学校。殷代叫庠，周代叫序。

②谢王而感恩，勒石以颂扬：缅甸南杜城收复后，当地市民在中心区广场建记功碑一座，将王大中指挥部队打败日本侵略者的事迹刻于碑上，以资纪念。

③史迪威由衷称许：史迪威，反法西斯盟军中国战区参谋长；抗日战争期间，"中国通"史迪威将军毅然放弃美军驻欧洲部队总司令职位，在中缅印开拓驼峰航线，建设史迪威公路，提供军事物资，协调盟军关系，为抗日战争的胜利做出历史性贡献。

④薏苡明珠未彷徨：薏苡明珠，指蒙冤被谤。《后汉书·马援传》："初，援在交阯，常饵薏苡实，用能轻身省欲，以胜瘴气。南方薏苡实大，援欲以为种，军还，载之一车。时人以为南土珍怪，权贵皆望之。援时方有宠，故莫以闻。及卒后，有上书谮之者，以为前所载还，皆明珠文犀。"

⑤谙熟欧柳：欧，欧阳询（557—641），字信本，公元557年出生于衡州（今湖南衡阳），祖籍潭州临湘（今湖南长沙），"楷书四大家"（欧阳询、颜真卿、柳公权、赵孟頫）之一。隋时官太常博士，唐时封为太子率更令，也称"欧阳率更"。与同代另三位（虞世南、褚遂良、薛稷），并称"初唐四大家"。柳，柳公权（778—865），字诚悬，京兆华原（今陕西铜川市）人；唐代书法家，"楷书四大家"之一；官至太子少师，世称"柳少师"。

⑥兼备颜赵：颜，颜真卿（709—784），字清臣，生于京兆（今陕西西安）。"安史之乱"中，因在平原郡任上毅然起义抗贼，立下汗马功劳而受朝廷重用，历任吏部尚书、刑部尚书等要职，封鲁郡公，世称"颜鲁公"。他是继王羲之后成就最高、影响最大的书法家。赵，赵孟頫（1254—1322），字子昂，号松雪道人，生于吴兴（今浙江湖州）。他是宋太祖赵匡胤的第11世孙、秦王赵德芳的嫡派子孙，是一代书画大家。

⑦更擅二王：二王，指东晋王羲之、王献之父子。王羲之（303—361），字逸少，琅邪临沂（今山东临沂）人，后移居会稽山阴（今浙江绍兴）。由于他在书法上的成就和贡献，被后世誉为"书圣"；官拜右军将军，人称"王右军"。王献之，字子敬，王羲之的第七个儿子，也是兄弟辈中书法成就最突出者，在书法史上被誉为"小圣"，与其父并称"二王"。

⑧"最高级抗战徽章"：2005年，在纪念中国人民抗日战争胜利60周年之际，王大中荣获了中共中央、国务院、中央军委颁发的"中国人民抗日战争胜利60周年纪念章"。

名家系列赋

中国

1. 老子

老子（春秋末期人，生卒年不详），姓李名耳，字伯阳，又称老聃。中国春秋时期伟大的思想家、哲学家、文学家和史学家，道家学派创始人，著有《道德经》一书。

赋曰：

华夏道家鼻祖，东方圣哲；"中国哲学之父"，赫赫老聃。穷经谙典；入圣超凡。一生二，二生三，道非常道；百而千，千而万，玄之又玄。尚善尚德尚智，推崇无为而为；法地法天法道，恒守道法自然。

经八极而警世，历千秋而弥鲜。迎东方之紫气，苗裔论玄妙之道；慕哲坛之显学，殊方引老子之言。昭昭哉赖以智慧，朗朗乎彪炳①人寰。

2. 孔子

孔子（前551—前479），名丘，字仲尼。中国春秋时期伟大的思想家、教育家，儒家学派创始人。

赋曰：

大哉孔子！私学之肇端；穆穆至圣，万世之师表。

修熠熠之"六经"②，创煌煌之儒道。华胄蒙其恩泽，异邦幸其焜耀。推恩不分贫富贤愚，主张"有教无类"；授业区别缓急轻重，着眼"因材施教"。三千弟子，七十二贤，乃为当初事；四海黉③宫，五百学院，乐闻今日笑。假汝之名，享仁爱如沐春风；崇尔之德，明修身似仰峤貌。

3. 孙武

孙武（约前545—约前470），字长卿。中国春秋时期著名的军事家、政治家，被尊称"兵圣"或"孙子"，著有《孙子兵法》一书。

赋曰：

比肩伯仲，春秋三星璀璨；有别孔李，文武一体昭彰。"百世兵家之师"，徽号卓尔；"东方兵学鼻祖"，孙武轩昂。

看十三篇，得玄机之彻悟；读五千言，明谋略之周详。上承三代以降，下启当今各方。兵家奉为圭臬，西点视作锦囊。以武止战，伐谋必强。威慑魈魖，箭射天狼。旨归和平，福佑家邦。

4. 墨子

墨子（约前476—约前390），名翟。墨家学派的创始人，战国时期著名的思想家、教育家、科学家、军事家，有《墨子》一书传世。

赋曰：

诸子百家，各竖其旌；墨子麾下，影从芸芸。布衣亦有宏论，自成学派；平民颇多奇异，屡创硕勋。几何之滥觞，物理之卓荦，光学之显著，哲理之超群。多重身份，垂名迄今。"节用""尚贤"是为支点，"兼爱""非攻"彰其核心。

墨家精神，激励亿兆学子；系统理论，启迪龙的传人。名冠卫星，飞往高邈之旻④；国拥重器，举世雀跃欢欣。

5. 孟子

孟子（约前372—前289），名轲，字子舆。战国时期著名的思想家、教育家，儒家学派的代表人物，著有《孟子》一书。

赋曰：

孟母无悔，三迁择邻；孟子有为，儒家领军。尊为"亚圣"，"孔孟"并称。以民为本，德治首推仁政；以善论教，"四端"⑤指点迷津。开"心学"之先河，示圣训于红尘。

生于忧患，死于安乐，暮鼓晨钟萦耳际；天时地利，更需人和，醍醐灌顶警世人。苦其心志，劳其筋骨，躬体力行成大事；饿其体肤，空乏其身，克己葆廉重民心。

思想遒根，禹甸绵延百代；文化自信，孔孟实为至尊。

6. 董仲舒

董仲舒（前179—前104），汉代思想家、政治家、教育家、唯心主义哲学家，著有《天人三策》《春秋繁露》。

赋曰：

秦王嬴政，焚书坑儒；董氏仲舒，继绝扶倾。踵事增华⑥，弘扬孔孟之道；兼采"黄老"，间以阴阳五行。独尊儒术，笼天下为一统；教化臣民，定纲常为准绳。汉武以降，赖以治国之术；开科以来，常为取士之经。异域古国，文明散为碎片；华夏文化，藤蔓连延常青。尧邦勤施肥，仲舒乐躬耕。

7. 司马迁

司马迁（前145—不详），字子长。我国西汉伟大的史学家、文学家、思想家，尊为"史迁""太史公""历史之父"，所著《史记》是中国第一部纪传体通史。

赋曰：

音之逝也，奚可重闻？形之遁也，何能再观？唯史学文学，穿越时空隧道；欲访古探源，仰望司马名迁。索真重实，《史记》经天纬地；坎坷无悔，史家正气凛然。舞椽笔之毫，究天人之际，通古今之变，成一家之言。纪传通史，巨制鸿篇。无韵之《离骚》，雄深而雅健；史家之绝唱，遥遥而周全。

掩卷而悟人生真谛，为人须辨鸿毛泰山。

8. 蔡伦

蔡伦（61—121），字敬仲，东汉桂阳郡（今湖南南部）人。中国"四大发明"中造纸术的改进者，"影响人类历史进程的100名人""人类有史以来最佳发明家"之一。蔡伦的发明创新不止改进造纸术，他"监作秘剑及诸器械，莫不精工坚密，为后世法"。

赋曰：

文字凝固音义，甲骨保存字形，竹简取代龟壳，缣帛替换汗青。新旧相替，交流交际日趋方便；不沉即贵，美中不足费神殚精。东汉蔡伦，致力革新造纸；优质纸张，舒卷柔韧轻盈。"四大发明"，纸业花绽一朵；全球影响，历史加快进程。创新发展，科技日新月异；电脑奇妙，亿万书卷入屏。结草衔环，总思纸神妙手；垂枝恋本，难断衷曲幽情。

9. 张衡

张衡（78—139），字平子，南阳郡西鄂县（今河南省南阳市石桥镇）人。中国东汉时期伟大的天文学家，在文学方面也有很高的造诣，著有《灵宪》《归田赋》《二京赋》《张河间集》。

赋曰：

星移斗转，扮靓浩渺太清；追本穷源，劳心东汉张衡。科学文学，斯人双肩双子座；巨匠赋家，此君一人一魁星。上知天文，浑天仪妙解日月；下晓地理，地动仪预测山倾。欲知两仪⑦，且闻神机妙算；倘纵神思，且赏《归田》《二京》。

导乎先路，享誉当今世界；遥望行星，两度冠其修名。继往开来，问鼎航天大国；竞短争长，更待华夏群英。

10. 华佗

华佗（约145—208），名旉，字元化，汉末沛国谯县（今安徽亳州）人。东汉末医学家，被称为"外科鼻祖"，与董奉、张仲景并称为"建安三神医"。又以"华佗再世""元化重生"称誉有杰出医术的医师。著有《青囊经》《枕中灸刺经》等多部著作。

赋曰：

"外科圣手"华佗，建安杏林神医。前承神农黄帝，后裕郎中白衣。救死扶伤，念病人之所念；望闻问切，急恙者之所急。熟稔五运六气⑧，擅长外科手术；深谙八纲八法⑨，敢治膏肓之疾。创编五禽戏，当为体操缘起；施用麻沸散，领先西洋乙醚。剖肚开颅，敢于拓荒扫荆棘；医儿治妇，善于回春施神奇。秉持高风佳德，口碑流芳百代；延展岐黄⑩之术，橘井⑪惠及后裔。

11. 朱熹

朱熹（1130—1200），字元晦，又字仲晦，号晦庵，世称"朱文公"。宋朝著名的理学家、思想家、哲学家、教育家、诗人，闽学派的代表人物，宋代理学的集大成者，世尊称为"朱子"，其学说与"二程"（程颢、程颐）合称"程朱学派"。有《四书章句集注》《太极图说解》《通书解说》《周易读本》《楚辞集注》等著作流传后世。

赋曰：

朱熹文公，学派魁元。履张载之"四为"⑫，得"二程"之真传。剖而析之，钩《四书》之玄要；弘而扬之，敷儒道之大端。笃而行之，建一流之书院；攀而跻之，踞理学之峰巅。思辨讲学，格物致知；著书立说，积岳汇渊。立身"成圣"，寡欲存理；读书三到，至理名言。为学者竞效鸿儒，信徒投袂；为范者名垂万世，日月经天。

12. 李时珍

李时珍（1518—1593），字东璧，晚年自号濒湖山人，湖北蕲春县蕲州镇东长街之瓦屑坝（今博士街）人，明代著名医药学家。后为楚王府奉祠正、皇家太医院判，去世后明朝廷敕封为"文林郎"。

赋曰：

为撰《本草纲目》，取法《永乐大典》；陪伴日月星辰，历经廿年暑寒。"大典"万人编修，"纲目"一人承担。医界巨擘⑬，李时珍卷帙增辉；百科文献，博物学巨著浩繁。应怀疴者之所望，解伺候者之所难。跋

15

山涉水，不畏八荒之远；考古证今，尽释疑窦之悬。三易其稿，完善其篇。福音传九州，译文通多国，患者止呻吟，美誉满民间。赞其积大德，情深义重；颂其行大善，海屋筹添[14]。

西方

1. 苏格拉底

苏格拉底（前 469—前 399），古希腊著名的思想家、哲学家、教育家，西方哲学的奠基者。

赋曰：

古代希腊，中印埃之兄弟；苏格拉底，古希腊之伟器。鸿儒硕学，多重身份叠加；中西交辉，竟与墨子比翼。道德教师，施教于广场庙宇；真善哲人，宣传于遐迩邦域。思想之深邃，令人折服；思辨之洞晓，予人启迪；思维之敏捷，启人心扉；思考之缜密，教人精细。与时俱进，自然人文转轨；日新月异，美德伦理开启。师生"三贤"，首现斯人烜赫；光耀千载，荦荦大作藻丽。

2. 柏拉图

柏拉图（前 427—前 347），古希腊伟大的哲学家、思想家和教育家，西方文化最伟大的哲学家和思想家之一。最主要的传世之作有《理想国》和《法律篇》。

赋曰：

上师鸿儒，下育巨贤。链条相扣，薪火相传。昫焕学界，柏拉图博识多通；彪炳希腊，哲学王立地顶天。游学殊方异域，研究洋洋大观。首倡学前教育，足见意之切切；完善教育体系，倍觉情之拳拳；追求理想国度，深感志之昂昂；撰写谠言嘉论，惊叹心之绵绵。爱情亦有宏论，法律多为前沿。传西域之悠远，映东方之灿然。

3. 亚里士多德

亚里士多德（前 384—前 322），古希腊伟大的哲学家、教育家和百科全书式的科学家。他在雅典创立吕克昂学园，成"逍遥学派"。著有《形而上学》《政治学》和《尼各马可伦理学》等。

赋曰：

亚里士多德，古希腊之巨匠；百科全书者，多成就之倍常。师承柏拉图，分道于现实主义；前世"黑格尔"，阐释其各门主张。三代师徒，鼎足高峰；"学园之灵"，一压群芳。"逍遥学派"，无拘无束；雅典校园，知微知彰。创立"四因"说，系统哲学现端倪；演绎"三段论"，形式逻辑开滥觞。无出其右，且看万众翘首；有口皆碑，缘起举世无双。

4. 黑格尔

黑格尔（1770—1831），德国著名的哲学家。著有《精神现象学》《逻辑学》《哲学科学全书纲要》《法哲学原理》等。

赋曰：

生于德意志，若北辰星拱之太清；观乎黑格尔，集古典哲学之大成。形而上学，有杂草能作肥料；观念辩证，取养分可壮根茎。历史唯物主义，黑格尔提供土壤；客观唯心主义，恩格斯给予好评。嗟乎！学界之巨擘，哲学之上圣。登高望远，一览众山小；继往开来，四顾树常青。

5. 阿尔伯特·爱因斯坦

阿尔伯特·爱因斯坦（1879—1955），犹太裔物理学家，1921年诺贝尔物理学奖获得者。著有《论动体的电动力学》《广义相对论基础》。

赋曰：

"世纪伟人"，爱因斯坦；物理泰斗，巨人铁肩。炯炯目光，盯准光之效应；串串联想，想透微观宏观。圆规旋转，转出几何语言；几何语言，描述宇宙空间。独具慧眼，慧眼洞见浩宇；妙解时空，时空呈形曲弯。唯科学能通引力，唯高人可道奥玄。诺贝尔奖，奖于物理贡献；狭义广义，震撼相对论坛。现代科技，两论运用广泛；航天科学，开创新的纪元。

神也！奇哉！成功公式，何其简单；伟岸斯人，炳曜瀛寰。

6. 艾萨克·牛顿

艾萨克·牛顿（1643—1727），英国皇家学会会长，英国著名的物理学家，百科全书式的"全才"，著有《自然哲学的数学原理》《光学》。

赋曰：

人才济济，皇家学会卓卓；魁士显显，牛顿盛名峣峣。博学洽闻，力学光学数学；卓绝千古，高人高论高标。万象包罗者，堪称全才；运动三定律，钻坚仰高。有赖圣君，启迪亿兆；一往无前，一路狂飙。发现万有引力，发展颜色理论，奠基现代天文，狂掀科学浪潮。所创定律定理，武装学人头脑；科学突飞猛进，恒念牛顿勋劳。

7. 玛丽亚·斯克沃多夫斯卡·居里

玛丽亚·斯克沃多夫斯卡·居里（1867—1934），通常称为玛丽·居里或居里夫人，波兰裔法国籍女物理学家、化学家。著《论放射性》《放射性物质的研究》《现代人的智慧》。

赋曰：

仰止乎巾帼伟器，首推以居里夫人。著名物理学家，放射化学元勋。诺贝尔奖，两度擅美；巴黎教授，德才润身。再一再二，发现新元素；再三再四，怀技报乾坤。殊誉累累，不为迷眼所惑；求索孜孜，只为科学较真。噫！懿德垂范，企踵者吾侪尔等；才华逸群，延颈者祁祁后昆。见贤思齐，当练过硬本领；众志成城，更需宽广胸襟。

8. 卡尔·弗里德里希·本茨

卡尔·弗里德里希·本茨（1844—1929），德国著名的戴姆勒－奔驰汽车公司的创始人之一，现代汽车工业的先驱者之一。

赋曰：

风驰电掣，感念卡尔·本茨；缩距节时，得益"汽车之父"。步履维艰，需求催生梦想；志美行厉，梦想酿成技术；水到渠成，技术孕育汽车；事半功倍，汽车提升速度。现代汽车工业，福音发自先驱；未来汽车市场，盛衰则看思路。崇尚本茨，热情点燃执着之火；学习巨贾，创新立起顶天之柱。

9. 托马斯·阿尔瓦·爱迪生

托马斯·阿尔瓦·爱迪生（1847—1931），出生于美国俄亥俄州米兰镇，逝世于美国新泽西州西奥兰治。发明家、企业家。

赋曰：

巍巍崒兀貌，灼灼爱迪生；发明专业户，跨界智多星。谁曰低能？休晃心旌！创新者荆棘敢闯，无畏者险要敢登。防止音逝，留住万籁之声；担心遁迹，再现万物之形；百折不挠，吃遍万千之苦；千古独步，点亮万千之灯。一千余专利，两千多发明。旷世逸才，绵绵兮惠及天下；殊勋茂绩，煦煦兮光耀永恒。

（写于 2018 年夏。）

《 注释 》

①炳：形容文采焕发，成绩显著。

②"六经"：诗、书、礼、乐、易、春秋。《庄子·天运》："孔子谓老聃曰：'丘治诗、书、礼、乐、易、春秋六经。'"

③黉：学校。

④旻（mín）：天的统称，又特指秋季的天。《尔雅·释天》："春为苍天，夏为

昊天，秋为旻天，冬为上天。"陶渊明《自祭文》："茫茫大块，悠悠高旻。"柳宗元《憎王孙文》："居民怨苦兮号穹旻。"

⑤"四端"：恻隐、羞恶、辞让、是非之心，为仁、义、礼、智之端。《孟子·公孙丑上》："恻隐之心，仁之端也；羞恶之心，义之端也；辞让之心，礼之端也；是非之心，智之端也。人之有是四端也，犹其有四体也。"

⑥踵事增华：继续前人的事业，并使更加完善美好。出自【南朝·梁】萧统《文选序》："盖踵其事而增华，变其本而加厉。物既有之，文亦宜然。"踵：追随，继续。

⑦两仪：指天地。《易·系辞上》："是故易有太极，是生两仪。"孔颖达解释说："不言天地而言两仪者，指其物体；下与四象（金、木、水、火）相对，故曰两仪，谓两体容仪也。"

⑧五运六气：五运六气，简称"运气"。"运"指木、火、土、金、水五个阶段的相互推移；"气"指风、火、热、湿、燥、寒六种气候的转变。古代医家据天干以定"运"；凭地支以定"气"，推断气候变化与疾病的关系。

⑨八纲八法：八纲，即"阴、阳、表、里、寒、热、虚、实"中医辨证纲领；八法，指"汗、吐、下、和、清、温、消、补"八种方法，也是中医治疗原则。

⑩岐黄：古代医学名著《黄帝内经》和它的作者。《黄帝内经》成书约在战国时期，只是托名于黄帝、岐伯而已。后世出于对黄帝、岐伯的尊崇，遂将岐黄之术指代中医医术。

⑪橘井：相传苏仙公修仙得道，仙去之前对母亲说："明年天下疾疫，庭中井水，檐边橘树，可以代养。井水一升，橘叶一枚，可疗一人。"来年果有疾疫，远近悉求其母治疗。皆以得井水及橘叶而治愈。见【晋】葛洪《神仙传·苏仙公》。后因以"橘井"为良药之典。

⑫履张载之"四为"：张载，北宋思想家、教育家，理学创始人之一，世称横渠先生，尊称张子，封先贤，奉祀孔庙西庑第三十八位。其"为天地立心，为生民立命，为往圣继绝学，为万世开太平"的名言被当代哲学家冯友兰称作"横渠四句"，因其言简意宏，历代传诵不衰。

⑬巨擘（bò）：（1）大拇指。（2）比喻杰出人物，在某一方面居于首位的人物，如医界巨擘（也可指业界首届的企业，如金融巨擘）。（3）突出、权威、顶尖，如文坛巨擘。

⑭海屋筹添：即海屋添筹，旧时用于祝人长寿。海屋，寓言中堆存记录沧桑变化筹码的房间。筹，筹码。

挚友江生颂

呱呱坠地，声过江中粼浪；虎虎开颜，影生岸上彩虹。童年少年，敝衣奔波数地；蹇命乖时，身份变换多重。石匠伙夫，亦有凌云之志；力脚黑子，常怀报国之胸。饿其体肤，借精神食粮以填其肚；劳其筋骨，凭真才实学而应其穷。善舞能歌，台柱子多才多艺；如鱼得水，师范校允能允公。阳错阴差，有情人一波三折；谈婚论嫁，帅小伙接代传宗。

天道酬勤，蓄势总有机遇；命途转泰，改革终得亨通。恢复高考，学府再逞生气；岁近而立，芸窗喜露笑容。重庆师院，迎来内江骄子；刘氏江生，尽显绣虎雕龙。伏案图书馆，恍如承蜩佝偻；飞身运动场，犹似六小龄童。"夜猫子"偷越同窗梦，"刘古汉"享誉大黉宫。

拔萃乎群儒，起势于凌中。牛校长挥动三板斧，挽庠序于式微；真伯乐广开大舞台，励群英而争雄。独辟蹊径，开设美育课；自编教材，笃行好初衷。爱生如子，倾注家长般感情；以人为本，杜绝家长式作风。师生大振精气神，旧貌消失影无踪。

革故鼎新，校长名扬遐迩；易职升位，江生再傲峥嵘。省级重点，一中执掌党政；轻车熟路，教改再立新功。首次评职，破格升为高级；多年治校，屡屡获得殊荣。市县优秀，省内巡回演讲；劳动模范，当年亦曾荣膺。沱江滚滚，响当当蛟龙出水；白云悠悠，威赫赫大鹏划空。

退休无孤寂，茂林涌劲松。江哥晨语，引起八方雀跃；昔日恩师，常为学子簇拥。亦有同窗四载，朝夕相处；更得挚友多年，志趣相同。一线连成渝，心心相印；两间念故友，息息相通。一对兄弟，两个老翁。直把夕晖变朝霞，不闻暮鼓听晨钟。

（写于 2018 年冬。）

钟南山赋

——为"共和国勋章"获得者钟南山先生而作

夫道根发自福建，钟族杏林挺茂；嫩芽拱乎南京，子嗣南山弄璋[①]。道家圣地，终南山归藏钟馗；医学世家，钟南山炳焕丽光。二钟相较，神人异乎形貌；两意相投，懿德同耀光芒。神者钟馗，颇通人性；医者南山，神似岐黄。兴之所至，假终南山之毫笺；仰之所崇，道钟南山之端详。

稽其生辰，诞于民族危亡之际；考其成长，识于全民抗战之疆。舞勺之年[②]，国祚鼎新陡增才智；舞象之岁，京都高校专攻医行。毕业留校，时值廿四传授医道；"文革"别黉，几经坎坷终回闽邦。而立之年，失而不忍；闻疴之际，几度回肠。幸得爱卿之助，重赴医学之岗。不惑之初，远渡重洋。争分夺秒，伦敦大学砥砺蓄锐；诧友惊师，科研成果势压群芳。刮目相看，导师盛情挽留；以身许国，学者归意东方。未及五秩，医界翘楚誉满寰宇；身兼数职，橘井神功幸惠中央。年届花甲，中国工程院之院士；时近古稀，抗击"非典"病之担纲。继而兼职，统领中华医学学会；不负众望，肩挑世界顾问大梁。岁在耄耋，未料鼠年疫情严峻；身赴武汉，研判新冠病毒祸殃。焚膏继晷，一切为民着想；救死扶伤，一生为民奔忙。

忧国忧民之本心，源自党的培养；祛邪扶正之本领，全凭医学专长。体育爱好者，素来注重强筋健骨；首届全运会，一举获得跨栏之王。一体一医，难为鱼翅熊掌；双选双择，笃定郎中病坊。学无等闲，视寸为尺；行有充备，将溪作江。探病毒学问之幽微，明流行病学之大旨，洞临床研究之精要，悉数据研究之妙方。学比"医圣"张仲景，才攀"药王"孙思邈，识追"药圣"李时珍，德配两仪世无双。施回春之妙手，治沉疴于临床。等身之作凝聚千百病例；盖世之功赢却兆民颂扬。

硕果累累，课题获奖质高量大；头衔串串，医界活动频繁恢张。遑论宗亲盛赞[③]，更有省部表彰。尺牍尚小，窥一斑以见全豹：事迹犹多，撷数朵而感其香。抗击"非典"，拥为领军人物；回溯八年，两获劳动奖章。感动中国人物，堪与日月争辉；改革先锋称号，将同史册永藏。总理信赖，破例两握手；泰斗谋面，一见三换场[④]。一言一语，知民族之希望；一举一动，创华夏之辉煌。

21

　　理想如炬，精神似钢。耳濡目染，家风炀和多慈悲；"三个一样"⑤，惠及黎庶保安康。求真务实，是丁是卯不含糊；据理力争，不卑不亢显坚强。攻坚克难，激流勇进抗"非典"；除危排险，武汉战"疫"敢担当。置个人生死于度外，系百姓安全于心房。精神风尚，薪火相传勖来者；人格魅力，口碑载道播八荒。

　　嘻嘻！山欢水笑，载欣载奔；前呼后拥，且喜且狂。辟邪除灾，多几个钟馗神乃为多平安；悬壶济世，多几个钟南山便是多吉祥。天苍苍，野茫茫；人健壮，国永昌。

　　（发表于中国作家协会主管、中国作家出版集团主办的《中华辞赋》2020年第9期。2020年8月获重庆市关心下一代工作委员会"众志战'疫'话家国"老少征文比赛一等奖。）

【 注释 】

　　①弄璋：生下的男孩。璋是一种玉器，古人把它给男孩玩。

　　②舞勺之年：指男孩13至15岁期间学习勺舞。后面的"舞象之岁"是古代男子15至20岁时期的称谓，原本是古武舞名。二者均出自《礼记·内则》。

　　③遑论宗亲盛赞：遑论，不必论及；谈不上。2019钟氏家族大会上，钟南山被评为钟氏杰出孝贤。

　　④总理信赖，破例两握手；泰斗谋面，一见三换场：2020年1月30日，李克强总理在中国疾控中心就进一步加强科学防控疫情听取专家意见。会前总理说："本该与大家握手的，但按你们现在的规矩，握手就改拱手了。"然而会议结束后，总理特意对钟南山说："还是握一次手吧！"在这10天之前，李克强主持召开国务院常务会议，专门邀请钟南山等专家参会并发表意见。当此项议题结束后，总理特意走出常务会会场，与钟南山等握手话别。

　　2020年1月28日，世界卫生组织人畜共患病和新发传染病联合诊断中心主任利普金教授来华，1月29日晚抵达广州。他原本与钟南山教授的会见定在1月30日上午9时，但钟南山29日晚临时接到北京通知，30日一早就要赶到机场。于是利普金教授当天早上6点来到钟南山家的楼下，与钟一同乘车去机场，两人在车上、机场大厅外、贵宾室进行了关于抗击新冠病毒的交谈。

　　⑤"三个一样"：钟南山主张"三个一样"——高干、平民，有钱、无钱，城市、农村，一样的热情耐心，一样的无微不至，一样的负责到底。在他的带动下，"三个一样"成了所有医务人员的共同追求。

李兰娟赋

男尊女卑，无疑数典忘祖；女主男次，可溯母氏当初。阴阳平衡，方为沧桑正道；男女平等，才是华夏良俗。巾帼威武，花木兰戎机堪壮士；才媛妙绝，李清照丽词显清殊。豪杰执桴，梁红玉金山擂战鼓；女侠布檄，秋瑾君雄魂映鉴湖。科研卓著，屠呦呦医学获诺奖；神药不凡，青蒿素奇效救万夫。比翼齐飞，李兰娟夫妇皆院士；防疴漫扩，女院士团队在征途。

兰娟女士，同为秋瑾桑梓；学子大夫，崇尚鲁迅同乡。先贤已树榜样，医士追寻前方。为学为医，奠定扎实基础；爱岗敬业，铸成医界辉煌。抗击"非典"，赢得口碑胜金杯；降妖武汉，面对星光焕容光。概而言之，略述其事；挂一漏万，以推其详。

医德仁心，通观则观其亲民；慈眉善眼，寻本则寻其草根。也曾贫困，几近失学；复得幸运，承蒙师恩。栉风沐雨，赤脚医生不畏寒暑；悬壶济世，回春妙手往来乡村。行医不问贵贱，服务勿分何人。问暖嘘寒，视青幼为手足；望闻问切，将翁媪作双亲。矻矻①焉，尽展一技之长；拳拳也，回报赤诚之心。

琢磨砥砺，仰视则视其精进；矢志不渝，细思则思其登攀。风华正茂，高才生方得保送；专业丕显，佼佼者进修有缘。如虎添翼，投身于临床教学；计日程功，带队于实验科研。究病源之表里，循病变之轨迹，探病理之幽微，斩病魔之疾顽。辟人所未开之蹊径，攻世所未见之难关。擅长于传染之病，开拓于人工之肝。何谓工程院院士？所涉皆为世界前沿。何谓国家级专家？其勋实乃中国领先。

纵览则览其执着，感染则感其坚韧。从医数十载，目睹万千憔悴面；遇险无数回，身临多少"上甘岭"。温柔之巾帼，有男子之伟岸；不屈之勇士，有磐石之坚挺。武汉安营扎寨，夜寐三小时；病房救死扶伤，装束一身紧。如将帅亲冒矢石，似亲人时见身影。不屈不挠，夺战"疫"之全胜；再接再厉，有忠心之耿耿。

　　钦佩则佩其雄略，效仿则仿其担当。孰轻孰重？瞒报可保官帽；何去何从？犯忌能保健康。偶有布衣疑窦，不改护民衷肠。风清气正，卫生厅长宁负个人；求真务实，果断措施恩惠八荒。往返京汉，"空中飞人"建言献策；举议封城，古稀执言定国安邦。研发疫苗，与时间赛跑；布控全域，将疫鬼扫光。急人民之所急，想党政之所想，为医者之所为，帮病者之所帮。铁肩勇承多道义，乌云散尽见太阳。

　　噫嘻！看兰娟院士，闻芝兰馨香。志同道合，夫配郑树森，树森亦为医之翘楚；同舟共济，功比钟南山，南山更是国之栋梁。环顾蒸蒸百业，百业所赖举旗手；回眸悠悠万事，万事全凭领头羊。葵花总向太阳，全党服从中央。主宰世界，祁祁两类人；尽观乾坤，男女各一方。但愿女人倍加靓丽，希冀男士更为刚强。

　　（写于2020年"三八妇女节"前夕。）

▐ 注释 ▐

　　①矻（kū）矻：辛勤劳作的样子。

华夏篇

飞天赋

嗟夫！耳非不聪，目非不明。井底之蛙，仅窥数尺之空；丘壑之士，不识层峦之形。

登临绝顶，略览群山之貌；怎比鹰隼，高翔极目之旻[①]。坐地日行[②]，总被云遮雾障；巡天遥看，欧亚一览无垠。

怅而生忧，憾则起闷。凭目睹，难穷千里之胜景；借心巡，可洞九天之星辰。迢迢蟾宫[③]，幽幽宅门。精骛神游，似疑吴刚斫桂[④]；烟笼气漫，恍见嫦娥湿巾。想必久别人间，凡界杳无音信。雁书空托相思梦，尺素[⑤]难附久恋文。步太虚[⑥]，寻茂亲。浩渺天际，牛郎身影朦朦；隐约银河，织女素颜昏昏。恨鹊桥[⑦]不架，叹天鸡[⑧]失音。空守星汉，远邻相望难相逢；苦度岁月，同是天涯沦落人。

上苍有眼，大地有灵。神话传说地，嫦娥故乡情。今日神州，举改革开放大旗；特色之路，谋中华民族复兴。科学发展，自主创新；人才为本，科教先行。辟一流蹊径，盯尖端水平。心仪载人飞船，圆千年飞天梦想；攻克航天技术，遂百代探月工程。

巍巍飞船，挺身崇阿；峨峨火箭，矗立山林。听訇然乍响，看尾焰突喷。呼啸而去，御风劈云；划空而飞，匿踪隐身。弹指已行千里，旋踵早过绝垠。光闪电掣，绕月远坤。漫漫苍穹，回望地球如弹丸；寥寥浩宇，环顾群星似近邻。

捎人间祝福，为玉兔[⑨]拍照；带炎黄尺简，替婵娟[⑩]弹琴。少却寂寞之忧，断无分离之困。沾桑梓之荣光，托故土之祥祯。

反霸权，天地同感凉热；谋和平，彼此共享视听。奔小康，获天壤之互补；促公平，得往来之双赢。翩翩嫦娥舒广袖，万里碧空展娉婷；熠熠银河飞彩虹，牛郎织女喜盈盈。

（发表于《重庆日报》2008 年 3 月 20 日"两江潮"副刊以及中国新闻文化促进会、中国碑赋文化工程院主办的《中华辞赋》2008 年第 5 期，2009 年 12 月获中国碑赋文化工程院、深圳报业集团、《中华辞赋》社联合举办的"绿景杯"中华辞赋大赛优秀奖，编入线装书局《神州赋》中。

2018 年修改。）

注释

①极目之旻：望到尽头的天空。极目，用尽目力远望或望到尽头。

②坐地日行：是指人不动，地却每天都在动。毛泽东《七律·送瘟神》中有"坐地日行八万里"的诗句，本意是人坐地（不动），但每昼夜随地面运行（即地球自转），相当于走了八万里路程。

③蟾宫：即广寒宫，是神话景观，是上界神仙为嫦娥在月亮上建造的一座宫殿，简称"月宫"。因为这座宫殿是一个具有宇宙灵性的蟾蜍幻化而成，所以广寒宫又称作"蟾宫"。古人用作书面语时，代指月亮。

成语"蟾宫折桂"说的是攀折月宫桂花。科举时代，不少地方还有这样的习俗：每当考试之年，应试者及其家属亲友都用桂花、米粉蒸成糕，称为广寒糕，相互赠送，取广寒高中之意。

④吴刚斫（zhuó）桂：斫，意指用刀、斧等砍劈。相传西河人吴刚是个仙人，因为学仙过程中触犯了天条，被罚到月宫里去砍桂花树。那高达五百丈的桂花树却随砍随合，完好如初。有人戏称：为何砍而不断？原来斧不锋利。为何斧不锋利？因为斧头无钢（谐音"吴刚"）。

⑤尺素：古人用绢帛来写信（据说唐代用的绢帛一尺长），因绢帛是白色的所以叫尺素。

⑥太虚：这里指天空。

⑦鹊桥：传说，鹊桥是鸟神为牛郎织女的真挚情感所感动，于是派来喜鹊搭成的桥。每年农历七月七日，即七夕时，会有飞鹊在银河上架起桥梁，让牛郎和织女得以相见，称作鹊桥。后来此一名词便引申为能够联结男女之间良缘的各种事物。

⑧天鸡：（1）神话中天上的鸡。【唐】李白《梦游天姥吟留别》："空中闻天鸡。"（2）传说中的神鸡。居东南桃都山大桃树上，又传居东海岱奥山扶桑树上，率天下之鸡报晓。汉代陶器已有其像。

⑨玉兔：关于玉兔的传说有不同版本，既指月宫里的兔子，又指月亮，如"玉兔东升"。但大多与嫦娥相关。

⑩婵娟：婵娟的意思常用者有三：（1）形容姿态曼妙优雅。【唐】孟郊《婵娟篇》："花婵娟，泛春泉；竹婵娟，笼晓烟。"【元】沈禧《一枝花·天生瑚琏套·梁州曲》："腰肢袅娜，体态婵娟。"亦作"婵媛"。（2）美女、美人。【唐】方干《赠赵崇侍御》："却教鹦鹉呼桃叶，便遣婵娟唱竹枝。"【清】孔尚任《桃花扇》第二出："一带妆楼临水盖，家家分影照婵娟。"（3）形容月色明媚，或指明月。【唐】刘长卿《湘妃诗》："婵娟湘江月，千载空蛾眉。"【宋】苏轼《水调歌头（明月几时有）》："但愿人长久，千里共婵娟。"

注意："婵娟"不是"蝉娟"（蝉娟指屈原的一位女学生，她气节出众，非常了不起）。

龙 赋

赫赫龙虎，生风带云。镇山之王，主水之君。

辖峰峦，虎耍凶威；落平川，反遭犬凌。审深渊，龙搅狂澜；跃云端，大震精灵。

然则万目争睹，众口传闻。或虚或实，幻影幻吟。龙迹杳无，顽虎犹存。屈原《天问》生疑窦，龙遁之因难究寻。何时九州匿体，怎会六合[①]湮沉？

金瓯广，处处升瑞霭；疆域阔，时时起祥云。渝西永川，龙藏四境。或抱石而卧，或为沙所吞。宝峰龙[②]久眠不醒，永川龙[③]闻声惊魂；圣水河风狂雨骤，上游龙[④]应时现身。首例大型标本，远与自贡[⑤]相应。揭古龙之新篇，惊世界之学林。

自然人文，形影难分。天南连地北，远古贯当今。皇皇中华久远，漫漫龙缘幽深。

君不见，巍巍喜马拉雅，赫赫龙之脊梁；绵绵万里长城，铮铮龙之钢筋。祁祁龙裔，滔滔黄河远逝；芸芸华胄，滚滚长江东奔。百鸟朝凤，拳拳中国梦；葵花向阳，悠悠龙之魂。

拓蛮荒，启文明。写龙绘龙雕龙塑龙，处处可见；铸龙扎龙唱龙舞龙，年年盛行。话龙之声不绝于耳，祭龙之举日盛其兴。

城镇乡村，殷殷冠之以"龙"；山川物品，耿耿名之以诚。笔走龙蛇，喜见龙飞凤舞；江赛龙舟，顿感箭快矢轻。画栋雕梁缠龙体，石龛石柱拜图腾。展千年龙文化，长民族精气神。更喜千帆竞发，大兴龙头企业；但见万民雀跃，累获真金白银。

最是龙灯如流，舞出道道风景。或前卷后翻，或东摇西滚，或逶迤而进，或盘旋而升。草龙游于田畴，竹龙舞出山林；木龙骨质坚硬，纸龙柔和轻盈；布龙上下翻转，纱龙通体透明；铁皮龙叮当作响，板凳龙呼呼有声。铜梁龙[⑥]，美若彩虹飞天，矫若群雁布阵；佛山龙，险若电掣万仞，疾若坠地流星。舞红京城兆民乐，舞出国门世界惊。

赏龙姿，品龙韵；延龙脉，续龙根。手擎戏龙珠，头著舞龙巾。舞出和谐，舞出干劲。五十六个民族，舞得亲亲一家人；海峡两岸民众，舞得牢牢一条心。喜看国人豪情爽，欢歌大地气象新。

（2007 年 12 月 2 日发表于中华辞赋家联合会主办的《中华辞赋网》和永川区文联主办的《永川经济》2007 年第 12 期，获《中华新辞赋选粹》二等奖。编入中国文联出版社出版的《中华新辞赋选粹》第一卷。2008 年 9 月 11 日获中共永川区委宣传部、共青团永川区委承办的"巨宇江南杯"永川区献礼改革开放 30 年诗词大赛二等奖。2018 年修改。）

〖 注释 〗

①六合：指上下四方。

②宝峰龙：暂定名，1999 年 4 月在永川区宝峰镇白树林村被村民刘远书发现。永川区（当时为永川市）文物管理所率队在发现地进行了试掘。经重庆自然博物馆专家修复鉴定，该龙属素食性恐龙，体长约 18 米，臀高约 3.5 米，大约生活在距今 1.45 亿年的侏罗纪时代。因岩层太厚，故尚未整体发掘。

③永川龙：1972 年，永川红江厂开建，采石民工不慎将一恐龙化石炸碎。永川博物馆在重庆市博物馆的指导下，组织人员将该化石散件运往北京，由中国科学院时年 80 高龄的杨钟健教授亲自指导修复，历经数年，方才完成。

④上游龙：1977 年 6 月，民工们在永川圣水河旁兴建上游水库时，发现了一具生活在晚侏罗纪（距今约 1.4 亿年前）的大型食肉性恐龙化石。该龙体长约 8 米，高约 4 米。英国大英博物馆的古生物专家查理德博士等人专程前来参观。《四川日报》《人民日报》相继刊发消息，峨眉电影制片厂拍摄了专题科教片。该化石现陈列于重庆自然博物馆。

⑤自贡：这里代指自贡恐龙博物馆。该馆是在世界著名的"大山铺恐龙化石群遗址"上就地兴建的一座大型遗址类博物馆，1987 年春节落成开放。馆藏化石标本几乎囊括了侏罗纪时期所有已知恐龙种类，是目前世界上收藏和展示侏罗纪恐龙化石最多的地方。

⑥1984 年国庆 35 周年盛典，九条长 70 米的铜梁大蠕龙象征中华九州，在天安门广场"翩翩起舞"。1999 年国庆 50 周年大典上，铜梁龙再次登场，为首都各界人士和世界各国观礼外宾表演，并获得"中华第一龙"的美誉。2000 年 10 月，经国务院、文化部批准，铜梁成功地举办了首届"铜梁龙灯艺术节"，铜梁龙也成为"中华龙"的象征。2008 年 8 月 8 日晚 8 时 8 分开始的北京奥运会开幕式上，100 名重庆好汉和 4 位巾帼在鸟巢舞动 4 条"中华第一龙"，新创出"奥运龙舞 12 招"，包括蛟龙出海、横扫千军、蛟龙戏水、碧波荡漾、龙行太极、金浪翻腾、翻江倒海、莲花出海、二环辉映、金龙聚首和金光灿烂等。

抗震救灾赋

呜呼！飞殃走祸，何其惨然！魑魅发威，龙门^①瞬间遭殃；魍魉作祟，三川^②同时罹难。地府攻心，搅却山摇地晃；地表剥皮，剐得沙飞石溅。黑云聚兮寒光闪，四极倾兮九州颤。暖暖居所，变疮痍之墟；戚戚生民，蒙灭顶之患；滚滚山洪，向江流告急；磷磷巨石，为交通生乱。呼呼冷风，声传众岳之嚎；凄凄淫雨，泪噙天公之眼。断壁处，呱呱婴啼；残垣边，唏唏母唤。缺丁少口，父子愁云重重；生离死别，夫妻泪眼涟涟。更悲栩栩学子，顿失花季少年。复闻困者自戕其肢，自吮其血，求生之举，震动人寰。呜呼！民之痛，滔滔愁绪千江水；国之殇，绵绵哀思万重山。

嗟乎！冤天屈地，何其破残！地生万物，原本水陆丰茂；一瞬之间，奈何飙剐雨剪？坤载兆民，正当业兴人和；转眼之时，奈何折骨伤肝？男女老少，汉藏羌民，看天昏地暗，感天旋地转，遭不虞之祸，哭天夺之魂，嗷嗷兮呼天唤地，嘈嘈兮叫屈鸣冤。

噫乎！破釜搴旗^③，何其矫健！茫茫之中，人固渺小；岌岌之时，凸显伟岸。昂头顶浩宇，挺胸抗敌顽。高楼坍塌，背承千钧之压；房屋倾覆，肩扛无数之椽；瓦砾成山，两手扒出血路；杂物挡道，双脚踢开羁绊。忍饥挨饿，舔唇而解渴；蓬头垢面，蜷身以御寒；命悬一线，靠意志且度分秒；心念万幸，凭耐力而待后援。脱险者心急如焚，闻讯者搭救维艰。数十人同饮一瓶水，大半天轮流扛伤汉。冒险救亲人，所救之人人人亲；搭棚防余震，防震之家家家连。军民团结愈战愈强，上下一心愈斗愈坚。

善哉！义重恩深，何其偎怜！地震无情人有情，大爱无疆情无边。党恩浩荡，心系灾民；德政卓尔，署设前沿。领袖深入灾区，鼓舞士气；官兵投入抢险，一马当先。麾指厄场，令传四方，召之即来，来之能战。山涧排堵，激流劈波，八面突进，空投增援。神兵来自九霄，送物运人；神医往返村镇，转危为安。十万志愿者，各显神通；多家会商者，攻坚克难。撑篷置帐，接线输管；采访联播，通宵达旦；义演义卖，动人心弦。

亿万同胞捐物捐款，国内国外鼎力支援。至仁至善，民族精神发扬光大；可歌可泣，时代英雄动地感天。

　　奇也！化险为夷，何其非凡！险情迭生，疑窦成串：平时伞降千米，为何敢跳五千？平时劳逸有度，为何数日不眠？平时几天工程，为何一日完工？平时张王李姓，为何同锅取餐？寻求答案，实乃简单：靠党政，靠群众；靠团结，靠友善；靠镇定，靠勇敢；靠科学，靠实干……勇对灾害挑战，敢向死神叫板。生命探测，卫星遥感，犬嗅其味，人寻其间。强震八级，居然生命保存；黄金三日，搜救奇迹不断。六层危楼，少女纵身两跳；一瞬时差，赢得四肢保全。母护婴儿，几多短信成绝笔；儿含乳头，一嘴奶汁将命延。心心相印，谆谆共勉；六天六夜煎熬，夫妻双双团圆。坚定信心，挑战极限。蚯蚓青草小便，竟作保命之餐；九天九夜独挺，女工终于脱险。噫！正所谓：有一线希望，则尽百倍努力；尽百倍努力，则有求生希望。军民点燃希望之火，各族重建安乐之园。

　　乱曰：地震悲歌裂肝胆，救灾壮举振人寰。风疾路遥见群英，中华民族坚如磐。

　　（发表于中国作家协会主管、中国作家出版集团主办的《中华辞赋》2015 年第 4 期，编入中国文联出版社出版的《中华新辞赋选粹》第三卷。）

【 注释 】

①龙门：指四川省西北部的龙门山脉。

②三川：指汶川、北川、青川三处地震重灾区。

③破釜搴旗：破釜，成语"破釜沉舟"之缩语，比喻下定决心不顾一切地干到底。搴旗，一是指拔取敌方旗帜，二是指高举旗帜。

中华民族和谐赋

天行健兮，日月经古常新；地势坤①兮，众生应时竞存。千姿百态，万象森罗；观今鉴古，明道悟真。君不见，沧桑巨变兮，龙遁以匿形；草木丰茂兮，猿啼而现身。漫漫长夜兮，折枝而斗兽；悠悠岁月兮，磨石而击禽。莽莽峰峦兮，钻木而取火；漠漠原野兮，养畜且农耕。手脑并用兮，人为万物灵长；四肢不分兮，猴攀千仞茂林。

然则古人高强，怎奈山高岭险，云遮雾障；江远水阔，浪涌潮奔？往来囿于地域之阻，习性因循部落而成；一家酋长率一族亲，一方水土养一方人。于是乎，茫茫六合，悠悠大千，肤有异色，类有异伦，衣有异装，食有异品，行有异态，语有异声。异在必然，大块之中焕精彩；和在必需，普天之下互依存。氏族民族种族，同天同地同生。五脏②六腑共一腔，焉能缺肝少肺？四肢头颅构一体，岂可伤骨断筋？横跨经纬，纵贯古今，民族和谐，珍贵如金，斗则俱伤，和则共赢。诸夏夷狄，秦时华戎汇水乳；鲜卑氐羌，魏晋胡汉交影形；契丹女真，唐宋随汉兴金瓯；满汉融合，清代各族同家庭。杂居，聚居，散居，何必兄弟参商③，引发南北操戈？自处，相处，共处，无须冰炭同盆，导致牧耕两争。

曾记否？九州版图延华胄，千年青史衍血亲。海纳百川者，明大道而识时务；芳馨百代者，顾大局以促太平。武灵安抚④，胡服骑射；善学增进友谊，和谐带来振兴。昭君出塞⑤，匈汉交好；民免干戈之役，世无犬吠之警。孝文改革⑥，力排众议，鼎新一举多得，天下河清海晏。文成公主⑦，吐蕃联姻，胜过十万雄兵，促进西藏文明。刘伯承、小叶丹，瓷盅血酒结兄弟；火把节、锅庄舞，彝族红军心连心。彝海之盟⑧，万里长征留佳话；凉山之交，民族团结扬美名。更难忘，民族危难当头，抗日烽火连天，万众一心，共筑长城，浩气冲霄汉，伟绩炳汗青。

疾风知劲草，烈火见真金。汶川"5·12"，举国上下铸大爱；玉树"4·14"，天南海北献赤诚。志愿者，来自不同民族；互助者，彼此不问身份。捐款捐物，救死扶伤，确保有吃有穿，力争能住能行。跪地接生，

33

羌藏息息相通；逾周脱险，汉回心心相印；同室就寝，无论汉藏羌回蒙；同桌就餐，休管张王周李陈。你中有我，我中有你，唇齿相依，相辅相成。灾重义无限，恩重情更深。

回顾曩昔，反观当今。人无至纯，水无至清，朗照之下有阴影，天籁之中出噪声。造谣惑众，烧杀抢掠，焚车砸店，断路毁桥。罄南山之竹，书罪无穷；决东海之波，流毒难尽。犯众怒，激公愤，一朝妖雾起，三打白骨精。除恶务尽，"三股势力"②扫出门；坚持团结，一个中国不可分。

而今泱泱禹甸，人口十三亿，怡怡快乐之家；神州道道山水，民族五十六，依依手足之情。葵花向阳，阳光普照。致富不忘老少边，和谐常思天地人。吾辈尔等，斯地彼处，今日明朝，寒暑阴晴，以平等之心，做团结之事，兴和谐之邦，念发展之经。倘欲扩大改革开放，分享国泰邦宁，感受家富民殷，欣赏歌舞升平，君且听，蒙古包拉马头琴，清真寺念《古兰经》，西北吟秦腔，巴蜀扬川音，江南吹长笛，苗寨响芦笙；君且看，瑶族"耕作戏"，土家"摆手舞"，陕北扭秧歌，滇黔跳竹竿，凉山燃火把，桂林织壮锦；君且去，侗族"抢花炮"，傣族泼凉水，羌族"山神会"，白族"放高升"；君且尝，西藏酥油茶，新疆葡萄干，苗族"客家年"，高山"长年菜"……噫嘻！年年春晚，异装纷呈，民族兄弟携姊妹；岁岁中秋，皎月清朗，天南海北寄悠情；长江黄河，江山尽美，万紫千红荡春意；尧天舜土，民族祥和，黄钟大吕送洪音。

（发表于中国作家协会主管、中国作家出版集团主办的《中华辞赋》2014年第5期。）

▌注释▐

①天行健、地势坤："天行健""地势坤"分别出自《周易》的"乾卦"和"坤卦"。原文为："天行健，君子以自强不息。地势坤，君子以厚德载物。"意思是：天（即自然）的运动刚强劲健，君子应像它那样刚毅坚卓，发愤图强；大地的气势厚实和顺，君子应像它那样增厚美德，容载万物。本赋借以说明大自然强劲的运行规律和状态。

②五脏：人体内心、肝、脾、肺、肾五个脏器的合称。脏，古称"藏"。五脏的主要生理功能是生化和储藏精、气、血、津液和神，故又名"五神脏"。

③参商：参星与商星。两星不同时在天空出现，因以比喻亲友分隔两地不得相见，也比喻人与人感情不和睦。

④武灵安抚：为强国息事，安定边境，战国时赵国的国君赵武灵王实行了"胡服骑射"的军事改革。改革的中心内容是穿胡人的服装，学习胡人骑马射箭的作战

方法。这种一改华夏民族鄙视胡人的举措，增强了胡人对华夏民族的归依心理，促进了二者之间的经济文化交流，为以后的民族大融合和国家大统一奠定了心理基础。

⑤昭君出塞：王昭君，名嫱（qiáng），字昭君，原为汉宫宫女。公元前54年，匈奴呼韩邪单于曾三次进长安入朝向汉元帝请求和亲。王昭君主动出塞嫁与呼韩邪单于，被封为"宁胡阏氏"（阏氏（yānzhī），"宁胡阏氏"意思是"给匈奴带来和平、安宁和兴旺的王后"）。后来，呼韩邪单于在西汉的支持下控制了匈奴全境，从而使匈奴同汉朝和好达半个多世纪。昭君死后葬在匈奴人控制的大青山，匈奴人民为她修了坟墓，并奉为神仙。

⑥孝文改革：北魏孝文帝（467—499），本姓"拓跋"，名宏，是拓跋弘的长子，471年至499年在位，为北魏第七位皇帝，谥号孝文。484年孝文帝下令实行俸禄制，使吏治贪污腐败现象有所好转，485年冯太后、孝文帝颁布了均田令，495年正式迁都洛阳，命鲜卑贵族汉化，采用了汉族统治阶级的政治制度。这些改革，加速了当时北方各少数民族封建化的过程，促进了北方民族的大融合。

⑦文成公主：（625—680），汉族，唐朝皇室远支。她是吐蕃赞普（"君长"之意）松赞干布的第二位王后（第一位王后来自今尼泊尔）。唐贞观十四年（640），松赞干布遣大相禄东赞至长安，献金5000两，珍玩数百，向唐朝请婚。16岁的文成公主奉唐太宗之命，应征作25岁的松赞干布夫人。和亲后，对巩固汉藏关系和吐蕃的发展做出了很大贡献。

⑧彝海之盟：1935年，中国工农红军长征经过冕宁彝族地区。由于当时国民党对彝族的"赤反"宣传中，红军被描绘成骇人的"苗蛮"，先头部队被彝族群众围住。红军耐心地宣传党的政策，赢得了彝民的理解。5月22日，军委总参谋长刘伯承同彝族沽基家支首领小叶丹在海子边杀鸡饮血结为盟友，帮助他们组织"中国彝民沽基支队"，还赠送他们一些枪支和一面"中国彝民沽基支队"的红旗，"彝海结盟"。彝人认为："杀鸡抹断喉，帮人帮出头。"在小叶丹部落7天7夜的护送下，红军主力部队顺利通过彝族地区。

⑨"三股势力"：指暴力恐怖势力、民族分裂势力、宗教极端势力。2001年6月15日，上海合作组织成员国共同签订了《打击恐怖主义、分裂主义和极端主义上海公约》，首次对恐怖主义、分裂主义和极端主义做了明确定义。

华
夏
篇

湖头赋

　　山行安溪，翠拥十七高峰；誉满闽南，光耀千年湖头。朱熹览胜，但见沃野茫茫；李氏开基，情结碧水悠悠。溪流入海，宏开丝绸之路；谷地兴镇，复制繁华泉州。

　　斯地景美，开眼即为锦绣；山光水色，入目倍觉清幽。巅焕红霞，峰写雪意，浦亮鱼灯，山任云游，林掩樵径，峡泻溪流，坳沐夕晖，寺寂钟柔，洞吐飞瀑，湖月如钩，披霞带露，履平逾沟。遥望楼赴新区，喜观绿涌田畴，信步人间仙境，甚感美不胜收。

　　斯地星灿，人文荟萃悠久；李公光地，"一代完人"雄侪①。弘扬家学渊源，勠力鞍前马后，维护国家统一，长怀清正谋猷。御笔嘉谕，桑梓生辉②；尔古尔今，钟灵毓秀。军政文理，科技实业，后继如云，各具风流；功盖邦国，业布四海，声播遐迩，名扬千秋。

　　斯地丕盛，交通商旅辐辏；省级名镇，历史文化皆优。一大园区、三大品牌、十余矿产，列"福建百强乡镇"之伍；民俗文化、幸福民生、绿色生态，彰"泉州魅力乡村"之尤。游罢贤良祠，顿悟见贤思齐；置身成云洞，更冀书海荡舟。七十古民居，尽赏闽南风韵之淳；五十古文物，品味寺观碑文之遒。购物广场，购足幸福美满；森林公园，怡养快乐春秋。长住于斯，无虑无忧；旅行至此，不虚其游。

　　噫嘻！煌煌之积，唯光大而不毁；矻矻之举，唯加速而不休。改革开放，湖头永争魁首；科学发展，佳绩再上层楼。顺民心所指，应百姓所求，邑人追高标，众志强湖头。扩新城，增财富，兴科教，展鸿休。试看今日大手笔，再绘靓丽"小泉州"！

　　（发表于《对联（民间对联故事）（下半月）》2011年第7期，2011年6月获福建省安溪县湖头镇政府和北京《对联》杂志社联合举办的"《湖头赋》全球华人辞赋大赛"二等奖，2012年3月发表于《中国诗赋》。）

【 **注释** 】

①李公光地，"一代完人"雄侔：李光地（1642—1718），字晋卿，号厚庵，别号榕村，福建泉州安溪湖头人。清康熙九年（1670）中进士，进翰林，累官至文渊阁大学士兼吏部尚书。

②御笔嘉谕，桑梓生辉：李光地为官期间，政绩显著，贡献巨大，是著名的清官、理学名臣。康熙帝曾三次授予御匾，表彰其功。

党魂赋

阴阳二气,相辅相成;魂之谓阳,体之谓阴。看红尘滚滚,思阴壤冥冥;多感体灭而魂在,影逝而梦存。花魂、柳魂,魂附万物之中;诗魄、剑魂,魂藏千秋之林。阴魂、鬼魂,魂惹天人之怨;党魂、国魂,魂牵万众之心。魂中辨美丑,魂内具善恶,魂里寓臧否,魂场起风云。最忌魂不附体,犹如行尸走肉;当崇英魂流芳,胜似松柏常青。

遥想屈子当年,长吁短叹,只身纵汨罗,此举何其悲哉——浊浊之中枉独醒,招楚国之魂,只缘以王为尊①。继而华胄绵延,龙舟竞渡,众人抛粽子,此状何其盛矣——滚滚之际彰要义,祈爱国之英,唯以高洁为琨。

地跨南北,时贯古今。疾风知劲草,烈火见真金。为民生者得民心,践党旨者铸党魂。南湖蕴波澜,浓浓墨云透曦光;井冈举大蠹②,星星之火亮山村;长征播种子,虎虎青壮换戎装;延安标圣地,熊熊烈焰逐瘟神;长江翻巨浪,猎猎旌旗指枯朽;剩勇追穷寇,霍霍飙风卷残云;北京响惊雷,浩浩正气驱邪恶;南国度春风,蒸蒸事业入佳境;"九八"战水患,熠熠党徽亮前线;汶川抗地震,灼灼党旗泣鬼神。珠峰巍巍兮,中华民族挺脊梁;神州茫茫兮,共产党人建奇勋。腾舒云而览五洲,实为旷世之罕见;御长风而横四海,隆起华夏之昆仑。

党魂铸理想,鸿猷③展远景。铮铮铁骨除尘垢,耿耿赤子引光明。斧头劈开新世界,镰刀割断旧乾坤。雨花台难断大同梦,渣滓洞休锁报国心。两仪元气,赖党魂而旺;一纸蓝图,因党魂而新。

党魂铸信念,磐石无斜倾。戴镣长街行,坚信主义真。隧道再长,必有出口;黑夜再久,也破晨昏。风雨之后总得晴,冰雪融化正当春。三大法宝,迎来东方红;改革开放,再步新长征。山比两脚矮,天因双目临。

党魂铸精神,钢铁坚且韧。井冈翠竹,深扎遒根;延安宝塔,傲翘风云;红岩灯光,驱逐阴晦;平凡螺钉,允公允能;兰考盐碱,难不住呕心公仆;大庆冰雪,挡不了动地铁人;"九八"洪涛,冲不倒中流砥柱;汶川地震，震不垮共产党人；三股势力，动不了爱国根基；军事讹诈，吓不了两弹元勋；北京奥运，观不尽龙腾虎跃；浩宇天庭，止不住神舟飞奔。

党魂聚民心，星月相辉映。御外之时，化作民族先锋；抗灾之际，引来大众救星。科学发展，催人构建和谐；以人为本，予人力量千钧。诗词歌舞，"党魂"二字最响亮；汉藏回苗，"党魂"一词最动情。

党魂似火，彪炳史之光荣；党魂如歌，畅颂国之昌盛；党魂之花，凝聚各族同胞；党魂之塔，激励千秋后人。

乱曰：日朗朗兮山川媚，风飘飘兮万物欣；"归去来兮"④作陈言，感党魂兮驻吾心。

（2011年8月9日发表于中华辞赋家联合会主办的《中华辞赋网》，2011年8月15日获中国新闻文化促进会、重庆市委宣传部、《人民日报》社文艺部、《中华辞赋》社联合举办的"为中国共产党九十华诞放歌"征文大赛优秀奖；编入重庆出版社出版《砥柱中流颂》一书。）

【 注释 】

①浊浊之中枉独醒，招楚国之魂，只缘以王为尊：屈原的《渔夫》中写道："屈原既放，游于江潭，行吟泽畔，颜色憔悴，形容枯槁。渔父见而问之曰：'子非三闾大夫与？何故至于斯？'屈原曰：'举世皆浊我独清，众人皆醉我独醒，是以见放。'"文中形象地描写了屈原"信而见疑，忠而被谤"的神态和心境。屈原的"忠"，始终是将君与国统一在一起的。

②大纛（dào）：古代行军中或重要典礼上的大旗，这里泛指大旗。

③鸿猷：远大的谋略；宏伟的计划。

④"归去来兮"：出自【晋】陶渊明《归去来兮辞》："归去来兮！田园将芜，胡不归？"指归隐乡里，常有淡泊名利、回归自然的意味。此处引用的意思是：党魂早驻心中，何谈回归邪？

碧峰峡赋

　　时维辛卯，序值夏炎，欲解暑困，心仪雅安。邛崃遣一脉之雄，雅水涵百秀之川；世界自然遗产，蕴此西蜀云端①。其辖雨城，临藏彝之走廊；碧峰峡谷，倚横空之芦山。绿海滔滔，隐熊猫之栖地；云烟袅袅，藏虫鸟之乐园。沿蜿蜒之峡谷，绕芊芊之峰峦。盘旋而上，渐入换季山隘；结伴而行，饱览福地洞天。

　　置身天然氧吧，但觉气象万千：寅雾卯风，午日夕岚，雷霆乍响，乌云时丹，甫敛斜晖，遂挂雨帘。如川剧之变脸，乃天公之戏玩。

　　远之莽莽，近之岑岑。窥谷游客如蚁，进沟两壁森森。脚下沙沙作响，闪现环卫工人；爬危崖，上天梯，护栏清道，涉水钻云。消吾侪之战战，除他辈之兢兢。

　　逶迤数十里，水为峡之魂。不知何来，未料何往；人随水走，溪与人行。涌一路山水画，闯一股精气神。头上滴水连珠，身边激潮沄沄。或遇石飞浪，或逢岩飘瀑，或潭中涡旋，或陡处狂奔。时而反冲，时而扑腾，时而飞珠溅玉，时而抛雪洒银。陪以岸上蝶舞，伴以林间蝉吟。叮叮咚咚，嘈嘈切切，哗哗啦啦，瓦釜雷鸣。轰然天籁之交响，气势磅礴而雄浑。

　　道险而爽，峡深而长。水沛物丰，林茂草旺。绿笼云堑，翠漫岭岗。唯根须敢攀险峻，唯枝叶喜送清凉，唯藤蔓热拥嶙峋，唯野卉遍吐芬芳。高者揽其云，低者撑其帐，刚者昂其首，柔者炫其装。同享天赐，共受恩光。挤则挤矣，然而各安其所，各传其代，各呈其色，各奉其香，林林总总，郁郁益盎。噫嘻！今日有幸，大悦耳目：赏植物标本之大观，历生态旅游之天堂。

　　歌曰：

　　峡峰邈邈千年秀，国宝憨憨两仪藏；今朝始得东风便，络绎争寻美与详。

　　（2011 年 8 月 13 日发表于《永川日报》，发表于中国新闻文化促进会、中国碑赋文化工程院主办的《中华辞赋》2012年第5期，2013年1月发表于《中国诗赋》。）

◖ 注释 ◗

①世界自然遗产，蕴此西蜀云端：2006年7月，在立陶宛首都维尔纽斯召开的联合国教科文组织第30届世界遗产委员会会议，一致决定，将中国四川大熊猫栖息地作为世界自然遗产列入《世界遗产名录》，这一中国稀有的"活化石"动物栖息地成为中国第32处世界遗产。中国四川大熊猫栖息地涵盖成都、阿坝、雅安和甘孜4市州12个县。中国保护大熊猫研究中心雅安碧峰峡基地位于雅安市正北碧峰峡景区内，距离市区19公里，距离成都市150公里，隶属国家林业局卧龙自然保护区管理局中国保护大熊猫研究中心，拥有世界上最大的大熊猫圈养种群，于2003年12月28日建成。

漳河赋

　　南漳崇峻，郁郁青青，裙曳三景①，袖拂荆门；曲水如鞭，牧葱葱于左右；清风鼓舌，舔郯郯于三城②。赋胜景于楚域，衍人文于古今，吐祥霭于盛世，泽恩惠于兆民。

　　山藏水之沛，水润山之幽。天雨地泉，邀于星夜白昼；涓流小溪，约自冬夏春秋。叮咚而呼，哗啦而应；同趋漳河，共览群丘。逐浪数百里，欢歌万千首，齐聚荆宜襄，媲美清纯柔。驻足则囤水廿亿③，张臂乃延客如流。恋湖山倒影，喜画舫轻舟，听沟中牧笛，观绿丛羊牛，赏浮渚驮水，品百鸟啾讴。风宁滟滟如镜，柳动群鱼回眸。妙哉！造物擅丹青，人在画中游。

　　圣水上善，万物赖其兴旺；灵长聪慧，水性熟之备详：湿于根须，桃李枣梨累累；涵于田土，五谷蔬蕨芳香；注于酿具，席间美酒纯正；涌于电站，宵夜神灯亮堂。更不待言，养室外之红黄，除器物之肮脏，解口舌之干燥，奉夏季之清凉；有水胜似神仙，无水如逢刺芒。

　　水映英杰之魁，波闪文脉之光。截而顺之，平原遂成天府；疏而浚之，世代尊拜禹王。屈原投江，魂激龙舟飞渡；李白望瀑，意随云翩④高翔；苏轼咏涛，千古风流倜傥；润之吟浪，百万雄师威强。张飞响雷，桥水容与⑤欲返；子龙纵马，气势高凌天罡。水之乐章，激越且兼奔放；水之文化，源远而又流长。

　　天公赋宠，大块结缘；主流支流，脉脉相连。浩浩长江，母仪昭于禹甸；清清漳河，情思付于绵绵。华夏有幸，饱吸玉液琼浆；楚民无忧，畅饮漳河甘甜。经明槽，履库岸，过涵闸，临坝栏，观其色泽，澹澹清澈无染；测其水质，盈盈纯净天然；析其成分，微量元素丰富；量其指标，直饮标准过关。

　　百废待举之际，修建大水库；改革开放之时，创办大企业。曩昔披星戴月，今朝攻关克难；昂扬之气，代代相传。报效全社会，赖我"金龙泉"；天时地利人和，德隆技高品全。携手武汉大学，抢占科技前沿。酿内在品质，出多档品种，拥高雅品位，创国际品牌。春瓮列列而候，酒旗霍霍以欢。上呈国宴，下送民间。啤酒销量，连膺全国十强；市场声誉，堪与茅台比肩。金樽碰响祝酒歌，笑意荡开丰收年。

　　饮水思源，恰如绿叶恋根；投桃报李，尽表感恩之情。今备果馐酒品，膜拜漳河神灵；宏彰仪举，极颂水君。稽首毕恭毕敬；祈祷唯虔唯诚。吾侪他辈，皆为水之宠幸；护水惜水，当为我之本能。去浊返澄，葆秀蓄清。堵漏截污，不留一丝隐患；禁抛杜扔，不含半点杂尘。节水如油，惜液如金；追求高效，造福黎民。今祈漳河，源源推恩，以昭日月，以佐大坤。福音响斯地，大爱惠苍生。

　　香烛既旺，祭礼已成；伏维尚飨⑥，谨告穹旻。

　　(2012 年 2 月 14 日获《中华辞赋》社、《湖北日报》社与湖北英博集团联合举办的《漳河赋》全国征文大赛优秀奖。)

【 注释 】

　　①三景：湖北省南漳县境内有三景庄，漳河发源于此。

　　②三城：这里指湖北省的荆门、宜昌、襄阳三市。

　　③据介绍，漳河水库总库容为 20.35 亿立方米，水域面积 104 平方千米，系全国灌溉农田 200 万亩以上的九大水库之一。

　　④云翮（hé）：指凌云高飞的鸟。

　　⑤容与：有两解，一是悠闲自得的样子；二是犹豫不前的样子。此处指后者。

　　⑥伏维尚飨：为旧时祭文中的套语，意思是恭敬地请你来吃。伏，趴，脸向下，体前屈。维，文言助词，在"伏维尚飨"中只是凑足音节，无意思。尚，尊重、注重。飨，用酒食款待人，同"享"。

灵璧赋

皖之东北，千年盖世"三绝"[①]；宿州辖地，古县灵璧"双乡"[②]。沃野献五谷之丰，城邑傲百业之强，大千藏磐石之妙，星河耀人文之光。休闲之所，古迹九州瞩目；文化之圣，民俗四海传扬。

置县元祐，冠名有因。磬含灵性，尽具仙质神形；石如璧玉，堪为地宝天珍。观而品之，纹透疏朗筋骨；叩而聆之，似闻古韵今声；触而考之，有如青铜坚硬；静而思之，倾倒多少骚人。女娲补天，稍嫌屈用其材；编磬奏乐，定能妙仿八音；公园亮相，老幼啧啧惊叹；园艺世博，国际频频揽金。

巾帼虞姬，容颜倾城，崇俊尚武，才艺双馨；天师钟馗，其貌狰狞，疾恶如仇，一介克星。一为现实女性，一为传说凶神。惠中共性皆备，外表美丑各分。惜垓下虞姬，凄凄切切：红颜薄命，所赖人杰变鬼雄；忠贞爱情，独留青冢向黄昏。舞影逝也，芳魂迄今犹存；记忆烙印，长留世人心旌。喜圣君钟馗，风风火火：秉直刚正，不计丑容揭丑行；驱邪镇妖，专捉魑魅保太平。虎眼明也，丑貌美得可心；善良百姓，争画除恶神明。尊美重义，斯地民淳风清；惩恶扬善，灵璧气正邦宁。

磐石神奇，缀于灵璧时空；瘦透绉响，独具石界尊容。先秦后汉，宫庙磬乐清迥；唐诗宋词，文人情有独钟。三下江南，乾隆为之心动；四大名石，灵璧屡获殊荣。与时俱进，招商结缘四海；以石为媒，引资富我域中。旅游兴县，磐石扮靓景点；八景增辉，更现车水马龙。神交物我，赏石遐思烁烁；意接古今，观光兴致冲冲。

虞姬忠贞，移于事业忠诚；灵璧发展，因而突飞猛进。北机场、南码头，立体交通格局定；两铁路，两高速，铺开小康好前程。老城区、开发区，改造建设双兼顾；强经济、促文化，灵城面貌日日新。爱则深沉，干则认真，最喜灵璧众，拳拳桑梓情。

钟馗画像，遍于千家万户；县印图章，消灾派上用场。逼真传神，出自众人之手；继承发展，吴氏画风弘扬[③]。扎根民间，文化土壤肥厚；寄情民俗，艺术成就辉煌。跻身巴拿马，荣膺国际金奖④；称誉"活化石"，"中国国礼"馨香⑤。丹青融入理想，翰墨辉耀八荒。

不惧遥遥，全仗车轮飞转；敢赴滔滔，借助破浪鹰船。看我灵璧，主客两兼：纵有文化积淀，横有万千俊彦；外有来巢凤凰，内有骄人资源。工农商旅文，协如弹琴键；一展锦囊计，科学发展观。创新开天宇，奋斗换新颜。百强十强，全国屡屡夺冠；灵璧人民，敢为天下之先。感民心之顺畅，觉生活之甘甜；熙熙而乐也，融融而快哉！唢呐声声，高歌改革开放；惠风习习，共享舜日尧天。

(2011年10月18日发表于中华辞赋家联合会主办的《中华辞赋网》，2015年7月24日发表于中国作家协会主管、中国作家出版集团主办的辞赋网。)

注释

①灵璧素有"奇石、虞姬、钟馗画，一奇一美一神，灵璧三绝甲天下"之美誉。

②灵璧先后被评为"中国观赏石之乡""中国民间艺术（钟馗画）之乡"。

③吴道子（约680—759），被尊称吴生，又名道玄，阳翟（今河南禹州）人。是中国唐代第一大画家，被后世尊称为"画圣"，被民间画工尊为祖师。其画《钟馗捉鬼图》被唐明皇"颁显有司，乃告天下"。灵璧传统钟馗画承传吴道子之法，并与民间技法相结合，风格独特，自宋至今兴盛不衰，已成为中国民间艺术的瑰宝。

④1915年，画家翟光远在巴拿马国际博览会（即世博会前身）中荣膺金奖。

⑤2009年10月，孙淮滨先生《钟馗图》被评为"新中国国礼"，他也被评为"国礼艺术大师"。

铜川赋

地之灵秀，有如人之康健；陕之健儿，当数大美铜川。北向延展，经连黄陵始祖；南面屈伸，脉走古都西安；咸铜、梅七，骨接陇海主干；气血两旺，漆水渭河相连。五处六点①，堪比五脏六腑；一城两扩，无异一头双肩。四区一县，心心相印；城市农村，息息相关。遥望铜川，妙不可言：拟之为男，确有虎虎之气；谓之曰女，毕见婷婷之妍。

感铜川之健康，思五台之药王。大慈大悲，无欲无求，巍巍神医孙思邈；拯衰救危，起死复生，浩浩药典《千金方》。望闻问切，无论长幼妍媸，殷殷善待人为本；推拿灸刺，不分高低贵贱，累累悬壶医为纲。调五行，协阴阳，祛百病，助康强。德高五岳，术压岐黄②，廿四居首，百代流芳。或粒或丸或片，或膏或粉或汤，欲解华夏杏林广，且入铜川觅滥觞。

究铜川之古今，品荟萃之人文。汉景二年，置县行政；抗日甫胜，三易其名。一九五八，撤县建市；改革开放，焕发青春。乡邑彪青史，青史耀贤能。人山共名，药王功德高迥；"颜筋柳骨"，公权笔贵千金；范宽丹青，折服后昆悲鸿；史家绝唱，仰止令狐德棻；井公勿幕，"西北革命巨柱"；郭氏秀明，光昭奉献人生。文物累累，古迹荧荧。渭北瓷都，耀州十里窑场；青瓷贡品，制作精妙绝伦。黛崖松林，时现"水帘""飞雨"；玉华圣地，玄奘数载译经。三峰耸翠，香山蟠绕祥霭；古会燔香，熙柔万千心灵。革命圣地，照金大纛高擎；南北呼应，一如红色瑞金。宜君画乡，彰显农民个性；新奇活艳，民族乡土之魂。

赏铜川之美景，迷怡人之生态。药王大殿，千年古柏撑巨伞；照金香山，奇峰异石顶绿盖；烟笼玉华，千松万竹拜佛门；虹卧陈炉，陶瓷古镇焕异彩；观花避暑，赏叶滑雪，四季主题助游兴；梵音和雅，红色豪迈，几大景区连板块。姜女塑像，长出一株传说；千里送衣，再现九重雾霾。抹久远之泪痕，求今日之大快。但见福地、锦阳，两湖烟波浩渺，聆听渔舟唱晚，静观湖畔翠带。此时此景，此意此情，心飞浩浩蓝天，神游莽莽大海；无限风光，何其气派！

羡铜川之富强，喜前程之康庄。续隆继旺，药业陶业煤业；壮势拓新，铝业旅游果粮。苹果之乡，誉满省内；全国果展，屡获荣光。地膜玉米，陕西第一名县；宜君经验，央视国报传扬。看繁华铜川，设施齐备，管网舒张。南扩北疏，一城二区一廊；三河六园，一清二美三香。看繁华铜川，闹市郊衢，四通八达，条条皆是感情路；开铺设摊，送往迎来，熙熙多为四海商。人群簇拥时，总遇书画展览；锣鼓铿锵处，定是送戏下乡。回首话沧桑，举目望辉煌。盛也，乐矣！政通人和，龙凤呈祥；铜川兆民，幸福永昌。

（写于2013年夏。）

〖 注释 〗

①五处六点：指玉华宫、耀州窑－陈炉镇、药王山、耀县文庙、神德寺塔等被列入国家级重点文物保护单位。

②术压岐黄：孙思邈为医药学贡献出现了24个"第一"：

（1）医学巨著《千金方》是我国历史上第一部临床医学百科全书；（2）第一个完整论述医德的人；（3）第一个倡导建立妇科、儿科的人；（4）中西医结合工作第一人；（5）第一个麻风病专家；（6）第一个发明手指比量取穴法；（7）第一个创绘彩色《明堂三人图》；（8）第一个将美容药推向民间；（9）第一个创立"阿是穴"；（10）第一个扩大奇穴，选编针灸验方；（11）第一个提出复方治病；（12）第一个提出多样化用药外治牙病；（13）第一个提出用草药喂牛，而使用其牛奶治病的人；（14）第一个提出"针灸会用，针药兼用"和预防"保健灸法"；（15）系统、全面、具体论述药物种植、采集、收藏的第一人；（16）第一个提出并试验成功野生药物变家种；（17）首创地黄炮制和巴豆去毒炮制方法；（18）首用胎盘粉治病；（19）最早使用动物肝治眼病；（20）第一个治疗脚气病并最早用榖（gòu）树皮煎汤煮粥食用预防脚气病和脚气病的复发，比欧洲人早1000年，现在证明富含维生素乙（维生素B）；（21）首创以坤剂（雄黄等）治疗疟疾病，比英国人用砒霜制成的孚勒氏早1000年；（22）第一个提出"防重于治"的医疗思想；（23）首用羊靥（羊甲状腺）治疗甲状腺肿；（24）是我国历史上第一位深入民间，向群众和同行虚心学习、收集校验秘方的医生。

瓮安赋

　　按下云头，但见多彩贵州；巡睃苍莽，唯迷斑斓黔南。州中县市，瓮安丛芳吐艳；福地洞天，域内百瑞争妍。东邻黄平，南连福泉，西接开阳，北倚湄潭。汩汩清流，源奔舞阳河；簇簇幽翠，荫覆朱家山。群山带水，流沔百里画廊；乌江缭曲，祉祐宝地瓮安。水碧洲绿，草塘镇风光旖旎；峡峭谷深，江界河景色芊芊。瀑布河谷，两仪间飘云漫雾；穿洞景区，喀斯特叠嶂层峦。跑十镇一乡，赏九峰三水，观一年四季，思万载千年。清者好水，九曲回环。汤汤焉境分其派，潋潋乎库蓄其渊；涌夏日之滔滔，淌冬季之绵绵。绿者好山，起伏绵延。或如爪伸翅展，或似虎踞龙盘。天籁蹿葱蔚，淳光揉涧烟。通者好道，迤迤畅然。城乡往返，道平路宽。或高速公路飞车，或黄金水道行船。南下两广，铁路缩其迢迢；北上中原，空路省其时间。美者好城，热闹非凡。商贸交汇，人流物流车流；游人云集，商厦货栈公园。楼群嵯峨，县城标其母版；贾肆栉比，乡镇换以新颜。夜衢流光灿，水影玉庭闲。

　　人文增山川之灵秀，古邑毓累世之才卿。稽考古史，开疆于殷周且兰；溯追隶属，几易其郡州诸称。万历廿九，瓮安县制肇建；县龄四百，斯地昌泰延伸。辞赋问对，盛览开文学先河；相如作答，汉史留赋学谈津。同为进士，比肩苏轼王安石；才盖贵州，独占鳌头犹道明。元明怀远保境，宋钦平寇安民。作诗文，为辞赋，编戏剧，修方志，傅氏三儒光耀乾嘉；承其父，传其子，明邪正，见策勋，玉书黔境名冠魁星。竹院廊宇悦目，庄林诗书怡情。草塘人，猴场景，淳朴民风今存古韵；风火墙，四合院，方正瓦舍辈出贤能。两大诗宗，传衍数代精英；红军戎昭[①]，盛推陈靖鸿文。冷舒二姓，两瓜一藤；隐身虎穴，铸就忠魂。看粉墨之招式，赏龙狮之翻腾。双面大戏楼，乃为世界之最；人生大舞台，响逸千秋之声。傅氏祠堂，雄略运筹脱困境；黎平嗣响，暮暇罔顾谋前程。猴场会议，危局逆转露光熙；乌江天险，红军强渡长精神。止三人之淹引[②]，导遵义之先行。

论其古今，人杰更兼地灵；处于四象，物阜饮誉八鸿。禾稼旺于沃畴，芳卉艳于灌丛；锦鳞闪于涓涟，爪翼舞于遥穹。尺草丈树不乏菌药瓜果，深山玄林更多蛇猴异虫。通道伸于辟远，运车出于矿山，危岩地腹极富磷煤铁锌；产业兴于园区，水电起于湍急，城市山川共铸不世之功。黔之磷业，瓮安三居其一；贵之煤海，斯地堪称其雄。

秉承前贤之劻，心仪峥嵘；光施民生所望，躬行始终。古邑新天伟业，高猷远畅；内力外力合力，多元交融。梧桐树开怀引凤、"五百强"情有独钟。四纵二横，其势浩浩；一主一副，其盛隆隆。内则融入贵阳，赳赳乎龙骧③虎步；外则连接成渝，跃跃乎云集影从。

幸哉，瓮安！生态之县，悠悠仙境可心；人文之邑，巍巍巨擘可敬；辞赋之乡，煌煌佳绩可颂；红色之地，昂昂精神可弘。民和年稔，福祉无穷；光前裕后，景瑞泰通。

（5月28日发表于中国作家协会主管、中国作家出版集团主办的辞赋网及《中华辞赋》2015年第12期；2015年10月26日获贵州省文联、中国赋学会、贵州省国学研究与传播中心、黔南州文联、中共瓮安县委、瓮安县人民政府主办的全国征文二等奖。）

注释

①昭：兵戎之事，这里指作品所描写的战斗故事。

②止三人之淹引：三人，这里特指1934年6月，由博古、李德和周恩来组成的临时掌管中央和红军最高权力的"最高三人团"。长征途中，李德十分武断和固执，主张实施"左"倾军事路线，遭到了周恩来的反对。1935年1月召开的遵义会议决定取消"三人团"，博古和李德失去了对红军的最高指挥权。（《党建》2007年第9期。）淹引，迁延，延误。

③龙骧：亦作"龙襄"，昂举腾跃之状。《汉书·叙传下》："云起龙襄，化为侯王，割有齐楚，跨制淮梁。"颜师古注："襄，举也。"

华夏篇

江南长城赋

经县郡之奄治，历州府之逝川。晋之天暑，今何艳艳；唐之遥纪，现何绵绵。临海胜景，宠承皇天。城依山，山更峻险；山傍水，水亦酣然；水抱城，城愈迷人；人入画，画有灵焉。

森森退于身后，赫赫跃乎眼前。枕大固，接巾子，莽莽巨龙逶迤其上；绕灵江，临东湖，江南长城逦迤其间。斗折蛇行，沿江修筑而上；依山傍势，捉脉起伏而旋。肖八达岭之形神，耸千载城之巍蟠。威加瓯越，雄镇东南。

万里长城，中国脊梁；斯地屏障，江南铁肩。几近两百级，经石阶而至顾景；奇乎五千米，处楼台以赏大观。郁郁绿中走一线，长长线外飘云烟。观则彼陡此缓，闻则虫鸣鸟喧，仰则丈八之高，过则丈二其宽；入则越门、兴善，出则镇宁、朝天；赞则文武塑像，忆则古今群贤。

时如光柱，地似戏场，幕幕精彩，时时新鲜。披荆斩棘，谢灵运心仪劈路；守正不阿，骆宾王气盛为官。文武五状元①，屡闻锣鼓响；同朝五宰辅，总具桑梓缘；兄弟四进士，激励后生志；父子三巡抚，往来云水间；史上诸文人，流芳诗文苑；现代十院士，期勖青少年。

风流人物，增辉岁月者常怀乡魂；过往踪迹，见证人间者所赖城垣。

抗倭之城，扬大中华之国威；八年之战，显戚继光之刚严。空心敌台，既高且厚；四座瓮城，亦固亦坚。七大古门巧通兵将，十三烽火固守雄关；九战九捷耻雪仇报，一府二城境靖民安。

防洪之城，展临海人之才智；弧形瓮城，御大洪水之凶顽。千重恶浪，江海夹攻；六处"马面"，强力阻拦。设计建筑堪称范本，面江面海皆呈弧圆；大雨滂沱毫发未损，波涛汹涌市民悠闲。

迎客之城，引海内外之游者；峰巅之处，观山水城之斑斓。茂林修竹，披青拥翠；宫观祠庙，飞阁流丹。郑祠敷宣文教之祖，戚祠备述伟绩之煊②；移步换景龙姿百态，登高望远气象万千。

生生不息，代代相传。外游古城墙，内观博物馆，尽收眼底，全在沙盘；场景复现，文物复原。台州府城墙之别称，"小邹鲁"文明之溯源。四类资料，彰显建筑特色；五大展厅，演示斯地变迁。出者入者，怡情奋志；墙里墙外，笑语欢颜。

嗟乎！呼呼訇哮，恍若古飙复振；浩浩翻腾，犹似昔浪重掀。巍巍古城墙，历经临海沧桑；物产丰饶地，再续鸿猷新篇。"四张名片"，张张耀眼；"五大行业"，行行争先。国家园林城市，极尽秀美；国家卫生城市，极具康健；国家宜居城市，极融安乐；省级生态城市，极遂心田。廿一世纪曙光，中国首照；百万临海人民，福祉无边。唯冀五大名乡③，光前裕后；更喜千年府地，破浪扬帆。

（写于 2015 年春。）

▌ 注释 ▌

①文武五状元：临海历史上产生过三状元（南宋王会龙、元代泰不华、明代秦鸣雷），加上宋徽宗时相当于状元的上舍考试第一名陈公辅，宋武状元叶濙，合称"文武五状元"。

②郑祠敷宣文教之祖，戚祠备述伟绩之煌：郑祠，郑广文祠，原名户曹祠（郑广文即郑虔，因其诗、书、画并妙，被唐玄宗誉为"郑虔三绝"），坐落于风景秀丽的临海市区北固山南麓，背依著名的江南长城——台州府城墙。唐以降，祠宇屡圮屡建；1988 年，民间及社会各界捐资，在清代建筑基础上进行了重修和拓建。戚祠，戚公祠，位于临海北固山北固门南边，为纪念民族英雄、明朝抗倭名将戚继光，临海市政府出资修建了戚公祠。

③唯冀五大名乡：五大名乡，指临海的农副业、果业在全国久负盛名，被誉为中国江南鱼米之乡、中国无核蜜橘之乡、中国杨梅之乡、中国名茶之乡、中国西兰花之乡。

抗战精神赋

"九一八"东北涂炭，卢沟桥风云骤变；"八一三"战火燔燃，南京城冤魂卅万。血雨腥风，兵燹外患。倭寇渡海，掠地屠城草木悲；恶魔殃民，烧光杀尽乾坤暗。尸横沪宁，血流江汉。九州危矣！看金瓯之将残；情势急矣！听忧患之呐喊：复仇，复仇，复仇！抗战，抗战，抗战！

发如韭，剪复生；头如鸡，割复鸣！野火烧不尽，春风吹又生。不屈不挠，中华民族之血性；攘夷复土，列祖列宗之基因。救亡图存，丁男丁女之己任；同仇敌忾，国共两党之精诚。捐血肉之躯，筑万里长城；舞斩狼之剑，振抗战精神。

地不分南北，处处皆杀敌战场；人无论翁童，个个为勇夫骁将。或穿行于万泉河边，或辗转于太行山上；或诱敌于地道之网，或袭敌于青纱之帐。或正面迎击交锋，或迂回游击较量。偷袭扰敌顽，伏击反扫荡；夹击断股肱，强攻捣心脏。平型关大捷，日本军神话吹空；台儿庄大胜，李宗仁广受称赏。百团大战，滚滚狼烟四起；敌后抗争，赫赫声威雄壮。钢铁意志，因团结而坚强；抗战英雄，缘爱国而忠亮。

对内修和，化干戈为玉帛；对敌亮剑，驱外侮于东洋。义胆忠肝，当数英姿八女；献身报国，有如屈原投江。无畏无私，左权掩护部队；再世卫青①，壮齿血荐神邦。忠毅烈骁，莫过铮铮靖宇；吞棉咽草，更胜苏武牧羊。勇悍猛威，唯有虎将尚志；落入虎穴，浩气不输天祥。严正威武，赖我巾帼一曼；视死如归，比数②秋瑾国殇。彭雪枫、张自忠，高级将领殉社稷；冯玉祥、吉鸿昌，抗日丰功炳玄黄。彪彪狼牙五壮士，耿耿忠魂留山岗。三十万川军讨日寇，三百万壮丁赴前方，千百万将士驱虎豹，四万万同胞筑铜墙。路长练韧劲，山险比坚强，浪高有砥柱，烈火见金刚。舍生忘死奈我何？前仆后继犹未央。千万侨胞伸道义，五洲四海解贝囊。展我方之振厉，灭倭贼之披猖。

战士勇士，威威正义之师；罪犯战犯，瑟瑟千夫所指。一八九四，国人疾首蒙羞；一九四五，黎庶开颜雪耻。抗战终擒枭鸥，甲午甫过五秩。

十四载枪林弹雨，千百次大小战事。三百余将军铸国魂，十四亿华胄怀青史。酹酒海疆，祭殉国之英烈；进觞山岳，劳凯旋之壮士。昨又甲午，东方睡狮早醒；今为乙未，举国更有宣示。不忘昔日之耻，唯冀国耻永逝；前瞻未来之途，更防军国复始。维护战后秩序，乃世界和平之大旨；弘扬抗战精神，续中华民族之大志。实现华夏复兴，欣嘉③恢宏大势。

（发表于中国作家协会主管、中国作家出版集团主办的《中华辞赋》2015 年第 9 期；2015 年 2 月 12 日获《诗词世界》杂志社、《诗词百家》杂志社等单位举办的“‘恒有源杯’《抗战精神赋》海内外诗赋词曲联大奖赛”征文活动佳作奖，编入中央文献出版社 2015 年版《抗战精神赋》一书中。）

【 注释 】

①再世卫青：卫青，西汉时汉武帝的大司马、大将军，用兵奇正兼擅；为将号令严明，与士卒同甘苦，威信很高。

②比数：相与并列；相提并论。

③嘉：喜爱、赞美。

都匀赋

　　衼连川渝，牂牁郡之流幻；袂挽云贵，夜郎国之变迁。彩云之城，都匀其间。江南水网，重现高原。剑江"九溪归一"，市邑百桥卧川。设县千百余年，未改冬暖夏凉之天授；迈步廿一世纪，更得市隆商旺之应乾①。涨通都之气势，兴百业之连环。绿色旅游之区，蜚声海外；小康十佳示范，光耀黔南。

　　若夫置身城邑，青史流芳后世；涉足景点，人文濡化自然。石板街清丽古朴，陆德龙解围贵阳于斯赶赴；文峰塔挺拔雅致，陶廷杰重光桑梓跨省义捐。百子桥精美雄浑，唐文升功半洛阳独资修建；博物馆恢宏大气，参观者民族水族乡情倍添。陈尚象犯颜权贵，谏言威加朝野；邹张君谪居都匀，书院敷展杏坛②。抗日练兵处，二野大纛前；三大高校，岂止培养廿二进士③？示范高中，源源输送四化俊彦。闻弦歌之袅袅，其意陶醉；赏妙舞其翩翩，其心甘甜。匀城广场呼朋唤友，男女老幼健身休闲。

　　至若奔赴野外，咸皆悦目风景；体味民俗，时乃怡人大观。双溪分手于咫尺④，两江逐浪于天边；七星结友于四象，八景呼朋于千山。济公云游归兰，肉身坐化成仙；三丰踵继后尘，道丈功圆福泉。美丽传说，共峥嵘之苍翠；都匀文明，同日月之光鲜。苗山苗水，斗篷山毕呈其秀；苗影苗声，芦笙舞尽奉其妍。啪啪打糍粑，喜闻笑声飘天外；噗噗飞山鸟，争睹靓翅入云端。布依寨里驱魑魅，螺蛳壳上赏茶园。荧荧一镜照四季风光，万民畅游青云湖；杳杳一线观六里画廊，瀑布天降四方潭。

　　若乃农家小院，世外桃源。迎宾常备糍粑酸菜，待客端出都匀毛尖。提壶以把盏，吹气而驱烟。此茶来历匪浅，毛公誉有回函⑤。膺世博会名茶，场面非同一般；授巴拿马金奖，盛况卓尔不凡。

　　嗟乎！都匀之水土养勤劳之人，勤劳之百姓冒智慧之尖。居者游者，额手欢言。犹处人间仙境，竟临福地洞天。

　　幸矣！"双百"城市，展鸿猷之浩浩；黔南明珠，吐祥光之炫炫。美哉都匀，群芳斗艳；强也都匀，快马加鞭。陆道隆隆提速，水路霍霍扬帆。天时地利人和，陶欣万事俱备；经济社会环境，试看群雄争先。"六大重点"，平铺改革开放之双轨；"一圈两翼"，开启城乡统筹之新篇。上下一心，齐往伟大前程之灿烂；老幼同乐，共融幸福都匀之醋欢。

（写于 2015 年秋。）

《 注释 》

①应乾：顺应天意。【唐】刘禹锡《代杜司徒谢追赠表》："陛下应乾御极，作解庇人。"

②邹张君谪居都匀，书院敷展杏坛：明代的张翀和邹元标，先后被贬谪都匀，他们在都匀期间，开办了鹤楼书院（后改名南皋书院），其教泽影响深远。敷展，传播，宣扬。

③廿二进士：据载，明清两朝都匀一共出了 22 位进士。

④双溪分手于咫尺：斗篷山中，一处农家乐饭店的附近出现两条小溪，一条流向长江，另一条流向珠江。

⑤毛公誉有回函：在去螺蛳壳路上一个叫哨脚的村子旁，立了一块石碑，记录着 1956 年春，采茶女谭修芬精心采摘、炒制 2 斤毛尖茶叶献给毛泽东主席。半月后，主席回函："此茶很好，希望今后山坡多种，此茶命（名）为都匀毛尖茶。"同时，他给谭修芬寄了 16 元辛苦费。

南昌地铁赋

　　延南方昌盛，历都邑隆兴，崇胜地城隍，赞懿侯灌婴。王勃千年美序，援笔豫章故郡；义军八一旌旗，光裕洪都新城。碧霄朗朗，仰滕王阁之伟态；赣水滺滺，传新世纪之洪音。

　　陪斗伴星，过往男女老幼；承天安命，筹维①衣食住行。城市扩容，通衢随之延展；人口集聚，百业继而方殷。去也匆匆，乘车不计远近；来也急急，到站常抢时辰。车流滚滚，不虞滚至眼下；人潮荡荡，滉然荡入乃今。

　　民惟邦本，本固邦宁。是故公仆马后鞍前，唯思德政；有司程功积事②，以奉其诚。公交近三千，空调车全城覆盖；发车百余路，老百姓应时登程。

　　何为更便捷？奚而更安稳？怎可更环保？哪得更安祯？且看开路先锋，另辟蹊径；肇建南昌地铁，妙寻延伸。创新者脚下有路，逐梦者梦想成真。自双港入口，一号线率先试运；经廿四车站，二号线中途换乘；连一江两岸，五线路纵横交错；达一号终点，江西省奥体中心。

　　科技提速，改变生活节奏；政策提质，振奋民众精神。二〇〇九奠基，二〇一五运营。南昌轨道集团，交通建设尖兵。弘扬"八一精神"，传承"英雄基因"；博通乃文乃武，笃守允公允能③。掘地数仞，时空隧道洞开；铺轨万丈，神奇之路焕明。电为能源，色作区分。快捷平稳，洁净卫生。地下景观，不输地面万象；眼前仙境，倍感美奂美轮。遥想红色年代，追思历史名人，领略地铁文化，观赏特色站厅。览一路之图文，叹色彩之缤纷，感舒适之车座，宠鹭鹭之精灵。载欣载奔，御逸龙于回廊；至美至乐，穿虬梭于幽深。

　　交通犹似脉络，站点恰如穴位，堵则气滞，通则身轻。地铁布站，衷素④便民。此处倏尔亮相，彼处忽然遁形。进进出出，各务其事；来来往往，各伴其人。或相聚于茶楼聊天，或预约于酒店设宴，或驻足于商场购物，或漫步于公园赏景，或落座于剧场看戏，或专注于就业培训，或热心于社区服务，或痴迷于广场健身。公交所到之处，人气旺而商气浓；地铁鸣笛之时，瑞气腾而财气升。人流物流，更兼信息流；家兴社兴，共促城市兴。

盛矣哉，南昌也！地铁欢歌，所传皆为喜讯；城市欢笑，所扬必是德声。产城融合，势头何以强劲？经济发展，效益何以陡增？社会进步，风气何以文明？前程辉煌，道路何以弘新？鸿猷周详，必定有利拓展；理念先进，料然恒定支撑。实干兴赣，入佳境之奕奕；改革开放，创伟业之焱焱。

（2015年12月17日发表于中国作家协会主管、中国作家出版集团主办的辞赋网。）

【 注释 】

①筹维：谋划考虑。

②有司程功积事：有司，指官吏；古代设官分职，各有专司，故称；用现代话说则是指分管某一方面工作的领导。程功，衡量功绩；计算完成的工作量。积事，积累其事，为了目标一件接一件地做事情。《礼记·儒行》："儒有内称不辟亲，外举不辟怨，程功积事，推贤而进达之。"

③允公允能：既有公德，又有能力，德才兼备。允，文言语首助词。

④衷素：亦作"衷愫"，内心真情。

黄公忧思赋

——读黄彦《但耸危言济盛世》感赋

呜呼！蛮荒以降，人猴远别；各历风雨，各度春秋。万物之灵，初始抱团相顾；等级之序，渐次私欲露头。人群相争，争则成王败寇；山水以伐，伐则恶报如仇。科技发达，固然瞬息千里；人文沦丧，必有不虞之忧。稽考古之兴替，体察今之悔尤。六欲有感，七情随之而生；大千有恙，时人因其而愁。

林林总总，两仪千态万貌；形形色色，人生万苦千辛。各忧其忧，各悯其悯；各叹其叹，各吟其吟。忧己者，怅然独奔黄泉路；愤世者，愕然羞于径寸茎①。忧人者，商女不知亡国恨；忧国者，山河看作寸寸金。屈原之戚，未越楚天之域；希文之忧，唯有先后之分；冯氏"三言"，难让世人警醒；自珍呼唤，奚令天公聆听？乱世多忧士，满目鸦片浓烟；忧士励壮士，纵身甲午风云；壮士亦勇士，摧毁三座大山；勇士兼志士，致力华夏复兴。

然则兴则兴矣，人性劣根绕绕；治则治矣，人类梦魇频频。丽日朗照，常见阴影；歌舞升平，时闻哀声。

面对天灾人祸，何寻济世真经？群贤假寐难寝，众庶忧心如焚。魁士登高，兆民醍醐灌顶；紫气东来，学界耳目一新。定睛一看，黄门八秩老叟；侧耳一闻，倜傥非常之人。周情孔思②，书通二酉③之浩；通儒硕学，独具慧眼之明。人冠"两奇"，研究马列数十载；书称"四奇"，鸿开新论十余春。

观夫洋洋大著，品味绣口锦心。大气磅礴，展全球之视野；懿德高风，膺博大之胸襟。事涉古今中外，关乎政经社文，洞察宏观微观，注目万物乾坤。大凡贪污腐化、假冒伪劣、伤风败俗、投机钻营，难民蜂拥、大众游行、族群仇恨、国际纷争，环境污染、产能过剩、绿洲沙化、气候升温……桩桩件件涌入笔端，字字句句饱蘸感情。忧其果，究其因，析其害，正其听，谋其疗，除其根。以人为本，行康庄之道；以神为要，铸文化之魂。旨在素质提升，励人行端坐正；关系调整，举世施爱促亲；科学发展，永续天人合一；普天和谐，同享玉帛金樽。互惠互利，共建熙熙大家庭；休戚与共，同处融融地球村。

斯论也，笃信求实，正视曩昔教训；辩证透析，指点当世迷津；鞭辟入里，防患言之有据；文采斐然，走笔继绝扶倾。

黄公有幸，幸之所由：反腐倡廉掌控局面，富国强军更上层楼；处"四个自信"之国度，布"五位一体"之鸿猷，施"四个全面"之方略，提"一带一路"之筹谋，把和平发展之趋势，秉全球治理之追求，持化危为机之底气，纵以正压邪之主流。洋洋哉，煌煌也！雄文出自盛世，哲理炳焕神州。

（发表于中国作家协会主管、中国作家出版集团主办的《中华辞赋》2016 年第 9 期。）

〖 **注释** 〗

①径寸茎：【晋】左思《咏史》（其二）："郁郁涧底松，离离山上苗。以彼径寸茎，荫此百尺条。"径寸茎即径长一寸，常用以形容圆形物之细小，也比喻微才，小才。本诗抒发了心中不平之感。

②周情孔思：周公、孔子的思想感情。

③二酉：指大酉、小酉二山，在今湖南省沅陵县西北。二山皆有洞穴，相传洞中有书千卷，秦人曾隐学于此。后即以"二酉"称丰富的藏书。

改革强军赋

信矣！军为国之基石，基石固而大厦稳；军为党之武装，武装忠而力量强；军为民之护佑，护佑备而民心聚；军为民族希望，希望存而世无殃。然则唯正义之师，方能镇魑魅；唯威武之师，方能斩豺狼；唯文明之师，方能得民心；唯廉洁之师，方能保安康。

夫军之相异，道之不同。军阀混战，旧中国四分五裂；工农挥戈，反动派日暮途穷；军队创建，共产党开天辟地；三山既倒，解放军浴血立功。

至若军民融合，恰如鱼水相伴；敌我对峙，似若火冰不容。树欲静而风不止，关在守而妖必攻。外有风浪，时防眈眈之虎视；精生白骨，立除隐隐之内痈。免炭炭之灾，挤腥腥之脓。初心确立者，两破分裂之伎俩；初心延续者，一遏军改之世雄。改革开放，风雨四十载；探险涉深，浪涛万千重。军改吹响军号，军号震撼苍穹。

军改何其透也，所透崭新军容。筹谋精而步子稳，力度大而气势宏。再度古田会议，多次暮鼓晨钟。建军之本，加强党之领导；强军之魂，牢记党之大宗。横改到边，诸军呼应；纵改到底，上下畅通。压规模而调结构，轻装上阵；提效能以打硬仗，亮剑张弓。

军纪何其严也，所严丝毫不松。打老虎，镇樊熊①，堵漏洞，挖蛀虫。反贪拒腐，立廉洁之规矩；蹈矩循规，扎制度之樊笼。弘扬优良传统，培养当代雷锋。风清气正净化环境，履薄临深秉持至公。

军威何其壮也，壮而气贯长虹。朱日和沙场阅兵，长我精气神；南海面舰群检阅，护我海陆空。以涌泉之爱，效磐石之忠。召之即来，风吹浪打斗恶魔；来之能战，电闪雷鸣斩顽凶。破云凌九霄，科技如虎添翅；劈浪入海底，神器擒蛟缚龙。党之劲旅，圆我强军之梦；民之子弟，保我永世昌隆。

噫嘻！军改校正航向，新风激励新人。步入新时代，心中铸国魂；踏上新征途，脚下有道根。防战所赖，巍巍钢铁长城；止战所依，赫赫威武铁军。继往开来，民族复兴作砥柱；安邦定国，世界和平建硕勋。

（写于 2017 年仲秋。）

【 注释 】
①樊熊："柙虎樊熊"的缩语，比喻身边的危险人物。柙虎，柙中虎。樊熊，樊内熊。

桑梓篇

渝西广场赋

泱泱中华，浩浩乾坤，蒸蒸日上，欣欣向荣。山行千里，长龙逶迤祥云绕；江贯九州，巨虹盘旋瑞气生。昂头含东方明珠[1]，炳焕其光；摆尾作朝天之状[2]，傲踞其形。东西互补，华夏隆矣；首尾呼应，巴渝盛矣。抖千年之蒙昧，径奔文明；逢直辖之机遇，一展新姿。四方辐射，蜀道今为坦途；八面组团，永川更见勃兴。

昌州古镇，渝西新城。一河三水相会，永川因而得名。据川渝之要冲，开渝西之大门。行商坐贾云集，购销两旺；文人墨客荟萃，声名倍增。人海如潮，购物掀浪；车流如梭，览景成群。比肩兮，接踵兮，万民企盼，辟一空间：集商贸娱乐休闲为一体，更见畅旺；融经济文化科技为一炉，助其提升。

呼啦啦旧房让道，轰隆隆机器长鸣。党政领导顺乎民意，渝西广场应运而生。

信步坦荡广场，登高而览胜；瞩目巍巍商厦，眺远以观景。前睹桂山公园，后望西城大街，俯瞰玉屏清流，雄视浩浩青冥。门厅宽敞，人流任其吞吐；琳琅满目，商品恭候客人。名优特新，货物丰盛；百问百答，服务殷勤。徜徉于花丛之中，伫立于珠玑之屏。处处流光溢彩，时时赏心悦目。不知琼楼路径，难辨坊间周行。此景何其壮也，煌煌乎信为新哉！

呼朋唤友，邀侣约伴。闻管弦之悦耳，观招式之怡然。琴棋书画，平添乐趣；家长里短，时见攀谈。品渝西之香茗，聊见闻之新鲜。受陶冶，得教化，益秉性，润心田。此情何其快也，融融乎信为欢哉！

人流物流信息流，交汇于商厦；喜事佳事隆重事，举行于广场。结川陕滇黔之高朋，引东西南北之巨资，集内内外外之智慧，喜上上下下之高昂。政通人和百业旺，国泰民安万世昌。此处何其盛也，绰绰乎信为强哉！

（2000年10月1日发表于《永川日报》，2007年6月7日发表于贵州民族大学文学与传播学院主办的《中国散文诗》网刊和《溪山耕士园》。

桑梓篇

2018 年修改。)

〖 注释 〗

①东方明珠：即东方明珠广播电视塔，又名东方明珠塔，坐落在上海浦东新区陆家嘴，毗邻黄浦江，与外滩隔江相望。

②朝天之状：代指朝天门。它位于重庆东北嘉陵江、长江交汇处，原题"古渝雄关"，曾是重庆十七座古城门之一。南宋偏安临安后，时有钦差自长江经该城门传来圣旨，故得此名。

弯凼河赋

悠乎哉，弯凼河！经传未见，天下不扬。出于泸永①，来自洪荒。无浩浩之状，有涓涓其长。梳妆女之银镜，取名鱼尾；龙王爷之行宫，赐姓弯凼。绕来苏而流连，过来仪而依恋，偕翠峦以奔东北，拥绿洲而至永昌。

看人间，盈虚有数；观天象，宇宙苍茫。前瞻兮，后盼兮，遐想生焉，神思荡焉。东坡到此一游，传说悠久；来苏随之得名，集镇馨香。一方水土养一方百姓，世代繁衍；一代新人领一代风骚，家邦富强。

若夫来苏三绝，喜发新枝：仔猪远销数省，蚕桑争艳群芳，再生稻米香飘巴蜀，另有香肠雄踞市场。累三而四，豆腐干一举成名；积四而五，众品牌闪亮其光。

至若高级完中，钟龙山虎寨之灵气；来苏中学，秉东坡学士之阳刚。卓然乎青龙白虎之间，焕然于弯凼绿荫之旁。"立德，益智，健体，成才"，八字校训励学子；从农，从教，从政，从军，九州桃李吐芬芳。

嗟乎！鸟恋林，鱼恋水。树木参天，赖其根须旺；清流不断，缘于地泉藏。师恩浩荡，情义无央。

悠乎哉，弯凼河！不舍昼夜，注入长江；逸态恣肆，一泻汪洋；学子伴其成长，众生不输潘江②。

（发表于重庆教育学会中学语文教学专业委员会主办的《学语文》"通讯"中学版 2000 年 10 月、中华辞赋家联合会主办的《中华辞赋网》2007 年 11 月 28 日。2018 年修改。）

注释

①泸永：指四川省泸县与重庆市永川区宝峰镇的交界处。

②潘江：成语"潘江陆海"的缩语，形容一个人才华横溢。

65

永川赋

　　浩矣！巴渝古国，煌煌永川，大历置县，千二百年。天公走笔，书清流如篆字之"永"；盘古赋宠，布龙脉似亘绵之"川"。茶山叠翠，翠绕群山；竹海生风，风吻轻岚。万里长江涌浪足下，千条水龙扬波天边；三春瑞彩梨花追云，一脉瓜山秀色可餐。翘首以北，大足石刻匿迹苍茫处；举目而东，西部鞋都藏身缥缈间。西南浅丘，绿浪滚滚不尽；亦起亦伏，川渝紧紧相连。

　　腹地聚盛，都市呈宽；邑藏古韵，市展新颜。车流如梭，往来于通衢大道；人流如潮，出没于场馆厅前。老城新区纵延横拓，通都大邑气势非凡。高楼林立，比拼美轮美奂；小区星布，各抱锦簇花团。红河碧水悠悠，来新城游逛；草木花卉郁郁，到岸边争妍。茶竹之城，茶香弥漫；休闲之都，畅享甘甜。广场健身操，公园太极拳。凫趋雀跃童稚嚷，漫步徐行翁媪闲。

　　山川连绵兮，伴随星移斗转；日月永昶兮，静观沧海桑田。远古灵长兮，曾有恐龙繁衍；孰料水泻兮，龙迹杳渺如烟；"永红"掘土兮，方知抱石而卧；上游露滩兮，才晓沉沙而眠。鱼化石、树化石，共偕恐龙见天日；石文化、茶文化，皆为此城添斑斓。

　　永川多名流，承贤启新篇。陈少南[①]刚烈不阿，敢犯秦桧之威；黄开基[②]保卫台湾，抗英正气浩然；钟天樾[③]南京反蒋，雄赳赳视死如归；刘安恭[④]赣南杀敌，威赫赫捐躯英年；"历史气候学"，徐近之[⑤]深究其奥；日本细菌战，陈文贵[⑥]怒揭其奸；陈子庄[⑦]泼墨潇洒，"东方梵高"蜚声中外；刘声道[⑧]运锋自如，"艺苑神人"妙不可言；黄秉湘[⑨]首效新制，创办永川中学；夏庆友[⑩]破译基因，育出多彩家蚕。

　　逢直辖之天时，得交通之地利，处成渝之要冲，交三区之善缘[⑪]。撤县建市，历史车轮加速；由市变区，改革开放加鞭。双城经济圈，重要节点生祥瑞；主城都市区，战略支点挺中坚。东城新局崭露，鸿猷气象万千。

　　人流物流信息流，畅达无阻；喜事佳事隆重事，迭出不完。货品齐备，当数浙江义乌；市井兴旺，必推永川商圈。或住或行，或吃或穿，或医或学，或赏或玩，琳琅满目，新品时添。秀芽极品，供不应求；松花皮蛋，超市抢手；永川豆豉，香飘九州；民间美食，惹人垂涎。

驻商业之巨头，集产业之高端。园区城区，协调发展。美誉沓至，佳名叠煊：竞争力同为国之群雄，幸福感常见民之熙颜。产业示范，机器人制造神州扬名；绿化模范，宜居度吸引异客内迁。华为技术公司，肇建智能学院；长城汽车重企，贴上永川标签。书法之乡，全国上榜；交通示范，西部领先。

高速公路网布，比邻区县；高铁双线过城，各连川滇。空港厝东，仰望蓝天飞银燕；水港居南，笑迎远水到客船。

浓荫掩映，中职高校廿余所；身影摇晃，职教学生十余万。学一技之长，报父母之恩，应社会之需，添四化之砖。中国职教"四大模式"，斯誉孰可与之比肩。

海宇承平，吉祥盈天。引明星之蜂至，观赛事之频繁。女足四强，中日朝韩，逐鹿棠城，鏖战犹酣，龙腾虎跃，蔚为大观。

空谷传响，紫气回环。邓公亲临黄瓜山，关注天然气量；朱德驻足红星楼，指点万亩茶园；耀邦品尝露华浓，称赞酒洌味纯；家宝进校到乡村，深入考察调研。噫！数十春秋，几代公仆，指山山益翠，点水水愈清，问业业更旺，亲民民乃欢。

噫嘻！智能化生活番番是福，大数据经济幻化如仙。高效全仗高质，发展先人一步；品质提升品位，示范举世不凡。职教之城，产教融合多胜景；消费之城，顾客所需均齐全；健康之城，延年益寿享颐养；欢乐之城，悦近来远尽光鲜；智慧之城，事倍功半见奇巧；东部新城，如诗如画惊人寰。

盛矣！新时代天清地朗，芸芸者志满心恬。继往开来，承浩荡之党恩；光前裕后，祈国祚之昌延。国泰民安，喜茶山之袅袅；年丰物阜，歌永水之湲湲。

（2008 年 11 月 8 日刊于《川渝都市周刊》，编入中国文联出版社出版的《中华新辞赋选粹》第一卷，修改补充后，发表于重庆市人民政府文史研究馆主办的《重庆艺苑》2018 年夏刊。2019 年 5 月 1 日发表于中国作家网，2020 年修改。）

【 注释 】

①陈少南：号鹏飞，南宋著名经学家，曾以贡举官经筵，在南宋与金抗衡之际，上书高宗，请诛奸臣，因而激怒秦桧，被贬去惠州，后来，偕妻子回乡讲授理学，直至逝世。

②黄开基：清朝抗英将领。1842 年 3 月，率军民在淡水与彰化交界处土地公港，智歼英军"安因"号；1851 年，虽然升任台湾府知府，随即加道台衔，但患上了吐血病，不久便辞官还乡。

③钟天樾：1927 年 4 月 10 日晚，在参加南京党的紧急会议时被捕；三四天后的一个晚上，钟天樾和与其同时被捕的 10 位同志被国民党特务残酷杀害。

④刘安恭：1929 年被党中央指派为中央特派员，前往红四军指导工作，5 月，担任中共红四军军委书记兼政治部主任，9 月 24 日率二纵队在永定与广东大埔交界的石下坝指挥战斗，不幸身负重伤，不久牺牲。

⑤徐近之：原名念庄，字希朗，永川区朱沱镇渡牛村人。1934 年，受中央气象研究所所长竺可桢派遣，建成西藏高原的第一个气象站。1937 年，离藏返中央大学任教，学校迁来重庆，时任地理系讲师。1938 年秋，考取中英"庚子赔款"公费留学生，赴英国爱丁堡大学攻读地形学。获哲学博士学位。1940 年转赴美国哈佛大学和哥伦比亚大学做访问学者深造。1946 年 7 月 1 日，从美国回到祖国，重返中央大学，任地理系教授。1949 年 11 月 1 日中国科学院成立，任地理研究所研究员、研究室主任、学部委员。与其他科学家一起对我国古代气候资料进行研究，创立了"历史气候学"这门新学科。

⑥陈文贵：多次在国际会议上揭露日本侵略者使用细菌战的罪行；生前被评为一级教授和中国科学院生物学部委员，并当选为第一届全国政协委员和第一、二、三届全国人民代表大会代表。

⑦陈子庄：1988 年 3 月，北京中国美术馆内主办了"陈子庄遗作展"。《人民日报》《中国文化报》等报道了画展惊动京华的盛况，誉之为"东方梵高"。

⑧刘声道：曾在 1 粒米大小的象牙片上，刻成了孙中山先生的全部遗嘱；在 1 平方厘米大小的象牙上，刻了 600 多字并组成了孙中山的头像；在 1 粒米大小的象牙上刻出毛泽东同志全身像；在约 3 个火柴盒大小的面积上刻出 18000 余字，并组合出狮子滩水电站大坝全景图（藏于重庆博物馆）。

⑨黄秉湘：清光绪二十年（1894）中进士，签分工部七品小京官都水司，额外主事翰林院庶吉士，后出任江西余干、广丰知县。清光绪二十七年（1901）八月，因父亲去世回乡丁忧。其间，与永川知县罗雨三（崇龄）商议创办新学，决定将县城锦云书院改为达用学堂（永川中学前身）——全巴蜀（四川）第一所新式学堂正式诞生，黄秉湘任校长。

⑩夏庆友：2003 年辞去日本每月 45 万日元的高薪聘请，回国筹备中国家蚕基因组计划，担任攻关组长。该小组开展了家蚕全基因组测序工作，通过培育新家蚕品种，克隆家蚕新基因，使吃桑叶的家蚕也会吃白菜、莴苣和苹果，使吐白丝的家蚕也能吐出黄、红、绿等不同色彩的蚕丝，从而开辟了"21 世纪新丝绸之路"。

⑪交三区之善缘：永川正好处在渝西、川东南、黔西北地区的交汇点，与东面重庆、西面内江、南面泸州三大城市的距离，最远车程一个小时，最近仅需 40 分钟。

兴龙湖赋

"永"水长流，流经千载古城；棠城续建，建成渝西中心。黎民得惠，视水为上善；草木受宠，赖水为欣欣。清波粼粼，水映四象之美；通衢攘攘，水助永川祥祯。

溪缠古之小邑，涓涓之溪亦为大；河绕今之都市，滔滔之河反瘦身。不堪回首，不胜伤痕：生态蒙难，"大跃进"蔽其昭昭；文物受损，"破四旧"呈其惛惛。大自然报以浊水，永川河骤起臭熏。鱼虾惨作冤死之鬼，蚊蝇自诩断流之君。白塔傻眼，厄运降临。

永川党政，誓言治水兴水；帷幄谟猷①，勠力兴永富民。规划恢宏，紧盯国际水准；蓝图大气，彰显时代精神。公仆躬亲，群众上阵，上下一心，众志成城。重庆最美大道，兴龙一线延伸。驱动"永川速度"，东建兴龙湖；人皆现代愚公，争当排头兵。机声隆隆，威震天帝之殿；车流滚滚，势夺龙王之门。龙临之而水起，水漫之而龙吟。"承龙脉千载，铸百业复兴；为万众神怡，借湖光十分"，誓言兑现，梦幻成真。

古人云："山不在高，有仙则名；水不在深，有龙则灵。"永川宝地，遍藏龙身；九州震动，世界闻名。噫！观我龙之卧，更赏龙之腾；地赐水之丰，复呈水之清。

今临胜地，倍感龙之灵性；面对神湖，更觉水之怡人。湖隐龙之体，岛鼓龙之筋。岸走逶迤，处处吐绿喷翠；湖展壮阔，时时泛彩耀金。清风徐来，一望如镜；馥郁漫送，环顾菁菁。倩影逐波，络绎游客相机闪；祥云戏水，浩渺湖面瑞气蒸。宝云山，茶山竹海之缩影；永昌塔，东部新城之点睛。竹影婆娑赏鸟语，湿地清新听蛙鸣。环湖舒画卷，山水拱新城。赤橙黄绿紫，四季涌缤纷。

若夫夜幕降临，华灯齐放，霓虹争灿，激光比新：绽犹花，飘如锦，涌似滔滔银河，闪若熠熠水晶；飞起条条彩虹，射出道道光痕。浪花朵朵，弦歌声声。水中沙沙作响，摇碎满天星辰。赫赫牌坊、巍巍龙柱，蕴含古风古韵；音乐喷泉、水幕电影，彰显现代文明。

天下游客，呼朋唤友；本土百姓，结伴而行。妙哉！飘飘欲仙，载欣载奔。纵然瑶池醴泉②，毕竟逊色几分。

兴龙湖，显圣灵：景因湖而美，人因湖而增，商因湖而旺，城因湖而兴。盛世图变，华章再谱；科学发展，乘胜而进。幸矣，永川！天时地利人和，休闲幸福温馨。

庚寅岁孟秋

（2010年9月25日发表于中华辞赋家联合会主办的《中华辞赋网》。2018年修改。）

【注释】

①帷幄谟猷：意同"运筹帷幄"。谟猷，计谋，谋略。

②瑶池醴泉：瑶池，神话中昆仑山上的池名，西王母所住的地方；也指美池，多指宫苑中的池。《史记·大宛列传》："昆仑其高二千五百馀里，日月所相避隐为光明也。其上有醴泉、瑶池。"醴泉，指甘甜的泉水。

神女湖赋

一对双胞胎，两个少女神。久住仙界宫阙，渐生凡尘之心。下琼楼，穿玉殿，拨轻雾，驾彤云。姊落楚地，美人楚王梦境[①]；身居王宫，幸封巫山女神。妹奔渝西，心痴永川箕山；情寄黎庶，长住萱花寺林。

呜呼！与王有缘者，典籍处处可稽；遁入民间者，声名湮湮无闻。亲姊亲妹，仙姿别无二致；巫山箕山，巍峨怎能两分？于是乎，捉笔而书，歌讴箕山神女；勒石以记，赋颂造福芳芬。

美矣！箕山神女兮，展花容之艳丽；亭亭玉立兮，尽体态之娉婷。云鬓峨峨兮，耸山巅之浓荫；秋波盈盈兮，传巧笑之多情。樱唇流丹兮，疑桃红之欲滴；皓齿含玉兮，似新月之初升。罗衣透灵慧，三河汇碧照银镜；蜀裙飘窈窕，丹雀移枝动心旌。白塔生光，莹润玉簪巧辉映；萱花夕照，飒爽英姿受葵倾[②]！

仁矣！箕山神女兮，抱拳拳之情意；孜孜不倦兮，解黎庶之酸辛。种茶栽竹兮，山峦陡增葱茏；博施济众兮，千家顿消愁云。张郎攀崖兮，撷取缝中灵芝；未料毒蛇兮，霍霍舌吐红唇。采山药，治母病。可怜孝子矣，滚落萱花寺。阴阳一步之遥，命悬一线之紧。神女寻声而至，茶水代药而吞。妙乎哉！茶叶竹荪经其手，奄奄之恙竟回春。

智矣！箕山神女兮，有昭昭之纵览；棠城古今兮，经历历之轨痕。龙石茶竹，文物古迹，神女亲历兴替；"三江粮仓"，"昌州八景"[③]，仙姑如数家珍。赋名设署，唐时去州置县令；引吭高歌，建市建区多喜闻。"三大定位"[④]，前程似锦。陪伴星移斗转，历经宋乾元坤。茫茫黑夜，独自黯然神伤；朗朗乾坤，与众欢然销魂。身为天上仙，心系永川人。

信矣！箕山神女兮，献耿耿之笃厚；念念不忘兮，佑永川之复兴。心知肚明：改天换地人为本；深思熟虑，人寿物丰水为恒。苗枯望甘霖，江少盼水盈。奕奕神女，为决策者击节；款款佳丽，替建设者挥旌。心仪南瓜山麓，人人皆大禹；奋战文昌路口，个个变李冰。神女湖畔，热气腾腾。转眼间，山湾尽头水潺潺，神女足下波滢滢。湖深贮诗意，水阔添画

71

屏；百鸟唱枝头，游鱼翔巨盆；林木撑天宇，花草绣廊亭。依山傍水，再开旅游景点；美轮美奂，又扩职教新城。翘首以眺，情不自禁：精美城市，人气因之而旺；幸福永川，财气陡然而增。

姊缘王贵，妹以民荣。东西两望，脉脉传情。同历沧桑，共睹鼎新；无怨无悔，各守终生。

敬告诸君，礼待神灵：慎其言，手莫乱摸；净其心，脚毋乱行。勿扰她，殷殷以待，喜迎天下客，听啧啧之叹，激赏城市标本；熙熙而乐，笑对老百姓，望群群身影，畅游永川客厅。

庚寅岁仲秋

（2010 年 5 月 31 日发表于中华辞赋家联合会主办的《中华辞赋网》，中国新闻文化促进会、中国碑赋文化工程院主办的《中华辞赋》2010 年第 6 期，编入中国文联出版社出版的《中华新辞赋选粹》第三卷。2018 年修改。）

注释

①美入楚王梦境：宋玉的《神女赋》序文，由于版本不同，"王""玉"互讹，梦遇神女的究竟是宋玉还是楚王，自宋以来一直存有争议。本赋姑从"王"说。

②葵倾：葵花向日而倾，故用以比喻仰慕之切。

③"昌州八景"：分别指旧时永川南郊龙门堤（今名三岔河）的"三河汇碧"、北山的"桂山秋月"、双凤（今双竹镇）的"竹溪夜雨"、茶店的"铁岭夏莲"、八角山的"八角攒（cuán）青"、永泸石松坪的"石松百尺"、五间圣水寺的"圣水双清"以及英山（又名阴山）的"龙洞朝霞"。

④"三大定位"：重庆市要求永川的发展要定位为"重庆主城卫星城、成渝经济带支点、区域性中心城市"。

凤凰湖赋

具阴阳之祥瑞，集众美之大成①。翔而冲天宇，俯而旋八荒②。东方神鸟，雄凤雌凰，色彩斑斓，气势恢张；临江而水秀，入谷则花香；人遇之而吉利，时逢之而富强。

然则非常之际，凤凰背井远去。永川之民，热盼神鸟还乡。俱往矣！凄凄岁月东流水；幸矣哉！浩浩春风新气象。涅槃抖新羽，改革促开放。直辖步入快车道，建区迎来好时光。看商潮滚滚，永川不愧福地；喜百业兴旺，龙凤带来祯祥。湖傍工业园区，水起生态公园。凤凰碧湖，神女雕塑，南北呼应，相得益彰。兴龙两牵，乔乔皇皇③。

高校附近，永津路旁。漫步凤凰湖，纵览六景区。观苍翠之勃勃，品碧波之盎盎。凤舞港，见证浴火重生；凤憩园，感受幸福吉祥；凤鸣街，联想灼灼其华；凤翔岛，惊叹四海求凰；凤仪苑，欢呼有凤来仪；凤栖湾，惹得神采飞扬。

仰巨柱，凤凰图腾顶天立地；观浮雕，百鸟朝凤亮翅欲张。蓝天下，岛耸首翼背膺腹；湖中央，脉呈德义礼仁信。银杏与梧桐并茂，凤凰偕白云共翔。百鸟欢歌，歌吟茂林修竹；花团锦簇；簇拥画栋雕梁。赏袅袅喷泉，迷粼粼波光。

投资过亿，建湖数湾；栽好梧桐，引得凤凰。电子电气、机械加工，招商并亲商；食品饮料、服务外包，安商亦富商。争产值千亿级，瞄世界五百强。生态工业园，蒸蒸日上；特色都市圈，岁岁隆昌。农民工告别沿海，生力军创业返乡。嘻嘻！水兴添新景，业兴美新城，人兴多新事，财兴谱新章。

商海群舟，连袂港口园区；企业巨舰，启航万里长江。"三大定位"，恰如东风浩荡；"三大愿景"④，犹似大道其光。盛矣，新永川！蓄势待发，借风出港，敢为人先，乘风破浪，奔向世界，名播八方。

庚寅岁仲秋

（2011 年 7 月 23 日发表于中华辞赋家联合会主办的《中华辞赋网》。

2018 年修改。)

❮ 注释 ❯

①具阴阳之祥瑞，集众美之大成：凤凰是中国古代传说中的百鸟之王，和龙一样为汉族的民族图腾，和麒麟一样，是雌雄统称，雄为凤，雌为凰，其总称为凤凰。据郭璞注《尔雅·释鸟》，凤凰的特征是："鸡头、燕颔、蛇颈、龟背、鱼尾、五彩色、高六尺许。"

②八荒：八荒也叫"八方"，指东、西、南、北、东南、东北、西南、西北等八面。古代指离中原极远的地方。后泛指周围、各地。

③矞矞皇皇：一般用于书面古语，用以繁荣昌盛、富丽堂皇、色彩艳丽、恢宏大气之意。矞矞，象征祥瑞的彩云。皇皇，形容堂皇，盛大。

④"三大愿景"：指的是永川要努力实现"精美城市、渝西高地、幸福永川"三大愿景。

重庆夜景赋

　　白日朗朗，美不胜收；夜色茫茫，风景何求？即便繁星点点，依稀轮廓叹昏暗；纵然皓月辉辉，朦胧云烟惜如绸。唯万家之炬，可射两江之明；百里之灯，能炳满城之秀；光开夜屏，大块①再露面目；美扮夜景，重庆独具其优。

　　三方水，一面山；两条江，四列岸。楼随山起伏，耸成参差接霄汉；艇顺水蜿蜒，绕出逶迤连山川。披光影一身，顶明珠千串，穿全城数区，品五彩焕然。巡嘉陵江，游南滨路，步朝天门，登枇杷山；逛沙坪坝，去九龙坡，遛大渡口，看两江区……夜空如洗，灯光绚烂，亦山亦水，美轮美奂。灯亮众人之眼，痴情直辖都市；光扮重庆之夜，激赏天下奇观。

　　重庆灯之多，灼灼满目明。万家灯火、光吐荧荧。方形、球形，扁形、条形，云石、布艺、陶瓷、水晶，挂于灯柱，置于地脚，安于水下，射于草坪。犹山花遍野，似露珠满坪；光海淹都市，瑞星落大坤；云流花弄影，上下同辉映；风起浪揉光，水天共晶莹。两江飞珠溅玉，都市披金戴银。

　　重庆灯之美，团团组画卷。光怪陆离，金光烛天。或红或紫，或黄或蓝；或扫或射，或吐或点；霓虹变幻无穷，激光神奇万般。昂然仰视兮，峰天难辨：缥缥缈缈，南山"银河"浮涌；斑斑点点，涂山"星光"璀璨。探然俯瞰兮，江山尽览：南山"一棵树"，脚下连珠熠熠；对面朝天门，水中浮光艳艳。翘然远眺兮，江岛浑然：但见道道彩虹，横跨两江，江中波光粼粼；只觉条条彩带，腰束半岛，岛上金光灿灿。怡然近观兮，眼花缭乱：商城超市，流光溢彩；楼堂馆舍，缤纷灿然。悠然环顾兮，恢宏辽远：对宇望衡，高楼鳞次栉比；闪闪烁烁，灯海起伏无边。妙乎哉！如诗如画，如梦如幻，恍若西子②新出沐，又似玉环③舞翩跹。

　　重庆灯之好，处处通宵亮。路灯忠于职守，风雨不见离岗。此处皓皓，彼处煌煌，串珠为线，双串成行，随道而盘旋，纵横以结网。万户千窗，状如字字珠玑；两江四岸，堪比龙凤呈祥。光焰堂堂兮，体育场呼声四起；金碧辉煌兮，大礼堂歌声嘹亮；车水马龙兮，歌剧院票友云集；华灯簇拥兮，科技馆熙熙攘攘。树影婆娑兮，灯下漫步多悠闲；亭廊小憩兮，男女老少享安康；广场舞蹈兮，舒筋活血灯助兴；光照通衢兮，车流滚滚无阻挡；浓荫片片兮，灯意朦胧闪斑驳；小区静谧兮，灯守万民入梦乡；交警平台兮，灯射警服多威武；街道巡逻兮，岁岁平安世运昌。

搞灯饰，重民生；聚游客，迎外宾。赏画卷之靓丽，喜空气之清新。指指点点处，光映真善美；嘻嘻哈哈时，灯长精气神。重庆夜景，亦幻亦真。渝中半岛，灯作巍巍巨轮；两江新区，灯变霍霍卫星。向前，乘风破浪，激流勇进；向上，穿云拨雾，一路飞奔。

（写于 2011 年夏。）

注释

①大块：大自然；大地；世界。《庄子·齐物论》："夫大块噫气，其名为风。"

②西子：指西施，原名施夷光，春秋末期出生于越国句无苎萝村（今浙江诸暨苎萝村）。天生丽质，是美的化身和代名词。西施、王昭君、貂蝉、杨玉环并称为中国古代四大美女，西施居其首。

③玉环：指杨贵妃（719—756），本名杨玉环，唐代宫廷音乐家、歌舞家。白居易的《长恨歌》对其歌舞有所描述。

幸福永康宝鼎铭

镇城之宝,神器之光;湖映巨鼎之形,题镌"幸福永康"。神女开颜展袂,欣逢龙凤呈祥。殷殷更许天地人,切切再祈鼎祚昌[①]。

噫嘻!居竹观德政,品茗话沧桑,神女遇知音,棠城多瑞象。公仆效劳,政通人和。公众作主,百业兴旺。先忧后乐,心仪范公;鞍前马后,民生至上。招天下之巨贾,集九州之凤凰;兴水兴城,隆教隆商;重续棠城雅韵,再廪三江粮仓;珠亮渝西高地,花添幸福之乡。

龙腾于此,景美于斯,民安于兹,客欢于场,财聚于邑,文耀于邦……朝霞红,三湖亮,春风暖,日月长。永川兆民有幸,神灵长佑安康。

公元二○一一年四月

（重庆市永川区文化局、永川区文联主办的《海棠》杂志 2011 年第 1 期卷首语,2011 年 5 月 28 日获中共重庆市永川区委宣传部举办的"永川区神女湖鼎名和铭文征集"评选一等奖,2011 年 7 月 1 日发表于《永川日报》,2011 年 8 月 25 日发表于中华楹联文化研究会主办的《中华楹联报》综合副刊,镌刻于永川神女湖畔三吨重的巨型铜铸宝鼎上。）

注释

①殷殷更许天地人,切切再祈鼎祚昌:许,赞许,赞许天时地利人和。鼎祚,指国运,祈祷国运昌盛。

望贤赋

皓月生辉，昭乎世间亮眼；灯塔翘首，耀乎过往航船。三山五岳，耸乎尧邦禹甸；七十二贤，拔乎弟子三千。梓里贤杰，炳乎九州千载；伟人足音，留乎桑梓回阡①。

谒茅庐之三顾，刘玄德由衷倾慕；望大江之东去，苏学士独自怅然。倘冀风流未央，哲人不萎，忠魂永驻，尊容再煊，且沿成渝高速，径至永川出口。休道铁鞋无觅，看我望贤公园。

若夫一园五区，兴龙道北端玩宝；三仪六性，神女湖云雨生烟。聚贤亭中，时闻鸾笙凤管；思贤桥下，总映诗境画帘。灌丛乔木，沿途媲秀称伟；草坪花卉，四季竞丽比妍。绿冠如伞，背衬名人塑像；曲枝似龙，围睹群雕容颜。绕九曲之回环，观嶙峋之假山，赏飘逸之书法，品内蕴之楹联。置身于琳琅之景，徜徉于青翠之间。景仰领袖风范，瞩目隽贤仪观。活矣，先贤驻足斯地，吾等再品光鲜。幸矣，灵光长佑棠城，贤懿薪火相传。

至若重庆名人，多有永川才贤。狼烟遍起，陈少南力主抗金，愤愤然目刺大奸；孝儒案发，胡子昭②慷慨就刑，昂昂然勇赴黄泉；鸦片战争，黄开基台湾抗英，气赫赫震撼人寰；红军首领，刘安恭身先士卒，威凛凛捐躯粤边；细菌专家，陈文贵往返国际，怒冲冲痛斥孽愆；中医翘楚，凌一揆③医著等身，矻矻焉领步杏坛；东方梵高，陈子庄名震中外，煌煌乎画展空前；办学贤俊，万丛木④丹青超群，耿耿于西南美专；耆儒政要，黄墨涵⑤心系国是，拳拳焉身许轩辕。数百烈士，浴血于抗日前线，裹尸于抗美烽烟。盛矣，言行卓尔，气势非凡，殊效旷世，功勋齐天。

瞻仰领袖人物，遥望远处峰巅。想当初，首长进厂入村，心挂神牵；视察建设，关注生产，了解民意，廓清疑眩；感佩小平之气魄，贺龙之执着，朱德之宽厚，彭总之坦荡，耀邦之清廉，公仆之恭谦。盛时喜得东风便，茶山竹海众鸟欢。

长见识，受感染，得教化，鼓风帆。学有榜样，行有高标；见贤思齐，崇岳尚渊。爱党爱国，赤心可鉴；爱岗敬业，险峻敢攀。修贤哲之德，炯炯乎志存高远；效贤智之学，孜孜乎术有所专；行贤良之道，济济焉紧抱成团；练贤豪之胆，虎虎然劲头倍添；聚贤善之才，浩浩乎百川归海；兴贤达之业，勃勃乎百舸竞先。

为浪超前，为笋拔尖，"江山代有才人出，各领风骚数百年"。看我棠城，群贤更蕃。勠力同心，覃敷⑥民生鸿猷；集思广益，雕琢精美城市；拔萃争雄，扮靓渝西高地；河清海晏，共享幸福永川。待来日，霞光万道，瑞气百端，城乡一体，地阔天宽。

（发表于中国新闻文化促进会、中国碑赋文化工程院主办的《中华辞赋》2011年第6期。）

注释

①回阡：亦作"廻阡"，曲折的道路。

②胡子昭：字志高，号仲常。明洪武年间，因经明行修被荐至京师，明太祖授荣县训导。天台方孝孺任汉中教授，倡明经学，子昭前往受教，尽得其所学。后升翰苑检讨，累升至兵部尚书。明惠帝建文四年（1402），朱棣夺帝位，因方孝孺案子昭被诛。子昭临刑神色不变，并作诗曰："金声催急鼓声忙，监斩官追上法场。烙铁火烧红焰焰，钢刀磨利白茫茫。此去刑宪归冥府，九族伶仃各异乡。两间正气归泉址，一点丹心在帝乡。"当时京都人传诵其诗都为之流泪。子昭两个儿子均被杀害，其父也被充军。

③凌一揆：1941年入四川国医专科学校，次年转四川国医学院，毕业后留校。1949年后，历任成都中医进修学校教务主任、成都中医学院副院长、名誉院长、教授、全国高等院校中医药教材编审委员会主任、中华全国中医学会副会长等。主编有《中药学》《中药方剂临床手册》等。

④万丛木：别署竹山山人、停云阁主，因画松树十分神似，人们又称他为"万松木"。著名画家。1925年与何聘九、杨公庶、王伯廉等在重庆铁板街创办了西南美术专门学校，出任校长。精通中西绘画，尤工山水、人物，兼好诗文，作品有《丛木画集》《丛木诗集》。

⑤黄墨涵：名云鹏，重庆永川人，政治活动家，中国公学大学部校长、全国政协委员、政协重庆市委员会副主席。2004年被评为重庆历史文化名人。1902年考入成都东文学堂。1904年赴日本早稻田大学攻读政治经济学。1910年夏学成归国。袁世凯下令解散国会后，曾任中国公学大学部校长。曾参加反袁世凯称帝、张勋复辟、曹锟贿选的斗争。1945年参加"陪都各界反对内战联合会"的活动。同年参加筹组"中国民主建国会"，任中国民主建国会常务理事。

⑥覃敷：广布。

【 附 】

新乡贤颂

春笋遍野，浪花万千，望银河群星之灿，观万马铁蹄之坚。新乡贤名扬桑梓，新风尚扮靓人寰。"江山代有才人出，各领风骚数百年。"

爱党爱国，赤心可鉴；爱岗敬业，险峻敢攀。克己奉公，懿行当赞；尊老爱幼，义举顿煊。或返乡创业，或兴学助残，或修桥补路，或排忧解难，或舍己救人，或带头募捐。修贤哲之德，炯炯乎志存高远；效贤智之学，孜孜乎术有所专；行贤良之道，济济焉紧抱成团；练贤豪之胆，虎虎然劲头倍添；聚贤善之才，浩浩乎百川归海；兴贤达之业，勃勃乎百舸竞先。

长见识，受感染，得教化，鼓风帆。见贤思齐，崇岳尚渊。一卉呼来万紫千红，群贤引进舜日尧天。

（编入重庆出版社 2017 年版《见贤思齐：永川新乡贤文化建议实录》一书。）

永川古城记忆

永川古邑，成渝要冲，唐时置县设署，别称昌州海棠。傍水建铺，沿途修房；人丁渐增，兴学隆商。晨钟遥响，庙宇香火兴旺；戏楼大开，川戏锣鼓铿锵。绵绵焉勃兴一镇，熙熙然盛极一邦。

石板中大路，串联几多小镇；猴溪文曲河，绕过千百邸肆^①。

听隆济商贾叫卖，睹茶店闲士品茗，循白塔小桥流水，逛东门沿河老街。但见跳磴河挑桶取水之人，往返于大街小巷；复闻绸缎庄杂语碎言之妇，计较于讨价还价。进口岔口出口，四大牌坊赫然相望；入城逛城离城，八方游客驻足而观。或曰完孝，或曰葆贞，或曰行善，或曰尽忠。意蕴国之四维，旨在民之三省。经大什字，望三元门。鼓楼街人流不绝，县衙门傲立其端。上骑龙街，下五板桥，一条西外老街，怅然遥指成都也！

北邻乡里，跳石河推出"崔氏豆豉"；半坡坊间，骑龙坳旺销松花皮蛋。南面城墙，沿河而筑，大南门兴市，小南门接龙。餐馆望衡，茶馆栉比；聚八方顾客，通遐迩信息。

昆高胡弹灯，火神庙戏迷继踵；棋琴书画印，魁星楼文人成堆。更有穆肃文庙，背倚骑龙拱街；父母子女，西宾蒙童，膜拜孔圣，大化后生。北山钟文庙之灵，樟林掩桂山书院。此间学子书声琅琅，远处教堂吟诵悠悠。真是：黉门大开，贮满山雅气；溪河纵横，涌一城商潮。

迨至民国，规模略增：木货街直指肖家冲，竹货街濒临三水巷，铁货街连通两南门，大兴街鸿开新钱庄。

斗转星移，雄鸡啼明。成渝公路穿城而过，成渝铁路擦边而行，古镇衍为小城，电灯撵走油灯。

美则美矣，然而颇多磨难：明末叛军，屠城三日；清初战乱，人口锐减；日军空袭，城堞凋敝；不堪回首，十年浩劫，文物古迹，毁于一旦。

昌州八景，而今安在？鬼斧神工，域内何寻？曾几何时，水秀波碧，三河汇"永"之篆文；天高月朗，桂山溢丹桂芬芳；岸曲景幽，枝叶留竹溪夜雨；君临臣至，茶店呈铁岭夏莲；峰突霭起，古寺居八角攒青；雷轰电击,永泸倒石松百尺;林茂寺深,卧石冒圣水双清;烟蒸雾腾,阴山映龙洞朝霞。

市民长忆曩昔之美,众目翘望画卷之新。仁者智者,当拥乐山乐水之地;童稚翁妪,应有流连忘返之所。

精神乃民族之魂,文化为城市之根。熊掌与鱼翅兼得,保护与发展兼顾。唯改革开放,方致枯木逢春;赖政通人和,遂使胜景再现。试看今日之永川,治水兴水,岸绿河清;横拓纵延,商企棋布;城校互动,百业兴旺。城际高铁,挽成渝为近邻;水港空港,结四海为朋友。大城市框架如红日喷薄而出也!

感奋于文化兴区,有弄笔者赵毅欲将棠乡古韵承传于世,得政府鼎力之助,作画数百幅,形靓于画屏,体附于石栏,置之于斯地,存之于千秋。以期本土市民、天下来客,寻贤俊之踪,觅盛事之迹,忆曩昔之景,发幽古之情,从而倍加珍爱渝西明珠也。

谨撰于辛卯岁孟冬

(2011 年 12 月 1 日发表于中华辞赋家联合会主办的《中华辞赋网》,镌刻于永川文曲桥上。)

〖 注释 〗

①邸肆:旅舍商铺。

茶　颂

瑶宫邈邈兮，仙姝远别昊天；凡界茫茫兮，神女飘落永川；济众博施兮，万户消愁解困；种茶栽竹兮，群山荡绿涌蓝。萱花夕照兮，漫腾袅袅瑞气；万亩茶垄兮，环绕重重山峦。香茗神效兮，讶服"茶圣"陆羽[1]；《茶经》三卷兮，古今中外流传。茶马古道兮，咸因茶货而畅；茶店盛名兮，幸逢惠帝而煊。红星楼前兮，朱德谆谆指点；国际金奖兮，永川秀芽领先。文人墨客兮，或诗或文或赋；棠乡黎庶兮，且奇且赞且欢。

茶姑群群兮，颇具神女之秀；茶歌悠悠兮，飘过云雾之山；十指纤纤兮，采呈燕啄之状；两手柔柔兮，制有香嫩之鲜。茶山清泉兮，壶内翻江倒海；秀芽极品兮，杯中意定神闲；悬壶高冲兮，小伙功夫老道；揭盖把盏兮，少女茶艺高玄。

天地灵气兮，集于紫砂青瓷；日月精华兮，孕乎雀舌叶尖。热雾缕缕兮，香气沁人心脾；嫩芽点点兮，茶水生津齿间；健脑明目兮，茶性几多效验；去浊扬清兮，福寿岂止百年？

茶馆茶楼兮，遍及大街小巷；高杯矮碗兮，不拒远近暑寒。吹气润喉兮，招来三朋四友；添水助兴兮，宏发万语千言。政经文教兮，屡屡各抒己见；旧事新闻兮，频频话题无边。时而碰头兮，共赏诗词曲赋；时而屈指兮，计算柴米油盐。时而争执兮，女足孰强孰弱；时而议论兮，秀芽值百值千。时而环顾兮，或问八景安在；时而感奋兮，三湖近在眼前。众口交誉兮，重庆科学发展；群舌喧嚷兮，争夸幸福家园。

以茶交友兮，天时地利人和；以茶敬老兮，孝道淳朴惠然。以茶招商兮，喜得凤凰翔集；以茶兴文兮，激赏茶舞蹁跹。茶旅佳节兮，声誉远播四海；茶竹之乡兮，群力大书新篇。

（2011 年 12 月 5 日发表于中华辞赋家联合会主办的《中华辞赋网》。）

【 注释 】

①讶服"茶圣"陆羽：讶服，惊叹倾服。"茶圣"陆羽，陆羽（约 733—804），

字鸿渐，复州竟陵（今湖北天门）人，中国唐代著名的茶文化家和鉴赏家。一名疾，字季疵，号竟陵子、桑苎翁、东冈子，又号"茶山御史"。一生嗜茶，精于茶道，撰世界上第一部茶叶专著《茶经》三卷，对中国和世界茶业发展做出了卓越贡献，被誉为"茶仙"，尊为"茶圣"，祀为"茶神"。

东坡广场赋

浩浩苍穹，群星何其灿烂；斐斐俊逸，文豪出自眉山。本名苏轼，自号东坡居士；字兼子瞻，名震塞北江南。

七岁诗书穷究，十岁文采斐然。弱冠而举进士，太守以握重权。涉事即逢惊涛，为政多有苦寒。进亦忧，退亦忧，忧国忧民，心仪社稷之盛；左不倚，右不倚，不屈不挠，志如磐石之坚。惩治腐败，秉持清廉；刚正不阿，笑对讥谗。心融真善美，平生结民缘；胸汇儒释道，大海纳百川。治所政绩丰，苏堤口碑传。化蛮野之愚钝，育海南之才贤。

畅饮清风，神抱明月；狂酣佳酿，意挟飞仙。"苏海韩潮"，感磅礴之气势；铜琶铁板，响豪放之遗篇。巅峰之作，前后《赤壁赋》；绝顶之唱，古今《念奴娇》。唐宋大家，苏门三席荣占；光前裕后，文坛八杰比肩。侧峰横岭，崇峻各呈风采；苏轼为甚，风骚独领千年。苏黄米蔡[①]，翰墨似行云苍昊；神驰毫飞，东坡如信马莽原。傲逸才于旷世，震禹甸之文坛。

地因人杰而灵，名以脉承而煊。吾乡有幸，稽留东坡足迹；万民振奋，名冠苏氏词元。尊高尚美，崇伟向善。本邑改称"来苏"，足见民之景仰；斯地代有贤良，可证裔胄[②]绵延。君且看，全国人代会，商国是[③]镇民屡赴；全国党代会，飞京都吾辈建言。文入中国作协，武任军职高官。永川名校长，辈出于中学小学；十大名中医，悬壶于城市乡间。企业家列队，文学家成团。香肠豆干，畅销市内市外；来苏"三绝"[④]，吸引国际要员[⑤]。嗖嗖连枪，省级非物质文化遗产；挈茂禅稻，来苏伍家坝新奇景观。噫嘻！千年宿根养藤蔓，百世瓜瓞攀绵绵。

口碑颂德政，广场共休闲。成就作起点，层楼见新天。展"一三五"之鸿猷，谋政经文之豪篇。山水来苏，妆台仙女更娇美；绿色来苏，农林牧副更丰赡；人文来苏，寺院斜塔更雄伟；和谐来苏，上下同心俱欢颜；幸福来苏，宜居宜行多康健；市级中心，来苏人民福无边。

癸巳岁仲秋谨志

（写于 2012 年冬。2018 年修改。）

桑梓篇

《 注释 》

①苏黄米蔡：即书法"宋四家"——苏轼、黄庭坚、米芾、蔡襄，此四人被认为是最能代表宋代书法成就的书法家。

②裔胄：后代。杜预注："裔，远也；胄，后也。"

③国是：指国家的重大政策。"共商国事"原本是"共定国是"，其源出于南朝范晔的《后汉书·桓谭冯衍列传》。"国是"并不是一般的国事，而是治国的大政大策。

④"三绝"：指来苏的仔猪、蚕桑、再生稻三大农副业强项远近闻名。

⑤吸引国际要员：1989年秋，时任中共中央政治局委员、四川省委书记的杨汝岱陪同联合国粮农组织官员参观了来苏镇柏树桥村的再生稻。杨汝岱书记对当地的陪同人员赞叹道："你们依靠科学技术，发现了一块'新大陆'啊！"

南坪地下街赋

　　赫赫名都，巍巍重庆。两江四岸，蜿蜒百里江都；一城数区，错落八面山城。傍势倚坡，楼群鳞次栉比；比肩继踵，组团唇齿相临。浩浩江水，翻卷历史画册；绵绵群山，见证直辖勃兴。全景浏览，最忌走马观花；撷英一朵，专品繁华南坪。

　　曾几何时，此间漫起狼烟；筑城设关，张珏率军抗元[1]。迨至明末，南坪再生战事，卷甲疾趋，秦氏良玉解难[2]。守土之功，衍精忠于遥胄[3]；光大之业，延宏伟于今天。楼列南滨路，近观长江巨龙；城沿九公里，仰视葱茏南山。下有东西两路，华街数十里；上有茶园新区，锦绣添二环。蒸蒸企业，环环商圈，滚滚车流，连连景观。商机隆兴，聚蜂拥之人气；文化繁荣，引雀跃之腾欢。

　　嗟乎！南坪。昔者，曾陷萧条之窘；兼之，颇具坎坷之忧；继而，略有新城之扩；憾然，仍囿隔江之愁。改革开放，春风吹拂华夏；重庆直辖，活力注入渝州。愈大愈盛，亦新亦优。变则变矣，孰料人满为患！多则多矣，何虞利弊相纠！除市民之心病，解百姓之怨尤。公仆甘作犬马，专家乐为高参，群众敢赴汤火，众志铸就鸿猷。车分其道，人分其流。列车钻洞，地铁贯通南北；玉虹卧波，天堑恍如平洲；高架舞龙，轻轨穿越闹市；通衢涌潮，车辆不作蜗牛。进店入场，不再争先恐后；离厅出馆，无须接踵交头。地下街道，南坪首屈一指；购物休闲，不妨到此一游。

　　南坪洋人街，其乐其趣称妙；南坪地下街，其优其美无双。地下老街，千百家商店栉比；地下新街，亿象城富丽堂皇。重庆中关村，亿象名副其实；数码商业街，时代气息盎盎。电梯数十部，出入格外方便；方圆数华里，宽敞宏丽辉煌。地下地上，浑然互为表里；老街新街，畅焉共布纮纲[4]。南北两纵，背拱核心商圈；东西一横，连接各大商场；中开岔道，直入几大车站；偶有双层，会聚巨贾豪商。地面天桥，免过街之惴惴；地下街道，无避车之慌张。熙来攘往，犹逛东海龙宫；东选西挑，更喜商品琳琅。

　　若夫暑热难耐，心烦意燥，可入地下街道，纳凉退烧。漫步其间，犹享水帘洞之清爽；小憩于斯，似有桃花源之逍遥。薄裙靓女，盈盈比妍竞美；银丝翁媪，时时附耳闲聊。其心也悠悠，其乐也陶陶。

　　至若朔风刺骨，上抖下颤；且入地下街道，获暖驱寒。动则微微出汗，静则略略解衫。喜看张张笑脸，聆听咯咯笑谈。进入此地，颇有跨季之感；徜徉其间，顿生幸福之甜。分明不是三月，然而胜似春天。

　　若乃大雨滂沱，电闪雷鸣，快入地下街道，静气平心。既能一饱眼福，又可提振精神。无落汤鸡之窘态，有幸运儿之心情。倘未遇此福地，也许惨遭雨淋。感谢地下街，无恙一身轻。

　　乐乎快哉！幸福南坪。安全，环保，舒适，温馨，处处皆有好风景，时时爆出好新闻。但愿南坪再抖擞，奔上小康好前程。

　　（2014年2月12日发表于中国作家协会主管、中国作家出版集团主办的辞赋网。）

注释

　　①张珏率军抗元：为抗击元军，宋将张珏在南岸筑城，形成南平关，与佛图关互为掎角，以此为重庆城的屏障。

　　②秦氏良玉解难：秦良玉，明朝末年战功卓著的女性军事统帅、民族英雄、军事家。曾率"白杆兵"参加平播、援辽、平奢、勤王、抗清、讨逆（张献忠）诸役。累功至大明柱国光禄大夫、太子太保、太子太傅、少保、四川招讨使、中军都督府左都督、镇东将军、四川总兵官、忠贞侯、一品诰命夫人。死后南明朝廷追谥曰"忠贞侯"。明代末年，播州（今贵州遵义）土司奢崇明叛乱，攻陷重庆，又进攻合州（今合川）。秦良玉带领几千精兵，"卷甲疾趋，潜渡重庆，营（驻防）于南平关，扼贼归路是也"。正因为奢崇明的后路被断，这场叛乱才最终得以平息。

　　③遥胄：谓后世子孙。【明】吴承恩《述寿赋》："衍余庆于遥胄，启华胈于世传。"

　　④纮纲：泛指网。此处指地下街纵横如网。

双桂堂赋

梁平苍苍，万竹迭翻绿浪；瑞雾袅袅，福国频送桂香。双桂圣堂[①]，蜀中丛林之首；一乘宗教[②]，川渝佛事之光。溪涤俗尘，梵音空谷回响；池濯六根[③]，圣地龙脉潜藏。肃穆禅堂，清朝顺治肇建；金银双桂，破山[④]佛会敷张。鹤鸟飞鸣，迎送朝晖夕阳；游鱼窜跳，张望佛阁坛场。

坐东朝西，迎面山门巨焉；眯眼挺肚，宫内弥勒粲然。威逼云霄，仰大雄宝殿之翘顶；规入戒堂，听法鼓梵钟之震椽。六角石塔，安眠破山禅宗；慈悲观音，普度巴蜀黎元。更有楼阁，惠存石刻圣旨；楼藏佛经，煌煌书册七千。长廊通道，蔓蔓斗折相连；厢房寮舍，列列三百余间。寺院七重阔，花木一路蕃。习习夏凉，情倾亭台桥池；煦煦冬暖，意重龙窟假山。

善男或单或双，信女或散或群。移步庭除，静气悄声；驻足炉前，烛旺香焚。恭莅斯地，幸识一僧。破山海明，身跨明清两代；佛门巨匠，不负七十寿辰。脚履云水，身历七次大难；浪迹天涯，但闻涂炭呻吟。凤凰山下，岌岌七生九死；秦良玉处，暗暗鸷藏一身[⑤]。遍访名师，襟怀佛学之兼容；弘法卅载，力索佛门之鼎新。住持十数古刹，剃度百余徒门。清机如镜，菩提无尘。申有道无为之论，扬自由平等之魂。苦口婆心，止遏腾腾杀气；开戒吃肉，普度祁祁人群[⑥]。善而祛邪，密云得意弟子；真而杜妄，临济正宗传人[⑦]。委巷朝廷，尊为"古佛出世"；华夏海外，享誉"释迦"美称。博学，多闻，言雅，艺精。笔走龙蛇，锋露浑朴与超逸；胸抒诗意，妙肖自然与雄浑。

膜拜则倍崇佛局，祝祷乃更感祯祥。名师自有高徒，衣钵百世流芳。巴山蜀水，弟子遍皇[⑧]。成都昭觉庙宇，新都宝光禅房，峨眉万年刹寺，内江圣水梵堂，更有重庆两寺，罗汉、华岩梵坊；凡此等等，佛幔煌煌，遍布破山之门流，均缘双桂之恢张。噫吁嘻，双桂之影，四象映其巍峨；双桂之音，禅林传其永昌。

（发表于中华当代文学会主办的《诗词世界》2014 年第 3 期"辞赋天

地"专栏；同年 9 月 29 日发表于中国作家协会主管、中国作家出版集团主办的辞赋网。)

注释

①双桂圣堂：双桂堂又名万竹山、福国寺，由破山海明禅师始建于清顺治十年（1653）。清咸丰六年（1856）扩寺掘得古金带一条，故又名"金带寺"。数百年来，几经修葺扩建，现占地 120 余亩。

②一乘宗教：佛家认为佛法乃唯一真理，能教化众生悉皆成佛，故称为一乘，又称"佛乘""一佛乘""一乘教""一乘究竟教""一乘法""一道"；又一乘为大乘之最高教义，故佛典中有"一乘极唱"之语。

③六根：佛教语，又作六情，指眼、耳、鼻、舌、身、意六种感觉器官或认识能力。根为能生之意，眼为视根，耳为听根，鼻为嗅根，舌为味根，身为触根，意为念虑之根。

④破山：即破山禅师（1597—1666），号海明，俗姓蹇，名栋宇，字懒愚，祖籍渝城（今重庆市），于明万历二十五年（1597）出生于竹阳（今四川大竹县）。破山禅师是明末清初我国一位著名的佛门巨匠、诗人、书法家，是明末清初重要禅宗大师，是著名禅院双桂堂的开山祖师，世有"小释迦"之称，在我国西南地区的佛教传承中拥有巨大的影响力。

⑤秦良玉处，暗暗鸷藏一身：明末清初的巴蜀战乱蜂起，破山致信秦良玉，要求到当时秦所在的石柱避难。秦良玉便派三教寺住持永贞和尚及徒弟常然到忠州接他。破山在石柱一住就是十年。

⑥开戒吃肉，普度祁祁人群：明末战乱年间，破山为了救度一方生灵，要求李立阳戒除不必要的杀业。李立阳见破山严持戒律，不食酒肉，就对他说："你只要吃肉，我就不杀人了。"破山马上就与李立阳订约，不惜大开酒肉之戒，使许多人得以存活下来。

⑦善而祛邪，密云得意弟子；真而杜妄，临济正宗传人：指破山即密云圆悟禅师之高徒。圆悟（1566—1642），明末临济宗（禅宗五个主要流派之一）僧，江苏宜兴人，俗姓蒋，号密云。崇祯十五年（1642）圆寂于通玄寺，世寿七十七。有《密云禅师语录》（《禅宗全书》第五十二册）行世。其剃度弟子三百余人，嗣法者十二人。其中有包括破山在内的多位弟子是清初望重一时的名僧。

⑧遹（yù）皇：来来往往。

永川新城赋

盛矣哉！日月经天，江河行地；瑞临大块，祥满苍穹。夫渝西明珠，耀川渝黔之乐土；永川新城，处成渝线之要冲。然则稽其肇端，脱胎于弹丸之古邑；考其起势，展翅于解放之晴空；究其嬗变，壮大于改革之浪潮；览其大观，显赫于今日之群雄。人和兼其地利，夺大发展之先路；兴业融乎兴城，乘十九大之劲风。

泊乎乐见其新，冒笋拱芽。车流千辆，循通衢之延展；楼耸万重，看大厦之高拔。东站南站，听高铁之呼啸；公交长途，喜内外之畅达。新企业棋布兮，竞逐尖端之势；新小区栉比兮，安居幸福之家；新医院相守兮，营造健康之城；新学校相邻兮，绽放文明之花；新场馆开放兮，鉴赏文物书画；新影院倍增兮，享受艺术奇葩。体育中心，龙争虎斗决其胜负；文化中心，笙歌鼎沸乐而无暇。巍巍少年宫，虎虎展才华。

至若慨叹其大，浩浩茫茫。老城甘作陪衬，钦羡新区之体量；四围腾出空间，派上百业之用场。人口面积，双双直逼八十[1]；横拓纵延，赫赫伸向八方。步履雄健，新城势不可当；视界宏阔，万众器宇轩昂。

若乃欣赏其美，矞矞皇皇。惊动嫦娥，唤醒吴刚；连袂织女，骈肩牛郎。昼艳宵明，繁华恍若香港；琼楼玉宇，月宫迁回故乡。神女湖碧水，蕴藏浪漫故事；兴龙湖清波，闪烁灵动祥光；凤凰湖半岛，摇响周身翠绿；跃龙湖瑶池，招徕游客痴狂。留恋文曲探花，漫步东岳文昌。熙熙乎公园之幽深，翩翩于广场之宽敞，悠悠其河道之蜿蜒，欣欣然衢肆之亮堂。车流如梭，雄阔兴业大道；银燕入云，宏敞大安机场。曩昔昌州八景，化为新城靓装。

且夫倍感其强，昌旺兴隆。"五位一体"布局，调动千军万马；七大专业市场，雄踞南北西东。进出五大商圈，喜人流物流之两旺；环视六大总部，赞吸纳辐射之无穷。招商安商，产业园颇多巨头；悦近来远，机器人大显神功。水港空港，囷迍输遅；普铁高铁，连滇接蓉[2]。高速公路，环城无缝；旧道新道，速达渝中。智能制造，异军突起；三氏打印[3]，巧

91

夺天工；软件设计，高手云集；信息服务，网络畅通。遐亦为迩，无愧交通枢纽；艳且播芳，跃起经贸巨龙。百六十米，新城大厦矗地标；千二百年，永川青史添火红。

　　噫嘻！壮猷昭布，新舞台迭出好戏；伟业嗣承，新时代乐见彩虹。稳扎稳打，桑梓筑梦遂成真；再接再厉，未来岁月更峥嵘。

　　（写于 2017 年秋。）

【 注释 】

　　①双双直逼八十：重庆市"十三五"规划提出，到 2025 年永川的城镇人口将达 80 万，城区建成面积将达 80 平方千米。

　　②连滇接蓉：永川除了一条老成渝铁路之外，另有通过东站到成都（成渝高铁）、通过南站到昆明（渝昆高铁）的高铁各一条。滇，云南省的简称。蓉，成都市的代称。

　　③三氏打印：即 3D 打印技术。

永川博物馆赋

　　盛世襄盛举，新人谋新功。硬件软件，渝西腾蛟起凤；各行各业，永川竞秀争雄。强区之举，产业城市互动；铸魂之道，经济文化相融。由是再添新景，以承文脉；于斯吸引万众，而睹尊容。

　　尔其北枕箕山之苍翠，南眺兴龙之恢宏，东闻高铁之呼啸，西赏碧水之流泓。应时问世，煌煌博物之馆；知往鉴今，昭昭历史之城。收奇罗异，列列文物珍藏所；广闻博览，莘莘科教文化宫。夫地标显赫，栋宇峥嵘。览宏构之踞地，仰丽阁之凌空。厅室多间，大堂数重。或文物标本，或工艺美术，或文字摄影，或激光霓虹，诸类陈设井然，珍品荟萃颇丰。

　　至于动则人群如流，驻则观众似丛。时空隧道，由此洞开；古今轨迹，凭其贯通。遐思混沌之状，遥想茏葱之崇。既有天成地蕴，又有鬼斧神工。凶猛恐龙，侏罗纪之荒古；高危树种，亿万年之石松。何其神妙，梳妆台之活石；何其隆盛，新石器之汉东①。石制木制陶制，杯碗台盏壶瓶；佛像佛塔凤冠，或金或银或铜。令人振奋，桑梓文化灿烂；发人深省，祖先智慧无穷。

　　移步换景，寻俊茂之足迹；见贤思齐，忆达士之行踪。"三杰"帝师②，陈鹏飞斥奸南宋；台湾知府，黄开基横扫倭凶。红军高官，刘安恭血洒闽粤；南京英魂，钟天樾气贯苍穹。黄秉湘巴蜀创新学，陈文贵细菌揭日狰。美术巨擘，万丛木创建川美；"东方梵高"，陈子庄铭镌鼎钟。民生公司，郑东琴勠力抗日；"历史气候"，徐近之肇建寰中。形象栩栩，后昆仰慕；事迹历历，吾侪感衷。立大志于襟怀，荡豪情于心胸。

　　噫嘻！钟灵毓秀，物藏于八景胜地；踵事增华，人出自千家劳农。万事当以人为本，千桩宜以天为宗。承上启下，赖主力于青壮；前传后教，寄希望于叟童。益智尚美，今朝犹赏千葩百卉；光前裕后，明日更待万紫千红。喜迎兮全面小康，乐见兮棠乡昌隆。

　　（发表于中国作家协会主管、中国作家出版集团主办的《中华辞赋》2017年第9期。）

【 注释 】

　　①新石器之汉东：汉东遗址位于重庆市永川区朱沱镇汉东村六社。遗址面积10万平方米，是横跨新石器时代、商周、汉代、唐宋以及明清各时期的通史性县城遗址。

　　②"三杰"帝师：即陈鹏飞。他与苏东坡、张子昭在江淮一带享有极高的声誉，被称为注经"三杰"。曾通过贡举做了经筵官，给皇帝当老师。

重庆直辖廿年赋

巴山莽莽，北枕川陕之域；渝水悠悠，南倚滇黔之疆。绿浪滚滚，西结蜀川之带；翠波滔滔，东牵荆楚之裳。居高临下，一山面对三水；斗折蛇行，四岸分成两江。山城错落，雾都炳焕禹甸；水埠逶迤，桥都光昭尧邦。风雨千载，京津沪之季弟；直辖廿年，地平线之曦阳。"一带一路"，此地内联外串；一东一西，斯城抓尖要强。

主城似幻，出入恍历仙境；郊外犹梦，周游如赏画廊。会馆洪崖，处处霓虹幻彩；南滨北岸，粼粼波影泛光。大足石刻，栩栩美轮美奂；千手观音，奕奕金碧辉煌。拜屈子祠，朝双桂堂；诣桓侯庙，观白鹤梁。听竹海之涛声，享茶山之芳香；仰神女之灵秀，俯幽深之龙缸。循声琅琅，美女掩映花丛；回眸迢迢，云烟缥缈沧桑。

过往风流人物，渝堪为甚；游观斯地人文，星汉粲然。远崇涂山大禹，疏淤浚阻；遐思巴国蔓子，动地感天；吟诵宋玉"神女"，怡情悦性；醉心"诗圣"气韵，意水情山；偏爱"竹枝"丽词，通文达艺；戍卫钓鱼石城，执锐披坚；影从巾帼良玉，匡乱反正；历经八年烽火，毁家纾难；主席亲临重庆，心系社稷；梅园签订协定，力挽狂澜；腾起铁窗烈焰，斗智斗勇；弘扬红岩精神，薪尽火传。寻迹巴山巴水，迭出元帅；更有昔日邓公，主政西南。

宋恭帝之双庆，盛况不再；大重庆之直辖，地喜天欢。巴蔓子之遥裔，永立潮头；三千万之众庶，敢为人先。五大中心定位[①]，宏图耀世；十大新兴产业[②]，快马加鞭。麾指全面小康，后来居上；心仪富民兴渝，宏开新篇。

移民百万，三峡辉映星月；披绿千山，五区争创辉煌。经济增速，连连领跑全国；商业体量，直逼三千万方[③]；主城之外，催生特色城镇；高铁四布，"米"字辐射八荒；专线环线，连接客货枢纽；轨道高速，城内城际奔忙；长虹卧波，不惮昔日天堑；星罗棋布，平添几多机场。果园巨港，面向江海吞吐；寸滩宝地，潮涌内贾外商。逸龙迅猛，穿梭于渝新

95

欧；凤凰迅疾，展翅于五大洋。红红火火，宜业乐事劝功④；清清爽爽，宜居福广寿长。大学城育才兴邦，职教城助业百行；乡村游乐山乐水，坝坝舞亦谐亦庄。看人一脸喜气，观景一片靓装。

土壤肥沃，历史之根养现实之果；中央英明，核心之坚领胜利之航。改革开放，步入新天地；"五位一体"，更添好风光；"四个全面"，凝聚精气神；"五大理念"，必臻大吉祥。伟举廿年，蒸蒸日上；名扬四海，奋奋皇皇。根深叶茂黄葛树，虎踞龙盘大礼堂；鸣笛起碇朝天门，多重多庆永世昌。

（发表于重庆市人民政府文史研究馆主办的《重庆艺苑》2017年夏刊。）

【 注释 】

①五大中心定位：按国务院批复同意的《重庆市城乡总体规划（2007—2020)》，明确了重庆的五大定位：我国重要的中心城市之一、国家历史文化名城、长江上游经济中心、国家重要的现代制造业基地、西南地区综合交通枢纽。

②十大新兴产业：重庆确定了电子核心基础部件、物联网、机器人及智能装备、新材料、高端交通装备、新能源汽车及智能汽车、MDI及化工新材料、页岩气、生物医药、环保等"十大战略性新兴产业"发展方向，力争到2020年形成10个千亿级产业集群，总规模突破1万亿元的目标。

③直逼三千万方：据赢商网不完全统计，从1997年重庆第一座购物中心大都会广场（现已更名"大都会东方广场"）开业至今20年间，重庆已开业商业项目（包括产业项目及专业市场在内）369座，总计商业体量逾2764.5万平方米。

④乐事劝功：指乐于从事所业，努力获得成效。

昌州赋

赏千葩而寻本，循九派以溯源。

昌州古治，三区拱卫①；署设西北，军驻东南。物推安陶折扇，人赞义士余蛮②。倘欲览胜，更有永川。

斯地六合，饶衍③"三江粮仓"；此间诸事，薮泽④人文千年。永川白塔，遥呼大足石刻；棠城黎庶，喜着夏布衣衫。掘恐龙数条，竖石松多段。豆豉皮蛋，国人垂涎。昌州八景，风光旖旎；茶山竹海，紫气环旋。

追往事，尚先贤。"三杰"帝师、台湾知府、学界名流、红军高官、美术巨擘、微刻大师、医学翘楚、业界魁元，懿德昭于后世，嘉名振于人寰。

文脉悠远，昌州恢张盛誉；气势磅礴，桑梓再展鸿篇。

（发表于重庆市人民政府文史研究馆主办的《重庆艺苑》2017 年秋刊。）

【 注释 】

①三区拱卫：三区，古昌州大致就是现在的重庆永川、大足、荣昌三区。拱卫，环绕，卫护。

②物推安陶折扇，人赞义士余蛮：安陶折扇，古昌州所辖的荣昌县（今荣昌区）有安富陶瓷、折扇和夏布等三大国家级非物质文化遗产；义士余蛮，指清代大足县（今大足区）反洋教起义的领袖余栋臣（1851—1912），人称"余蛮子"。

③饶衍：富足。

④薮泽：水流汇聚的地方。比喻人物会聚之处。

永川楠木林赋

跋山涉水，沿海迢迢而赴西南；饮露餐风，崇阿莽莽而至永川。科考山乡，而现中国林学会；寻踪宝树，以追三教张家湾。斯地生有嘉木，山林群聚桢楠。此树珍稀，散植外省；风光独秀，密布此间。

斯树也！一人独搂，两人合围。异龄于大大小小，交混其郁郁芊芊。根扭石灰石，顶绿荫于四季；性分雌雄体，延族类于千年。循天理而不乱，衍子孙以相传。上约游云，拥浮岚之袅袅；下掀绿浪，邀美翼之翩翩。交翠翠以为伴，结菁菁而攀缠。风动弄光影，枝摇听鸟喧。何以神清气爽？只因蔽日遮天。

休嫌长势慢，岁月磨炼极品；莫怪根底浅，风霜送来非凡。茎身挺拔而伟岸，木质细腻且弥坚。建皇家之华构，雕故宫之琼轩。乍响突突，凭其韧而作枪托；激浪滚滚，赖其坚而造利船。以功殊而位显，识貌美而形妍。

嗟乎！世人关注，自古惜怜。葱茏至善，风月无边。物以稀为贵，护以养为先。敬之如璧，崇之若仙。禁止斧斤入林，严防火种进山。惜枝护干，继承祖宗遗产；遵纪守法，保护珍贵资源。是谓美丽中国，永川楠木呈胜景；崭新时代，华夏生态展鸿篇。

（发表于中国作家协会主管、中国作家出版集团主办的《中华辞赋》2018 年第 8 期。）

三教文化广场赋

嗟乎！葱茏奔云，巍巍乎山聚重岭；碧浪接宇，森森焉海纳百川。千姿百态，观鲜活于两仪；万紫千红，赏靓丽于乡间。国内罕见，连片桢楠天然林；天下奇观，三教西北张家湾。小溪九流，归安溪而寻大海；水库棋布，惠畴亩而灌良田。

然则不胜枚举，更有人文积淀；惹人流连，岂止自然景观？善包容者，必悦近而来远；善汇智者，能攻坚而克难；善凝心者，料云合而影从；善聚力者，赢业峻而绩蕃。

若乃归宗认祖，共仰黄帝轩辕；处事养生，当崇太上老君。修身齐家，皆敬万世师表；安邦治国，可资孔子圣人。行善积德，始为印度教义；西经东渐，肇建东方佛门。兼收并蓄，包容三大教派；去伪存真，陶冶斯地生民。爰冠"三教"之名，彪炳巴岳东域；乃扬众家之长，泽被乡邑后昆。

至若民间私塾，传承诗书礼仪；崇礼乡学，启迪几多童蒙。日月永恒，历史舞台尚在；韶光渐逝，俊杰雅士接龙。全国文联，王少燕创作任要职；艺术大师，刘声道微雕显神功。"艺庐"传人，刘阿本洗墨辟蹊径；家蚕研究，夏庆友国际压群雄。铁笔银钩，石龙山石刻多高手；腾蛟起凤，北大生出自永五中。

若夫摧枯拉朽，三教新桃换旧符；改革开放，斯地旧貌换新颜。农而食之，颇多地方特产；工而成之，不乏企业中坚。筑巢引凤，招来东鹏名企；立异标新，雄踞幸福永川。"五性"追求，堪为全国示范；智能家居，方便城乡黎元。成渝两市，因三环而缩短；城乡一体，缘发展而光鲜。国家重点，三教升级上档；市级中心，百强并踵比肩。内聚外引，遂成蒸蒸之态势；同心同德，共谋煌煌之明天。

由是公仆奉公，怀民本之切切；德政思德，重民生而拳拳。罗盘田垦壤扩展，广场宏宽；天灯坡见证变迁，设施齐全。花丛蝶影幻，浓荫百鸟喧。但见天时地利人和，祥臻文化广场；更迎盛事喜事要事，群聚此间乐园。或健身，或休闲；或学习，或攀谈。时闻歌之婉转，又赏舞之翩跹。棋过楚河汉界，球飞场上台前。翁媪熙熙而乐，童稚琅琅而欢。

·　噫嘻！心顺而神焕，意满而力添。新景在望，旌旗在先。再图踵事增华，同享舜日尧天。

（写于 2019 年 6 月。）

板桥老街赋

嗟呼！瘟疫肆虐，岂饶四县^①交界之地？战乱频仍，哪有黎民安身之邦？柳溪缓流，映明末之残景；湖广迁客，垦龟山之蛮荒。土著杳而移民众，昔者衰而替者强。经年累月，柳溪河多见木桥；蓄势生财，五大庙衍生商行。是以瓦肆肇建，凉棚变身廊檐街；继而双廊形成，斯地故名"板桥场"。

若夫街宽三丈，沟分两旁。以点成线，店铺联延近两里；面山背河，廊檐相对成街坊。坚支巨架，宽檐如棚遮风雨；透气通风，两檐对缝透天光。深沟一条，雨水用水归流去；跨板数处，东边西边购物忙。行商坐贾，通彼此之有无；文人墨客，品佳茗之清香。熙熙攘攘，时传吆喝之声；往往来来，偶见长衫罗裳。庙宇香火兴旺，戏楼鼓乐铿锵。此等构建，聚几多能工巧匠；如是布局，惊当世贵胄天潢^②。啧啧焉，叹其筹谋高妙；欣欣然，赞其天下无双。

然则清末衰败，民国亦多乱象；倭寇侵华，斯地颇受创伤。路漫漫兮，前程何其修远；民凄凄也，戚面何其彷徨。

至若星移斗转，宋代崖墓见证兴替；否极泰来，本尊禅寺历经沧桑。新街变老街，应是岁月烘烤；下人变主人，全凭党恩恢张。天翻地覆，新社会蒸蒸日上；改革开放，新时代乔乔皇皇。乡村振兴，永川西北旌旗漫卷；百业隆盛，板桥百姓斗志昂扬。崇德向善，新乡贤乃懿行之典范；见贤思齐，企业家为强镇之栋梁。"一环八射"，风驰于致富路径；多项善举，笃定于全民小康。

若乃廊檐老街，代代流传故事；今日板桥，处处换上靓装。远眺浅丘平坝，悉为绿色之宝库；近观产业园区，恰似集群之凤凰。俯瞰健身步道，道陪碧水而远去；仰望蓝天祥云，云带群鸟而飞翔。噫嘻！神清气爽，绚丽芬芳。喜勃勃之生机，老街不老；愿祁祁^③之黎庶，安泰永昌！

（写于 2019 年夏。）

【 注释 】

①四县：板桥镇地处永川西北，东邻璧山，北接铜梁，西靠大足，为四县交界之地。

②贵胄天潢："天潢贵胄"之倒语。天潢，本为星名，这里指皇族，宗室的人。贵胄，地位高贵的后代。

③祁祁：众多的样子。

学校篇

三中赋

傍来苏古镇，立三中学馆。如珠玑辉映弯函，似芳菲香袭龙山。俯身接市井，展臂倚田园。地分多级，处处毓秀；楼组数团，时时呈妍。花艳不败，叶翠不减，浓荫匝地，佳木撑天。鸟语共吟诵不休，翔集与众生同欢。风雨半世纪，年轮五十圈。

孰料"文革"妖雾腾腾，乾坤互逆日月倒悬。潮起又潮落，波涌接浪翻。嗟乎，枉也！浮云遮望眼，斯文掩愧颜。

否极有度[①]，义行无边。文明岂可亵渎，教化怎能狎玩？

看贤儒心怀天下，播正道汗洒杏坛。笔耘不辍，舌耕不倦，焚膏继晷，衣带渐宽。岁月磨得皱纹乱，心血熬却白发添。善哉，诚矣！丝吐千丈，不畏体虚；恩被后生，唯求薪传。

喜学子莘莘，报师恩绵绵。仰乡邑之高标，承先贤之丽篇。孜孜以求如叩石垦壤，循循而进犹溯流探源。嘻嘻，快哉！至圣宿根串百代，东坡文气传千年；根上顶新秀，气中生俊彦[②]。

建信息之网，扬科技之帆。一手能握星汉，千载竟成瞬间。遍览古今中外，洞悉微观宏观。妙哉，强也！三中师生志高远，微机屏上天地宽。

树人树木树碑，立德立功立言。教有鸿儒，学居状元，文称巨擘，武拥高官，医为翘楚[③]，政出要员。大器成于熔炉，俊秀出自摇篮。枝柯回眸恋宿本，校友献礼添新颜。其嘉言兮悦耳，其懿行兮粲然。

庠兴诸生幸，校强后劲添。步我芬芳路，抚我书斋轩，但闻管弦响，又见百花园。弯函河水润歌喉，三中前程更灿烂：万千才子源源出，个个雄姿冲云天！

（注："重庆市永川来苏中学校"在 1956 年创办时，名为"永川县第三初级中学校"，简称"永三中"。）

（本文为纪念重庆市永川来苏中学校建校 50 周年而作。永川市文体委、永川市文联主办的《海棠》杂志 2006 年第 4 期卷首语，2007 年 11 月 28 日发表于中华辞赋家联合会主办的《中华辞赋网》。2018 年修改。）

注释

①否极有度：指坏运气总有到边的时候。成语有"否极泰回"（同"否极泰来"），指坏运到了头，好运就来了。否（pǐ），通"不"，运气坏。

②俊彦：才智出众的人。《尚书·太甲上》："旁求俊彦，启迪后人。"《尚书孔氏传》："美士曰彦。"

③翘楚：语本《诗经·周南·汉广》："翘翘错薪，言刈其楚。"郑玄笺："楚，杂薪之中尤翘翘者。"本指高出杂树丛的荆树，后用以比喻杰出的人才或突出的事物。

红旗颂

壮哉，红旗！迎风飘扬，当空漫卷。井冈山有它出政权，天安门有它亮新天。举旌河清，竖旗海晏。车冠其名，气势一日千里；校冠其名，师生劲头倍添。喜看红旗小学，肇兴棠城武庙，继立西外老街，荣膺省级重点，泽惠八十五年，功盖棠城，声震永川。

十年树木，百年树人。楼高仰仗宏基，国强有赖少年。红旗师生，起势不凡。五育并举，以德为先；求真务实，以学为主；持之以恒，以体为健；尚美勤劳，全面发展。新广活实显特色，素质教育展丽篇："全国红旗大队"，"教育科研基地"；"艺术教育先进"，"体育传统学校"；"礼仪示范学校"，"重庆文明学校"……京城佳音甫至，省会捷报频传。

心向往之，八方趋之。红旗小学人头攒动，熙熙攘攘热闹非凡。班额再多也嫌少，学校再大也不宽。

急人民之所急，念百姓之所念。区委区府高瞻远瞩，毅然决策红旗搬迁。丙戌破土，兵贵神速；丁亥竣工，新校焕然。

桂山公园一侧，玉屏北路旁边。临市而尘嚣不染，居高而学子不厌。倚山傍势，展层叠之雄姿；鳞次栉比，崛错落之伟岸。楼上红旗猎猎，楼下浓荫滚滚，幽径盘旋而上，励人奋发登攀。信息之港，科技之帆，书海之域，龙腾之园。钟灵于斯千鸟至，毓秀在此众生欢。

壮哉，红旗！迈步新起点，灿烂到明天！

（重庆市永川区文体委、永川区文联主办的《海棠》杂志2007年第3期卷首语，2007年12月2日发表于中华辞赋家联合会主办的《中华辞赋网》。）

萱花小学赋

　　星拱月，日披霞。浩浩永川大盆景，灼灼盆内一奇葩。张张笑脸，恍若花瓣；颗颗童心，辉映朝霞。看场上龙腾虎跃，听室内书声琅琅。求学佳地必去，"萱花"校牌当夸。

　　建校不足廿年，应时生根发芽。萱中毗邻，犹似仲兄携季弟；闹市相通，正好学校见繁华；溪流如玉带，丛林罩绿纱；鸟语伴欢声，花香共风雅。逸夫楼芸窗①迎朝晖，微机室荧屏通天涯。孩童张开双臂，师者点亮灯塔。有今朝之操练，得明日之博洽。

　　此间园丁，以人为本；亦善亦勤，且慧且佳。有家长般感情，爱生如子；无家长式作风，爱校如家。矻矻终日，笔耕舌耘育桃李；兀兀穷年②，呕心沥血施才华。

　　斯地学子，人小志大。学习生活化，生活学习化。德尚温文尔雅，学追浩瀚无涯，惜时紧挽春秋，锻炼不舍冬夏。关注花鸟虫鱼，热爱棋琴书画。多彩生活，扩展知识视野；浓郁兴趣，点燃智慧火把。

　　有志不在年高，有雨何惧路滑；无畏方有作为，心齐岂管风沙？种豆得豆，种瓜得瓜。九州栋梁构大厦，定将回眸颂"萱花"。

丁亥岁冬月廿六日

　　（2008年1月6日发表于中华辞赋家联合会主办的《中华辞赋网》。2018年修改。）

〖 注释 〗

　　①芸窗：亦作"芸牕"。芸，香草，置书页内可以避蠹虫，故"芸编"指书籍，"芸窗"指书斋。【唐】萧项《赠翁承赞漆林书堂诗》："却对芸窗勤苦处，举头全是锦为衣。"【金】冯延登《洮石砚》诗："芸窗尽日无人到，坐看玄云吐翠微。"【明】高濂《玉簪记·命试》："绛桃春暖鱼龙变，向芸牕志绝韦编，功名一字总由天。"【清】蒋士铨《桂林霜·家祭》："芸牕相守，奋志诗书。"

　　②兀兀穷年：辛辛苦苦地一年到头这样做。兀兀，劳苦的样子。穷年，终年，一年到头。

连心桥铭

棠城北驰，望千亩碧波；陡沟水库，映校园楼阁。临校百步之遥，沟深两丈之多。堆石以跳，搭木而过。胆战心惊，多有踬踣①。后建双孔石桥，仍虽爬坎上坡。

困顿思发展，干群共商磋。拜贤达，交朋友，上下一致，内外同心。集资以筹料，奔波而求索。设规矩以增桥身，绘勾股而扩桥面。能工巧匠连续奋战，师生员工紧密配合。成竹在胸，胜利在握。飞梁跨沟壑，玉虹②卧烟波。

幸矣五中！适值重教之风，喜得兴教之势，深得支教之力，倍感从教之乐。展望未来，程门③招延俊秀，庠序高奏凯歌。

谨此勒石，以记善事。

庚辰岁初冬谨志

（2008 年 6 月 15 日发表于中华辞赋家联合会主办的《中华辞赋网》。2018 年修改。）

注释

①踬（zhì）踣（bó）：绊倒，比喻遭受挫折。踬，被东西绊倒，事情不顺利，受挫折。踣，跌倒，倒毙，僵死，破灭。

②玉虹：本来有多重比喻义，常用来喻石拱桥。【宋】苏轼《何公桥》诗："疏为玉虹，隐为金堤。"【宋】吴文英《十二郎·垂虹桥》词："酹酒苍茫，倚歌平远，亭上玉虹腰冷。"本赋扩展开来，比喻水泥桥。

③程门：源自成语"程门立雪"。宋代著名理学家杨时赴浏阳任县令途中，绕道洛阳，拜师程颐。有一天，杨时与其学友游酢对某问题看法不同，为了求得正确答案，他俩一起去老师家请教。来到程颐家时，适逢先生坐在炉旁打坐养神。杨时二人不敢惊动老师，就恭恭敬敬侍立在门外，等候先生醒来。过了许久，程颐一觉醒来，从窗口发现的杨时侍立在风雪中，脚下的积雪已一尺多厚了，于是赶忙起身迎他俩进屋。本赋将成语"程门立雪"简缩，使之指代教师或教坛。

荣登学府赋

噫嘻，快哉！八方英华，热血青年。历人生阶梯，乐无穷也；入学府高第，幸莫大焉。一校四院，宜教，宜学，宜练，宜居；一专多能，既诚，既健，既博，既专。名校长导航，喜沐欣欣学风；名专家指点，深蒙昭昭师传。学练结合虎添翅，校企联姻鱼跃渊。攻读三秋，莘莘学子成栋梁；奋斗四载，频频捷报耀永川！

（遵嘱，2008 年写百来字短赋。2018 年修改。）

英利学校灾后重建记

川渝两地，骨肉相连；无恙则健，有疾则恹。重庆梁平，四川开江，相亲于文化边镇①，相拥于中心小学。一桥跨比邻，一溪带两县。汶川山崩，梁平巨颤；房坍屋塌，动地惊天。

断梁坠，瓦砾溅，墙体垮，地欲陷！唯砥柱可挡急流，有勇气何惧大难。爱生心切，声嘶力竭催撤离；临危不惧，连搂带拽齐抢险。将危亡留给自己，为学生撑起蓝天。千钧一发，惊魂五十秒；奋战六时，救人近一千。可歌可泣，赫赫教师群体；可圈可点，虎虎英雄少年。

灾情现，消息传。市级领导，风风火火赴现场；中央首长，急急切切询平安②。学校奋力抢救，社会备受感染；引出善行义举，激发仁者万千。

茫茫商海，翘望重庆巨舰；英利地产，雄踞主城商圈；引入世界五百强，首家上市新加坡。大爱无疆，善举不断：心系渠县特大洪灾，情念重庆高温抗旱；争投扶贫基金，倾力赈灾捐款；数百万在所不惜，尽义务理所当然。急学校之所急，想师生之所想，重建中心小学，再捐现金千万！融外资，引外援。公司领导，重效益更重情义；慈善基金，重长远亦重当前。

救师生于水火，匡庠序于倒悬。时不我待，刻不容缓。机声隆隆，黄尘滚滚，爱心注入一梁一柱，安全寄予一石一砖。马不停蹄，新楼层层上升；一丝不苟，校园渐渐平坦。季跨夏秋，开工转竣工；时逾半载，旧貌换新颜。

校门气派，朝北坐南；校名遒劲，金光灿烂；群楼新装亮相，装饰天姿炳焕；新建操场开阔平坦，塑胶跑道色彩斑斓。校园漫步，佳木吐翠；浓荫小憩，花草成团。溪流似带，环校而飘；岸林如屏，倚校而伴。好个读书胜地！好个人才摇篮！

秋风送爽，学子重进校园；英利恩泽，师生感慨万端。滴水之恩，必当涌泉相报；大海之情，更应永铭心田。为师者，爱生敬业，春风化雨育新人；为生者，尊师守纪，全面发展成俊彦。

学校篇

企业需智力支撑，人才靠教育发展。不平凡之时，结不解之缘；有作为之世，书有功之篇。盛矣，校冠新名：重庆市英利育才小学；强矣，寓意深刻：英雄们共攀胜利之巅。

戊子岁季秋

（2008年10月29日发表于中华辞赋家联合会主办的《中华辞赋网》，当年暑期刻于重庆市梁平县（今梁平区）文化镇英利小学碑石上。2018年修改。）

【 注释 】

①相亲于文化边镇：文化镇地处梁平县东北边陲，距梁平县城22公里，与四川省开江县新街乡接壤。全镇辖8个行政村，52个村民小组，1.7万多人，以汉族为主，辖区面积29.5平方千米，耕地面积9300余亩。5月12日下午，四川汶川地震造成重庆梁平县两所小学垮塌，其中文化镇中心小学5名学生死亡。

地震发生后，重庆英利地产向梁平文化镇中心小学捐赠1000万元，用于学校重建。重建后的学校占地达近万平方米，包括教学楼、学生公寓、食堂、教师公寓以及塑胶跑道和篮球场。这是一所高于国家抗震标准、安全可靠、功能齐全、环境优美的综合型小学，校名也改为"重庆市英利育才小学"。

②中央首长，急急切切询平安：2008年5月12日下午2点28分，梁平县在汶川发生的8级地震影响下成为重庆重灾区。受时任中共中央总书记胡锦涛同志的委托，中共中央政治局常委、中央纪委书记贺国强于2008年5月20日上午来到重庆地震灾区梁平县，在县人民医院看望受伤学生和群众，在文化镇实地察看房屋坍塌现场，并亲切慰问遇难者家属。

重庆财经职业学院赋

重庆职教基地，厕身渝西永川。此间中职高校，星罗于闹市通衢；各类实验场所，棋布于都邑郊原。城校互动，昔日规模发展；内涵提升，今朝特色卓然。八仙过海，试看百舸争流；红涨绿漫，更喜百花吐鲜。锣鼓喧天，亮开大纛一面；彩旗迎风，闪出师生万千。赫然醒目，灿然耀眼："重庆财经职业学院"，翘首高校阵营之间。

斯院也，数易其址，十更其名。时逾半世纪，地转两区县。初为职工学馆，继为干部黉宫，后改财贸中专，终为职教学院。真可谓：新中国迎来新生活，新生活鸿开新校园，新校园迈上新台阶，新台阶再创新纪元。

斯院也，西傍萱花湖，东邻植物园；北倚茶山竹海，南临成渝干线。处市井而不染尘嚣，踞山麓而出入槐馆①。拾级而上，校门朴中蕴雅；登高以眺，城廓漫而接天。楼拥青翠，道舞葱茏，窗透书香，林闻啼啭。室内鼠标移，点击古今中外，探索宏观微观；室外花草颤，迎送春夏秋冬，翻卷红黄绿蓝。好个读书胜地！真乃成才摇篮。

斯院也，鸾翔凤集，引进教学精英；人才荟萃，涌现学术骨干。特殊津贴成双成对，教授名师成群成团；全国优秀领衔示范，"双师"教师一马当先。推恩于生，厚德载物；启智于人，纬地经天。强素质，提档次，抓教学，搞科研。出版教材数十册，发表论文千百篇。笔耕字字吐光焰，舌耕句句动心弦。如此专业发展，何愁不夺桂冠？

斯院也，先进理念固灵魂，远大目标扩双眼，清晰思路稳脚步，得力措施壮虎胆。以人为本，科学发展。核心观念不含糊，服务宗旨不动摇，就业导向不偏离，队伍建设不迟缓，科学研究不停步，质量管理不松散。一专多能，一人多证。技能培养，数十专业供挑选；市场竞争，资格能力适应宽。校风好，和煦春风拂心田；学风浓，闪闪繁星耀九天。

光阴迫，天地转。百废待兴之初，贵在人无我有；异军突起之时，贵在人有我强；万马奔腾之际，贵在人强我新；众口交誉之下，贵在一往无前。上下齐心，师生一致，硕果累累，捷报频传：商务系统先进集体、重庆最佳文明单位、西部教育顾问单位、中澳职教项目伙伴、重庆职教先进单位、"书香和谐"示范学院……天道酬勤，先春华而后秋实；滴水穿石，先辛苦而后甘甜。

　　春风浩荡，国务院总理莅临②；阳光明媚，教育部部长参观③；市委书记到校考察，司长市长深入调研。进教室，入场馆。询问亲似父母，夸奖暖如温泉，演讲响若巨霆，鼓励犹助风帆。"面向人人"，赤心可鉴。师生雀跃，更上层楼抬望眼；群情振奋，引吭高歌向明天。

己丑岁仲秋谨志

　　（2009 年 9 月 11 日发表于中华辞赋家联合会主办的《中华辞赋网》，编入中国文联出版社出版的《中华新辞赋选粹》第三卷、中华辞赋出版社出版的《赋苑琼葩》第一部·上卷。2018 年修改。）

【 注释 】

　　①槐馆：指太学，亦泛指学馆。【唐】林宽《穷冬太学》诗："投迹依槐馆，荒亭草合时。雪深莺啸急，薪湿鼎吟迟。"

　　②国务院总理莅临：2006 年 4 月 23 日，时任国务院总理温家宝一行来到重庆市第二财贸学校。

　　③教育部部长参观：2005 年 7 月 16 日，时任教育部部长周济在永川实地考察重庆职教基地，先后到了重庆文理学院、重庆财经职业学院（当时为重庆市第二财贸学校）等学校考察。

来苏小学赋

文曲曜曜[①]，光映永川西南；紫气腾腾[②]，秀毓来苏川丘；寨耸虎姿，固守繁华之城镇；山挺龙首，眺望圹埌之平畴。偎依其间，煌煌来苏小学；出入其里，潺潺岔河清流。时光如水，经万古逝而不断；苏轼莅斯，历千年传而弥久。地因文豪而冠，校以特色而优。

建校百年，风雨几世；旧貌换新颜，平房变高楼。美哉！"本善"喻其纯洁，"至善"示其追求，"省善"明其自律，楼名励人精修。青青校园，依依垂柳，灼灼繁花，细细鸟啾。书声绕白云，斯文共春秋。

延孔圣之大道，续东坡之风流。施教忘我，为学如痴，教学相长，德才均求。名校长辈出于此，贤弟子遍及九州。自主教育、经典诵读，两大特色均彰显；自然梳妆、人文梳妆，一体交融呈雅遒。

看莘莘学童，慧根始固，幸处雨润；蓓蕾初开，得益风柔。自求主动，自拿主意，自得主见，有志不计年幼；自主学习，自觉锻炼，自我管理，无畏敢拔头筹。倡国学，读经典，含英咀华，吹香嚼蕊。讲孝悌，怀忠信，秉礼义，知廉耻，明事理，会筹谋。爱校爱家乡，争先争上游。

小脑袋装大世界，小主人获大丰收。多特长，竞赛屡屡夺魁；多优秀，殊誉频频得手；重庆十佳甫上榜，清华苗子再露头。

太平寨上，昔有梳妆神女[③]；来苏师生，今为妆女之后。形与心通，神与物游，尚美求美，从善如流。若夫以人对镜，妆形形体美，妆行行为正，妆心心地诚；至若以境对镜，梳校校园靓，梳河河水清，梳街街道洁；若乃以文对镜，扬歌歌响亮，扬刊刊丰富，扬气气抖擞。奇哉，妙也！梳妆台，天地留，自然人文，映日悠悠。

盛矣，来苏小学，课改创新之一流，永川教育之窗口。喜看今日龙骧虎步，冀望明朝更上层楼。

（2010年5月31日发表于中华辞赋家联合会主办的《中华辞赋网》。2018年修改。）

〖 注释 〗

①文曲曜（yào）曜：中国神话传说中，文曲星是主管文运的星宿。文曲星属癸水，是北斗星，主科甲功名，文曲与文昌同属吉星，代表有文艺方面的才能或者爱好文学及艺术。曜曜，光明显赫的样子。

②紫气腾腾：紫气，紫色的霞气，古人以为祥瑞的征兆或宝物的光气。古代通常将紫色云气附会为帝王、圣贤等出现的预兆。【汉】刘向《列仙传》："老子西游，关令尹喜望见有紫气浮关，而老子果乘青牛而过也。"来苏之得名，因大文豪苏东坡至也。

③昔有梳妆神女：来苏镇东南面的太平山突兀而起，十分陡峭。东面附崖有两大孤石重叠，下大上小，远眺宛如美女梳妆。传说有一神女，面对人间美景，以河为镜，垒石为台，梳理秀发，其花容令四方儿郎惊异与痴迷。

南大街小学赋

　　水润沃土，千秋繁盛；人谐自然，万物隆兴。三河汇碧，走"永"篆之笔势；三岔兴水，化城南之氤氲。择岸而居，眼前即为市井；临街就学，河畔便是黉门。肇始地属"常青"，继而冠名"南小"。兼程数十载，飘然双翼轻。

　　水流潺潺，孕育城市文化；书声琅琅，昭光中华文明。秉"七彩"办学理念，做浇花育苗园丁。德重学高，延乡邑名贤之风；躬耕乐道，践素质教育之行。"三自教育"，特色途径初显；"七彩教育"，人本理念更新。"红橙黄绿青蓝紫"，仰天乃彩虹绚丽；德智体艺科生综，入丛则葩卉缤纷。得水之涵濡，一人一朵花；引水之融调，一班一片景；凭水之浇灌，一校一佳苑；喜水之浸润，一城一鼻馨。个体群体全体，"三风"沐浴卓荦层见；出众出色出彩，多元评价冠伦激增。

　　小小天地，包容大千世界；小小花朵，扮靓棠乡之春；小小喇叭，传出雷霆之响；小小主人，敢当排头之兵。南小师生，积小胜为大胜；一点一滴，养散株为茂林。"生生出彩"，芳菲吐其缤纷之艳；"生生异彩"，光韶成其耀眼之星。"三自四会"，历练俊能。省级表彰，几度上榜；市级竞赛，捷报频频：重庆市文明单位、少先队红旗大队、艺术节一等大奖、教科研实验基地……举鸿休之不世①，追丕绩之无伦②。

　　盛矣，南小！滴水成流，聚流成溪，一往无前，且歌且奔。涌江河之滔滔，汇大海之雄浑；输祖国之栋梁，迎前程之大焜。

庚寅岁仲秋

　　（2011年8月13日发表于中华辞赋家联合会主办的《中华辞赋网》，2016年修改补充。）

【 注释 】

　　①鸿休之不世：鸿休，这里指大善、美德。不世，非凡，世所罕有。

　　②丕绩之无伦：丕绩，大功业。无伦，无与伦比，同类中不能与之匹敌。伦，匹。

宝峰小学受助兴学记

宝峰小学，辛卯乔迁。接中学之校产，添改建之新颜。幸天时之奎耀，拥地利之艾安①，弘人和之燮赞②，得兴学之义渊③。

谢氏赤心可鉴，袁氏慷慨义捐。一百余万，效益匪浅；两季未迨，焕然改观。文化墙，勒历历经典；塑胶道，冲虎虎少年。操场龙腾虎跃，芸窗书声频传；台坪草翠花艳，树列联袂并冠。校门增气势，文化靓校园。

援建食堂，新泰先鞭一着；屡添锦绣，谢袁大爱无边。群起效贤，恐后争先。尚学惠及众生，尊师振奋杏坛，崇教激励乡邑，义举感动昊天。幸矣！宝峰！今朝育人摇篮，明日栋梁万千。

辛卯岁十月

（2011 年 11 月 3 日发表于中华辞赋家联合会主办的《中华辞赋网》。）

【 注释 】

①艾安：太平无事。

②燮（xiè）赞：协调赞助。

③义渊：仁义的渊海。喻仁义之深广。

红河小学赋

东风劲吹，重庆鸿开新宇；渝西巨变，永川再添靓装。新区新学府，南北高校对宇[①]；新景新气象，红河嘉卉皇皇。其域璧奎[②]辉耀，红河小学肇昌：设施一流，多具腾蛟之兰泽；设备全新，更有起凤之巨樟。环境新，但见林秀楼伟；师生新，感佩气势高昂；理念新，注重以人为本；机制新，奔赴用武之场。求真求善求美，唯新唯特唯强。

童心教育，"四艺"[③]润养，办学特色鲜明；"三美""三尽"，更兼"三善"，"三风"[④]漫透馨香。"六大措施"[⑤]，固本拓源，办学思路明晰；"童心之花，一生绽放"，办学理念昭彰。工作高起点，文化高品位，定位不同凡响；师生高素质，教育高质量，目标指向辉煌。

德智体美劳，环顾则处处争艳；棋琴书画舞，举目乃朵朵向阳。喜个体之花容，各展丰姿；观班级之花盆，极尽炫煌；赏年级之花圃，毕呈葳蕤；赞学校之花园，美驻心房。比年入学[⑥]，新苗植土；六年小成，蓓蕾拥墙。自然之花，骄其艳丽；精神之花，吐其芬芳。勃勃焉，花开四季；灿灿然，花挂胸膛。八仙过海，静观五育神通；蟾宫折桂，庆羡红河儿郎。

人无我有，人有我新；步履稳健，来日方长。爱自童心出，真由童心酿，善随童心在，美共童心翔。种瓜得瓜，种豆得豆；春华秋实，百炼成钢。天道当酬有为之士，童心永焕智慧之光。抬望眼，梦幻成真，鸿猷告竣，栋梁遍天下，美誉播八方。

壬辰岁仲春谨志

（2012年3月7日发表于中华辞赋家联合会主办的《中华辞赋网》。）

注释

①对宇：形容住处相距很近，可以互相望见。宇，屋檐下，引申为屋。

②璧奎：璧宿与奎宿的并称。旧谓璧奎皆为主管文章之星。璧，通"壁"。

③"四艺"：乐艺、书艺、体艺、生活艺术（花艺、茶艺、厨艺）。

④"三风"：即校风，心美、言美、行美——"三美"；教风，尽智、尽力、尽情——"三尽"；学风，善学、善思、善创——"三善"。

⑤"六大措施"：即"育人为本提升内涵，强师兴校夯实基础，特色打造凸显优势，外引内聚拓展资源，技艺创新彰显实力，机制创新增添活力"。

⑥比年入学：《礼记·学礼》："古之教者，家有塾，党有庠，术有序，国有学。比年入学，中年考校。"意思是说，古时教学，间中有塾，党中有庠，遂中有序，京城有大学。每年都会有新生入学，隔一年有一次考试。

永十二中赋

　　浪逐潮涌，万里长江轰鸣；送帆迎舟，千年古镇隆兴。不舍昼夜，波涛翻卷青史；畅浴朝晖，江畔绽开文明。始为汉东，县衙比肩津永；继名朱沱，永南独秀江滨。路接两镇，串连港桥园区；桥跨大江，崛起一座新城。城中奇葩，首推永十二中；煌煌校史，几近花甲一轮。心仪净土，代有青蓝驿递；乔迁新址，时值盛世龙腾。

　　大凡开航探路，常逢暗礁石壁；破浪弄潮，总遇激流险滩。杨公治荣，独具办学慧眼；三院合一，开辟育人杏坛。世事不虞，用地颇多周折；孔席墨突①，力保江滨校园。邱公柏苍，掌门三十余载；筚路蓝缕，黉舍大为改观。"文革"阴霾，难阻坚守勇士；激浊扬清，教学成绩斐然。历尽维艰，饱尝动乱；转而改革开放，步入世纪新天。前有翘秀，后有俊彦；大蠹在望，薪火相传。

　　观夫校园新区，背山而面江。前望上下仙女，左眺李公二郎，右侧一箭之遥，迎来休闲广场。黉门雄浑，三百米大道横贯；周边葱翠，两华里林阵站岗。大楼巍峨，频传琅琅书声；宿舍整齐，静候列列珪璋；操场宽阔，历练勃勃雏鹰；花木葳蕤，散发缕缕清香。

　　万里长江水，哺育历代俊彦；千人葫芦丝，奏响未来辉煌。赖公文海②，敢执新学先鞭；罗氏希樵③，武林拳脚高强；徐老近之；深谙地球表里；樊弘教授④，学界无冕之王；李君德益⑤，书法享誉京都；郭姓明达⑥，舞蹈精拔八荒。文道武功，各领风骚极至；朱沱众贤，辉耀华夏家邦。踵事增华，德厚流光。再续风骚，尚长江之奔流以求梦想；秉持理念，效细水其滋润而壮春秧。目标思路，旨在规范发展而质量提升；"一训三风"，利于特色彰显且实力增强。喜看今日师生，共书绚丽篇章。

　　江河文化，上善彰乎醴水；港桥教育，水性蕴其大宗。效水之势，其势勇猛；涵水之韵，其韵恢宏。水涵山川，万物为之欣欣；水育灵长，一生乐其融融。水分九派，铺施全面发展；水绕九曲，打造特色黉宫。心中有水，水呈百态；水中见心，心想事成。大浪淘沙，童心无一杂滥；百川归海，诚心善于包容。滴水穿石，恒心磨出韧劲；激流过滩，信心战胜寒冬。园丁浇水，爱心沁人肺腑；蓓蕾带露，真心绽放香红。水载巨轮，雄心直指彼岸；水扑眼前，齐心考验群雄。饮水思源，忠心献给祖国；飞瀑漫雾，美心化作彩虹。胜景何觅？且入朱沱宝地；桂冠孰揽？请看永十二中。

壬辰岁孟夏

（2012 年 5 月 9 日发表于中华辞赋家联合会主办的《中华辞赋网》。）

【 注释 】

①孔席墨突：原意是孔子、墨子四处周游，每到一处，座席没有坐暖，灶突没有熏黑，又匆匆地到别处去了。形容忙于世事，各处奔走。出自《淮南子·修务训》："孔子无黔突，墨子无暖席。"

②赖公文海：赖文海，出生于永川区朱沱镇（原属江津县），少聪颖，家贫好学。及长，时值清末，深恶清廷，不事科举，伏居乡里。因精通文学、书法，更有改革之志，于是创办新学，时人称为"洋学堂"，即现在中心校（南华宫，现名"奥妮小学"）前身。曾两次出任高小校长，洁身自持，不媚权贵。及衰老，始辍教席，家境清贫，卒因饥寒交迫而故。

③罗氏希樵：罗希樵，生于明末，长于清初，家住朱沱深耕子。当时乡里有反清复明之士，相率习武，保家抗清。其所熬炼膏药以治跌打损伤，颇有功效。

④樊弘教授：樊弘（1900—1988），号止平，永川区朱沱镇人，北京大学一级教授。1926 年，任北京《国民公报》《中央晚报》编辑、记者，因撰写揭露奉系军阀的文章被捕入狱。1927 年，任职于北平社会调查所和重庆中央科学院社会科学研究所。1934 年后，任河北省立法商学院教授。1937 年，赴英国伦敦大学、剑桥大学深造，研究马克思主义经济学。1939 年归国后，历任湖南大学、中央大学、复旦大学经济学教授和中央研究院社会科学研究所研究员等职。抗日战争期间，在重庆中央大学任教。1946 年后，任北京大学经济系教授、系主任。1949 年春，在北京饭店受毛泽东、周恩来等接见，被毛泽东称为"社会科学家"；又应周恩来邀请到中南海畅谈国家大事；并以首届中国人民政治协商会议委员身份参加了在天安门举行的开国大典。1950 年 2 月，加入中国共产党，是北大教授中得到中共中央直接批准的第一个党员。著有《劳动立法原理》《工资理论之发展》《现代货币学》《两条路》《批判凯恩斯的就业理论》等书。1988 年 4 月病逝于北京。

⑤李君德益：李德益，名泽沛，民国三年（1914）1 月 14 日出生于永川区朱沱镇。他将颜、柳、欧、赵等家融为一体，写出的字能于质朴中见筋骨，于苍劲中见秀丽。1951 年 5 月，调入重庆西南人民科学馆（后并入重庆市博物馆）工作。曾被邀请到中国军事博物馆参加制作展览品的书写工作。1972 年，重庆新华印刷

厂出版发行的李德益宋体字帖（10 万册）及正楷毛主席诗词字帖（15 万册）。其《简繁汉字对照帖》由四川人民出版社出版，发行 30 万册。李德益于 1956 年、1957 年、1958 年、1977 年 4 次被评为重庆市博物馆及重庆市先进工作者。1976 年任政协重庆市第七届委员会委员。

⑥郭姓明达：郭明达，研究员，永川区朱沱镇人。1945 年毕业于中央大学教育系。1949 年获美国爱荷华州立大学研究院舞蹈硕士学位。1951 年入美国尼可莱现代舞学校学习。1956 年回国。历任北京舞蹈学校教师，贵州大学讲师，中国艺术研究院舞蹈研究所研究员，中国舞协第三、四届常务理事和第五届主席团委员会委员，儿童歌舞学会会长。九三学社社员。擅长现代舞、欧美民间舞。著有《现代舞厅舞》。1967 年 6 月，中国舞蹈艺术研究会曾为郭明达举行欧美现代舞蹈报告会和表演会。

永川教育赋

"永"水千椿，流淌永川青史；"永"字八法，濡翰书家性灵。以文化人，得庠序之教化；唯业是务，承祖训之乐群。建国君民，教育导乎先路；传道授业，师学惠及后昆。看文脉之升恒，感流长而浸兴。

苗嗣衍，人丁添。蓬门陋巷，训蒙初现；垂髫黄口，幸结书缘。遑论前秦后汉，家塾党庠；追怀唐宋明清，学继薪传。四川东道，昌州遍设私塾；重庆府辖，渝西多见杏坛。桂山书院，康熙五八肇启；锦云书院，乾隆廿六造端。东皋、经味，兴于乾隆光绪；文昌义学，厝于乡场城垣。乡试会试殿试，三步三重殿；解元会元状元，三望三光鲜。历代进士四十，永川多有才贤。

若乎清末时期，幼稚园首设文庙；光绪卅三，初高小换马东皋。永中前身，达用脱胎锦云；踵事增华，学堂时涌新潮。黉门革故，堪为四川首倡；黄公秉湘，教泽劳苦功高。桐子坳上，首办蚕桑学校；专业培养，仰赖杜公香樵①。懿德女子，开学即逢辛亥；基督教会，兴教颇有勋劳。

至若民国年间，学校兴办多样；英井中学，股份开其滥觞。设立高中，英井棋先一步；泽被胄裔，永中秉承恩光。三官殿开设高小，聂荣臻学籍流芳。抗日护国，图存救亡。内迁三校②，保存教育实力；新办三校③，隆起民族脊梁。

若乃雄鸡唱白，丹霞辉映华夏；永川教育，纷呈寒木春华。中学小学，棋布八方乡镇；永川师范，枯枝复绽新芽。地区专署，迁至永川文曲；中专学校，因势连吐丽葩。

孰料风雨骤起，校蒙灭顶之灾；另册"老九"，惜别神圣讲台。十年黉宫，喑绝吟颂之声；万千学子，咸伤瑾瑜之怀。礼崩乐坏，鸣呼哀哉！

春雷乍响，神州改革开放；科教兴国，万众举旗抓纲。幼教特教，大施智慧之爱；普教职教，共伴蓝天飞翔。永川中学，百舸导航之舰；特色学校，一路领头之羊。品童真之趣，感翰墨之香，得家政之乐，解联韵之详。职教中心，国家重点中职；永北萱附，省级重点四强。文理学院，院士成果丰硕；财经学院，总理演讲高昂④。城校互动，西部职教高地；国际合作，枫叶学校辉煌。高校历练，几多博士院士；职校培养，无数巧匠巨商。从政从军，处处多桃李；或工或农，年年富家邦。各级报道，全国表彰⑤，上下重教兴教，遐迩身显名扬。

大哉永川，凤矫而龙骧；古韵今风，源远而流长；庶民融融，城市煌煌。文化孕其精美，教育铸其高尚，文明促其幸福，和谐葆其永康。

（2012 年 5 月 30 日发表于中华辞赋家联合会主办的《中华辞赋网》，中国新闻文化促进会、中国碑赋文化工程院主办的《中华辞赋》2012 年第 3 期。）

❚ 注释 ❚

①杜公香樵：杜香樵（1864—1943），又名杜芬，号象桢，重庆永川人。早年入学私塾，后为廪生。1904 年官费去日本弘文师范学习，参加同盟会。回国后，1909 年与友人在县城桐子坳创办永川蚕桑学校。杜芬 70 寿辰时，永川各界人士为他在北山公园修建"德教祠""杜公亭"，以资纪念。

②内迁三校：1943 年，国立第十五中学、国立第十六中学和一战区第三中山中学从外省迁入永川。除国立第十五中学在红炉镇外，其余两所学校均在永川城内。1946 年，三所学校迁回原地。

③新办三校：1942 年到 1943 年，永川先后在五间镇创办了景圣中学，在松溉镇创办了松江中学，在来苏镇创办了昌南中学。

④财经学院，总理演讲高昂：见《重庆财经职业学院赋》注释②。

⑤全国表彰：2005 年 11 月的全国职业教育工作会议上，中共永川市委、永川市人民政府被国家七部委授予全国职业教育先进单位称号。

红专小学赋

街邻永中省重，河隔客运中心；时逾不惑之岁，校厝英井对门。小学奠基，红专声誉鹊起；中学见体，永中久负盛名；大学造顶，永川渐成高地；阶梯牢固，学业步步高升。

休道小学之小，当佩高强之高。永川名师，垂乡邑之雅范；重庆骨干，笃精进之钧陶①。优秀辅导员，省级表彰频频；全国园丁奖，称号何其昭昭。个体巍巍，全国优秀教师；团队赫赫，干群各领风骚。薪火相传，多矻矻园丁；胚芽齐拱，冒茸茸新苗。师高弟子强；起凤而腾蛟。从小看大，罗华章数学夺魁；国际奥赛，金牌奖振耀吾曹②。人小志大，冉梦雅京华采访；首长接见，团中央书记赏好。由小做大，重庆理科状元；荣登清华，红专陈竞夺标。以小胜大，巫诺雅打破纪录；重庆比赛，"小飞人"何等自豪！最佳校刊，全国评比一等；艺术教育，全国特色学校；旌嘉③殊遇，屡冠重庆市级之名；尔德尔功，常听家长好评如潮。

爱生敬业，博学奉献；酒好不嫌巷深，校强不囿弹丸。谋事在人，成事在天；天道酬勤，泽被杏坛。以情育爱，和谐发展，耿耿理念人为本；壮大师资，提高质量，煌煌目标志争先。人更齐，劲更添，心更红，业更专，事更细，谋更全。经年累月，践行"三风""一训"；矢志不渝，故尔成绩斐然。

噫嘻！眼前潺潺之清流，必贮大海之壮阔；未来红专之校景，更呈教育之大观。

（2012年6月9日发表于中华辞赋家联合会主办的《中华辞赋网》。）

注释

①钧陶：用钧制造陶器。比喻造就。

②吾曹：我们。

③旌嘉：褒扬嘉奖。

红专小学新校赋

红专小学，丘山之功；隆于盛世，誉于诸黉。宋锦钟灵，本部处其西隅；狮山毓秀，新校建其正东。碧水如带，两端连接两校；新校展枝，三倍增扩其容。然则两校一统，毕竟根茎相通。

积淀如根，供丰富之养料；传统似泉，汇不竭之滔滔。龙翔而虎跃，起凤而腾蛟。永川名师，垂乡邑之雅范；重庆骨干，笃精进之钧陶。优秀辅导员，巴蜀何其奕奕；全国园丁奖，声名何其遥遥。个体巍巍，全国优秀教师；团队赫赫，干群各领风骚。奉其耿介，效其辛劳。薪火相传，多矻矻园丁；胚芽齐拱，冒茸茸新苗。从小看大，罗华章数学夺魁；国际奥赛，金牌奖振耀吾曹。人小志大，冉梦雅京华采访；首长接见，团中央书记赏好。由小做大，市级状元出彩；荣登清华，红专陈竞夺标。以小胜大，巫诺雅打破纪录；重庆比赛，"小飞人"何等自豪！旌嘉殊遇，频传黉校；尔德尔功，彪炳今朝。

本部贮充足之营养，新校享充裕之阳光。办学理念，似红轮之朗照；求学儿童，犹葵花之向阳。以人为本，乃素质教育之旨奥[①]；以德为先，存修身涵养于膺堂[②]。又红又专，追求全面发展；各美其美，注重个性恢张。校风教风学风，风气淳正；仪美行美情美，美丽芬芳；敬业专业精业，业绩显著；专心虚心恒心，心神端庄。丹青状其特色，翰墨播其馨香。诗意童年，天新地亦新；东风巨浪，师高弟子强。

盛矣，红专！谋事在人，成事在天；天道酬勤，泽被杏坛。以真促善，特色发展；以美提质，矢志争先。人更齐，劲更添，心更红，业更专，事更细，谋更全。采八方之众长，临千丈之登攀；创煌煌之未来，呈教育之大观。

（发表于中国作家协会主管、中国作家出版集团主办的《中华辞赋》2016 年第 5 期。）

【 注释 】

①旨奥：要旨，主旨。

②膺堂：胸中，心间。

松溉镇小学赋

亘亘万古，日月交辉，光敷热昼寒宵；遥遥千秋，江河逐浪，淘荡名宿英豪。南邑北岸，松山溉水，葱翠延至当世；古庠今校，雅道儒风，文明迈向今朝。三进士①增其灵气，两弟兄②树其高标。假自然之伟力，得长江之洪润；凭人文之积淀，受古镇之熏陶；新式学堂，清末露苗。宣统二年肇基，校厝寿尊寺；学堂几度更名，誉犹步步高。

久处江边者，熟稔水性；长居古镇者，洞谙德音；崇尚古贤者，酷爱杏坛；传道授业者，泽被后生。博学刚正，承少南之遗风；超伦精进，效陈氏之懿行；允公允能，育邦国之英才；光前裕后，报海天之党恩。倚重海尔以兴芸馆，借助善举而彰文明。万众瞩目，松溉镇③小学；八方关注，示范校勃兴。源不竭而流不断，步不停而路更新。

因古而特，借特而强，寓强于新，推新于巅。以人为本，是以桃李不言；以文载道，故而教泽无边。立足于质量，潜心于科研，彰显于特色，筹谋于前瞻。至道理念，激励矻矻园丁；和良教风，吹拂簇簇花团。校本教材激活历史，多彩活动泽润心田。经怀祠堂之肃穆，胸汇码头之豪气，感悟民俗之绵长，体验旅游之光鲜。课堂与生活相连，学校与社会相关；素质教育引活水，全面发展出俊贤。国务院津贴专家、新加坡学府教授、博士生导师、解放军高官、川大副校长、川剧名演员、市级名中医、厅级公务员、全国劳模、学刊主编……荣褒于故里，光耀于轩辕。

噫嘻！长江汇九派，大海纳百川。不厌千回百转，不惧波涌浪翻。成竹在胸，目标在前。扬帆风正足，教育展丽篇。

（写于2013年春。）

注释

①三进士：清末，永川松溉镇同一街（今水井湾）曾考上三个进士（温进士、邵进士和肖宦廷进士）。

②两弟兄：指出生于永川松溉镇的细菌学专家陈文贵和医学博士陈文镜。

③松溉镇：松溉古镇位于永川市南端的长江北岸，明清时期，曾两度置为县衙。2001 年，该镇被重庆市人民政府评为"重庆市历史文化名镇"；2008 年 12 月，该镇被国家住房和城乡建设部、国家文物局评为"中国历史文化名镇"。

松溉职校赋

　　时空旷远，气象恢宏。长江纵磅礴之势，古镇延儒雅之风，码头承千年之运，市井续百业之隆。少南讲经，敦重松山溉水；陈氏拔群，光耀桑梓亲朋。县衙两设之地，景象何其冲融。教泽后昆，恩蒙学黉传统；技授千家，智启乡邑童蒙。

　　疆宇破，腥风狂，内忧外患之时，冀兴学以救国；霞光红，山河新，改天换地之际，望修教以图强。

　　斯地始建中学，时值抗日救亡。初曰"精诚"，校厝一庙二宫；继称"松联"，生布四面八方。私立改国立，教育转兴旺；"松联"变"二中"，门庭换新装。风雨兼程，历尽沧桑；"文革"难挡大潮，雨后迎来朝阳。顺势而转轨，"二中"改"农中"；农林兼畜牧，富民且安邦。乘势而升级，"农中"晋"职中"；专业广拓，气势高昂。面临新世纪，升级亦上档，省重变国重，成绩铸辉煌。斯校也，松柏亮其高风，溉水涌其悠长。"魅力松职，生生不息"；服务"三农"，统筹城乡。增内涵，创特色，春华秋实，遐迩无双。

　　祥笼永川之南，瑞漫长江之滨。波涛不舍昼夜，见证斯校隆兴。精以专业，诚以立校。理念支撑信念，思路决定前程。校贵以人为本，业贵持之以恒；师贵理实兼优，生贵一专多能；内贵产教结合，外贵校企共赢。农工商重点专业，培养建设才俊；国家级实验基地，造就创业精英。特色种养殖，铺乡村致富路；优秀毕业生，振学子精气神。喜我学子，允公允能，腾蛟起凤，壮志凌云。或学海扬帆，或商海弄潮，或麾下从戎，或府中从政。沿海发达之地，频见同窗身影；内地崛起之乡，屡传校友佳音。更有海外创业者，各为一方掌门人，心系于社稷，功彰于乾坤。

　　声誉鹊起，足见有为有位；殊荣屡获，尽显不凡勋劳。领衔国家重点课题，筹谋人才成长立交。中央旌表①，国家宣昭，财政鼎力支持，业内堪称高标。

　　盛矣！气冲霄汉，誉享渝西一流职校；志跨大江，势借入渝第一大桥。雄心勃勃，擎职教之大纛；才略滔滔，应时代之大潮。帆势赫赫，奔浩瀚之大海；其乐融融，视八荒而自豪。

（发表于中国新闻文化促进会、中国碑赋文化工程院主办的《中华辞赋》2013 年第 4 期。）

〖 注释 〗

　　①旌表：过去指官府立牌坊、赐匾额对忠孝节义的人加以表彰。这里泛指表彰。

金龙小学赋

　　庞然恐龙，主宰洪荒世纪；灵眇玉龙，畅游八极皓苍①。自然之龙，喜居永川福地；人文之龙，焯耀②禹甸尧邦。龙势宏贯③天壤，龙魂袤延④遐疆⑤。提振精气神，看龙威之赫赫；增强德才识，追龙骧之昂昂。群龙之区，人和景丽；腾龙之时，物阜民康。但见永川金龙，喷吐万丈奎光⑥。

　　芸芸华胄，皆为龙之传人；城镇村社，多冠"龙"之名称。一脚踏三县，金龙镇内藏龙卧虎；九脉聚九龙，金龙小学遐迩闻名。星移斗转，龙虎之地出栋梁；继往开来，学黉之中育贤星。展历历画卷，尚熠熠贤能。威武将军，蒋国钧功勋卓著；国家部长，王东进心系民生；国画大师，杨洪坤丹青溢彩；教育专家，肖啸空卓识博闻；地质教授，邓文中宏赡超卓；清华北大，众精英嘉言懿行。凤集于斯，群山毓秀；龙兴于此，祥河钟灵。

　　燃灯山麓，金龙河畔。龙首翘，龙尾卷，龙吟响，龙步端。一个学生一条龙，一所学校一招鲜。"金润英才，龙腾华宇"，办学理念人为本；"崇德尚艺，止于至善"，谆谆校训入心田。追求真善美，注重情理法；课堂求高效，科研增内涵。周周问事，细而又细；人人谋事，专而又专。步步稳健，时时登攀。素质教育，促进全面发展；"三风"建设，构建和谐校园。别开生面，特色明显；持之以恒，成绩斐然。势若雨后春笋，请看浓浓兴趣组；美如山花烂漫，且观翩翩艺术团。活跃于金龙，煊赫于永川；屡屡获殊荣，频频夺桂冠。

　　盛矣，金龙小学！凭百年之积淀，执教育之先鞭。龙的文化，铸造龙的精神；龙的精神，开辟龙的新天。

　　（发表于中国新闻文化促进会、中国碑赋文化工程院主办的《中华辞赋》2013 年第 4 期。）

▌ 注释 ▌

　　①八极皓苍：八极，八方极远之地。皓苍，昊天；天空。

②焯耀：光耀；昭著。【唐】白居易《唐故湖州长城县令赠户部侍郎博陵崔府君神道碑铭》："锰基富贵，焯耀家邦。"

③宏贯：博大贯通。

④衮延：伸展延续。

⑤遐疆：(1) 边疆。《宋书·二凶传》："凡此诸帅，皆英果权奇，智略深赡，名震中土，勋畅遐疆。"(2) 广阔无垠之境界。【唐】朱怀隐《大唐方舆县故栖霞寺讲堂佛钟经碑》："荫菩提之巨泽，尽芬子于方城；游无碍之遐疆，承天衣于磐石。"

⑥奎光：奎宿之光。旧谓奎宿耀光为文运昌明、开科取士之兆。【明】高明《琵琶记·蔡宅祝寿》："奎光已透三千丈，风力行看九万程。"

双路小学赋

大足石刻，蕴瑰绝于山川；世界遗产，留芳名于千年。双桥驻足，观浩渺龙水湖；舟中小憩，赏葱茏巴岳山。斯地教泽亘带①，乡邑文风昌延。肇兴于道光，双路铺传薪数代；誉满于大足，敦行斋②裕后光前。始为初小，慧根③开启；继而高小，学业拓宽；纲纪废弛之时，学制缩短，初中高中一度戴帽；礼乐归正之际，功能分开，小学中学各自复原。双路小学，师道卓然。固守斯文，不计校名数改；隆崇教胄④，任随黉舍屡迁。彰显不渝之志；秉持有为之虔。不枉黎庶冀盼，奋力独步教坛。

祖师拳拳，勖生徒以儒训；宏旨⑤昭昭，倡闻识而敦行。笃学不倦，增其所知；勤行不已，尽其所能。知行合一，乃得其真；德才兼备，方成其善；外秀内慧，堪称为美；敦行不怠，终有所成。口耳相授，小胜积大胜；衣钵相传，高足出高门。"文化正心，品牌立身。"喜看后浪推前浪，难忘前贤裕后昆。

传承创新，首言办学理念；敦行至善，不失修身信条。敦笃明德，行端立范，施教恒有圭臬⑥；敦修正意，行敏通达，为学常见高标。以人为本，爱心为成长铺路；以德为先，诚信为和谐搭桥；以学为主，方法为腾飞添翅；以体为重，锻炼为毅力撑腰。气势来自鼓舞，习惯来自熏陶，品位来自发展，特色来自打造。敦行文化，宿根方遒，毫素频见行云流水；敦行教育，枝叶正茂，艺体堪称韵远情高。双路之师，心仪贤豪；谋深一筹，棋先一步；力强一着，技高一招。与时俱进，追求一流；服务社会，一展风骚。

弦歌逸响，碧水流长。年年迎新，但见稚颜可掬；届届毕业，倍感英颖正昂。更上层楼，中学到大学；再经磨炼，外行变内行。从政于社会，从教于城乡，从业于市井，从戎于沙场；或工或农，或医或商；文能化民，武可安邦。国内荣获嘉誉，国外翰墨飘香⑦；市级旌表，区级褒扬；斯校可嘉，矞矞皇皇。

赞曰：兴学育人通要义；踵事增华出栋梁。双路创新多特色，教坛折桂增荣光。报春红梅放光彩；映日荷花吐芬芳。春风阵阵何浩荡，流霞彤彤映梓桑。

（写于 2013 年夏。）

《 注释 》

①教泽亘带：教泽，教化或教育的恩泽。亘带，绵延。

②敦行斋：清道光七年（1827），大足知县狄廷飏捐银和募资设乡学十三斋，在双路铺所设的学校，取名敦行斋。斋，屋舍，常指书房、学舍。敦行，笃行，指以淳厚之心切实履行所学之道，专心实行所学之业。

③慧根：本为佛教语，五根之一。破惑证真为慧，慧能生道，故曰慧根。这里指聪明的天资。

④隆崇教胄：隆、崇，皆为高耸貌，本处指推崇、器重。教胄，教育天下之子弟。

⑤宏旨：亦作"宏恉"。主要的意思，重大的意义。

⑥恒有圭臬：恒有，一直具有。圭臬，古代用于测日影、正四时和测度土地的仪器；比喻典范，准则。圭，土圭。臬，水臬。

⑦翰墨飘香：双路小学有三名同学成为"重庆市少儿书法 50 佳"，一名同学书法作品被中国书协选中参加中日书法友谊赛。

临江小学赋

二仪混沌，难辨阴阳；人文初始，方别蛮荒。赖万物之灵长，福祥臻萃；有庠序之教化，文脉流长。永川之富，岂止丰登兴旺？民风之雅，全仗教泽流芳。永川东南一镇，久蒙文化恩光；康熙五年际，取名临江场。兴起绵延商铺，设立私家书房。迨至一九〇八，肇建新式学堂。初时谓之"保国民"，民国称为"保国校"，解放次年改完小，校随乡名冠"临江"。永津路旁，沃土养巨树；临江桥头，高枝栖凤凰。

路长则多美景，园好必涌缤纷。为学之道，贵在踵步传承；兴教之功，唯其开拓创新。临江小学，灿然不负众望；数代园丁，斐然教有所成。历时二十多年，课题研究享誉重庆；教学管理评价，分类目标研究尤深。波逐浪涌，步步推进；再领风骚，看我精英。七彩舞台，尊重个性差异；绽放自我，人人获得自尊。最适合之教育，乃获最理想之效果；最合理之对待，亮出最耀眼之星星。特色彰显于科研兴校，成果来源于辛勤耕耘。且看报刊，省市全国均有报道；且听宣传，家长社会累发赞声。挂全国之牌，命市级之名，获各级之奖，载高论之文。中央地方电台，专题介绍频频。此间走出才俊，楚楚光彩照人。或区委领导，或全国劳模，或重庆模范校长，或小学特级教师，或重庆市级骨干，或优秀科研校长，或科技拔尖人才，或全国赛课冠军，或旅美博士，或名校学生，或重庆"十佳少先队员"，或"十大见义勇为人士"。蒸蒸焉，勃勃也！腾蛟起凤，遐迩芳馨。

创一流，办名校；强素质，求发展。马不停蹄，舟更扬帆。登高望远，山外有山。戒骄戒躁，脚下总是作起点；群策群力，素质教育开新篇。先进理念，增强百倍信心；百倍信心，产生恢宏气势；恢宏气势，形成强大动力；强大动力，促成良好习惯；良好习惯，催生有效方法；有效方法，助登成功之巅。待到此时抒豪气，人民满意我心欢。

癸巳岁初冬

和平学校赋

天府之国，文明之邦；沃野千里，阡陌八荒。日兴日盛，聚居景象；成邑成都，锦官风光。巴将蜀相，运筹高妙；词宗大儒，传承流芳。树木树人，千年庠序市井布；育德育才，处处黉宫弦歌扬。孔学西渐，有教无类启蒙稚；古韵今崇，和平学校写华章。南临三环，光耀蓉城副中心；西接天府，毗邻新区再发祥；东连红星，出入主城快速道；占地卅亩，育人摇篮溢馨香。

百口难颂其佳，千言难述其详，拙文挂一漏万，八字纲举目张。

其一曰高，独领风骚。九年一贯，争创省内一流；大家风范，恒守高雅志操；低入高出，办成优质学校；素质教育，领衔基教高标。名校高标准，名师高水平，名生高素质，名气正迥超。

其二曰新，如日东升。廿一世纪，曙光朗曜新校；红绿悦目，四季皆如丽春。新路新招，发展势态喜人；新猷新机，前程美景昕昕。

其三曰和，高策颇多。和在热爱，兑现师德承诺；和在激励，推崇中外楷模；和在共识，内外三方联手；和在启迪，不断总结摸索。惠和之道，玄标领握①。

其四曰融，和乐贯通。"和融教育"，构建六大体系；综合素质，狠抓七大工程。古今相连，对话孔子；九年一贯，奠定崇隆；德智体美，全面发展；学科渗透，文理相融；文本世界，追逐成长梦；生活世界，成为主人翁。

其五曰实，格物致知。何时何地何事，注重细节；会思会说会做，一以贯之。教师两备课，奉献课堂精品；学生天天清，力求基础扎实。学生敢质疑，教师善反思。大胜之后计小胜，千里之中算咫尺。

其六曰善，道法自然。享日月之光，不分此贵彼贱；观山川之秀，何究孰正孰偏？上善若水，普爱而求公正；心系百姓，推恩以致优宽。接纳弟子，从未衣帽取人；一视同仁，不以智鄙编班。

其七曰美，满目生辉。心灵之美，时感纯真善良；行为之美，总遇齿过肩随②；语言之美，屡屡感人肺腑；环境之美，步入绝好氛围。艺术之美，满目卉炜③之状；多彩活动，时时动人心扉。雨后春笋，兴起数十社团；迎面东风，绽开朵朵蓓蕾。工艺歌舞，引人如痴如醉；琴棋书画，激发比翼奋飞。

其八曰强，名扬四方。理念贮定力，磐石稳固；目标促动力，气势高昂；创新激活力，潮涌大江；进取出效力，成绩辉煌。国学诵读，戏剧科技，省市区级均获奖；学科赛课，社团评比，全国省市皆争光。

噫嘻！耿耿师表，似园丁之垦耨④；莘莘学子，如鸿鹄之高翔。齐心而上，再览烂漫胜景；顺势而为，更待冠世鼎昌⑤。

（写于 2014 年冬。2015 年 3 月 24 日发表于中国作家协会主管、中国作家出版集团主办的辞赋网。）

【 注释 】

①玄标领握：玄标，微妙的旨趣。领握，领会并掌握。

②齿过肩随：是说对长者很尊敬，有礼貌。

③卉炜：丰美而明丽。

④垦耨：耕耘。

⑤冠世鼎昌：冠世，指超人出众，天下一流。鼎昌，盛大，昌盛。

普莲小学赋

东去金龙，西达大安。近隔小集镇之嚣尘，远眺薄刀岭之峰巅。地奉净土，心存普莲。小学兴焉，灯坪灿然。遥遥间岭岫葱茏，隐隐然周君[①]复还。默诵《爱莲说》，常怀重光[②]之盛德；贴亲宁馨儿[③]，激赏童面之光鲜。

不慕东皋[④]繁富，但求莲花鲜妍。进士屋基出进士，尚贤杨氏成乡贤。行善积德，上世纪卅年兴学；改寺为校，新学堂一望改观。黉校数易其名，校址几经其迁。战时外患，"文革"内愆[⑤]；同舆袍泽[⑥]，共克时艰。风雨八十余载，桃李广遍世间。

无至高之楼，然则处处洁净；有满园之花，毕竟皇皇美观。而今普莲小学，鹤开[⑦]教育新篇。崇尚洁美，诲导笃专；心如莲花，行状芝兰；秉持"三观"，勃兴"三园"。教者矻矻，爱生敬业，学高身正，醉心杏坛。学子孜孜，尊师孝老，勤学苦练，增辉光环。洁葆本色，美增内涵；洁美今日，成功明天。莲出淤泥而不染，人怀"四洁"而脱凡。修身循道真善美，施教着力点线面；九大品质为支柱，四种风气荡心田。建莲文化之阵地，办莲文化之校刊，搞莲文化之活动，浚莲文化之源泉。勤奋者，脚下永为起点；同心者，重担总遇铁肩；勇敢者，眼前不惮险阻；创新者，妙方必胜困难。师生卓卓[⑧]，神采骞骞[⑨]；名扬遐迩，声播永川。

至若此间学子，累累炳于人寰。或出仕于厅局，或从戎至高官，或攻书为教授，或总揽于矿山，或驰骋于商海，或传媒为要员，或涉外乎国际，或掌门于集团。佼佼者无数，脱颖乎万千。

高乎妙哉！洁美教育；煌而盛也！小学普莲。先进理念，亮高照远；素质教育，薪火相传。绵绵丘山教泽亘带，滚滚洪流一往无前。

（2015 年 11 月 10 日发表于中国作家协会主管、中国作家出版集团主办的辞赋网。）

139

【注释】

①周君：这里指《爱莲说》的作者周敦颐。周敦颐（1017—1073），宋代思想家、理学家，道州营道县（今湖南道县）人，人称"濂溪先生"，谥号"元公"，我国理学的开山祖师。

②重光：本义为光复，再次见到光明。比喻累世盛德，辉光相承。

③贴亲宁馨儿：贴亲，亲近。宁馨儿，原义是"这样的孩子"，后来用来赞美孩子或子弟。

④东皋：永川上游小学清代的校名叫"东皋书院"，创办于1787年。学校曾经3次搬迁7次更名，该校在永川久负盛名。

⑤内愆：愆，罪过，过失；又释为耽误。

⑥同舆袍泽：同舆，同车，形容亲密无间。袍泽，长袍与内衣，泛指同事。

⑦鹤开：如鹤展翅。

⑧卓卓：高超出众。

⑨骞骞：飞翔的样子。

南华宫小学赋

大江之埠，传送波涛万里；汉东之城，守望日月千年。二十世纪露头，南华宫小学横空出世；"思善"文化扎根，朱沱镇新校叶茂枝繁。风雨百余载，斯校芳名数易；学童数十届，簧宫校址屡迁。斗潮击浪，变中求恒；勇往直前，精神弥坚。鸿开新学，先贤接力呵护；光大传统，群彦勇着先鞭。更得党政鼎力，遂展今之新颜。

校门观赏，顿感灵动大气；庭园四顾，倍觉生机盎然；楼前瞻企，恍若峰之嵯峨；操场环视，犹似岸之海滩。六大功能室，堪称永川一流；信息数字化，力求设备精尖。塑胶跑道飞鹰走马，风雨球场纵鸟驱猿。色彩斑斓之中，兼闻书声琅琅；春风化雨之时，乐见人才摇篮。

为师者，身正亦且学高；求学者，心红而又业专。近水思善，善推其广；闻涛励行，行笃其端。以人为本，乃为治校要旨；以德为先，当是成才指南；以善为念，必成修身灵魂；以创为高，定有不竭源泉。艺术特色，有助全面发展；"三算特色"，引领教育科研；体育特色，彰显师生朝气；文化特色，扮靓"思善"校园。乡村少年宫，吸引诸生互动；教改举旌处，迎来宾客参观。高起点获高效率，新理念展新诗篇。

优势互补，得益于教学相长；衣钵授受，有赖于薪火相传。回眸曩昔，此间龙翔虎跃；喜看今朝，斯校成绩斐然。多项竞赛，各级金奖稳操；多项冠名，各级示范领衔。啦啦操全国之秀，足球队国家之昆，篮球队市级之雄，众社团尽呈其妍。教学教改，多人市级先进；政经文武，校友颇多巨贤。经验介绍，频频传誉遐迩；素质教育，已然步入春天。

传之于口，入之于刊。赞其美矣，基教之花何其鲜艳；颂其强矣，兴校之举威震永川。

（写于 2016 年夏。）

神女湖小学赋

　　湖之西隅，百卉力挺葳蕤；山之南麓，千鸟追欢翠蓝。紧临文昌路，文气弥漫箕山；冠名神女湖，小学一展新颜。神女之居，神奇浪漫；神秀之地，秀色可餐；神往之处，黉宫弥显；神圣之所，师道尊严。

　　枝叶花果，藏童话于园林；古今中外，得启迪于芸窗。新校落成，露北城之胎记；新生入学，迎时代之祥光；新景靓丽，感神怡之氛围；新路铺就，输未来之栋梁。

　　理念引领，张德美之神翅；创新助力，倚天赋而飞翔。仁智礼义信，传统美德布经纬；核心价值观，当代懿德吐芬芳。心美言美，聚内在之魅力；形美行美，彰外表之堂堂。师生以此为要，修教据此为纲。

　　广集英才，学高而身正；深谙睿旨，精业而入神。敬业无愧百姓，乐业无悔青春。以身领，领学童上道；以趣激，激学有所成；以法导，导文思泉涌；以创促，促颖异才人。

　　形为树冠，神为根茎；形为身躯，神为灵魂。神形兼备，是为至善；文理俱修，黉铸懋勋。素质教育，学子更添神韵；特长发展，后生熟就法门。生活之中，发现美之意蕴；学习之时，欣赏美之绝伦；工作之际，创造美之神奇；合作之间，展示美之纯真；艺术之举，追求美之神采；前进之途，乐见美之庆云。创客同仁，当有深广活实之体验；师生乃尔，必为文理体艺之领军。

　　校风教风学风，基于人本；教研教改教学，立于群雄。人无我有是为新，新见神力；人有我佳是为强，强显神功。专神于实，学究天人神焕彩；提神于特，山登绝顶我为峰。仙姝注目之下，神女湖小学霞光万道；百姓期待之中，永川区教育万紫千红。

　　（写于 2016 年秋。）

卧龙中学赋

　　飞龙腾空，祥云伴于九重；潜龙入水，巨浪涌其汹汹；蟠龙摇身，其力势拔五岳；卧龙昂首，其志气贯苍穹。或飞或奔，或游或行，图腾集九体之美；立德立功，立言立教，庠序奉九州为宗。奇在形神与共，妙于龙校相通。斯校也，昔厝郊野，今处城中；年近五秩，名冠"卧龙"；名实相副，教坛一雄。

　　藏龙卧虎之地，龙翰凤翼之场。绿茵甫盛，花卉正香。鸟语效书声之琅琅，蝶影共校舍之煌煌。运动场抢宝揽月，几多龙腾之状；微机室登录上网，恰似龙游八荒。此乃启智之渊薮，更为成才之殿堂。

　　兴教之道，重在以人为本；取胜之法，贵在特色鲜明。整合学校，包容东西南北；依靠教师，包容文理疏亲；接收弟子，包容城乡远近；热爱学生，包容贤愚富贫。为师者，因包容而从不言弃；求学者，被包容而信心倍增。循其道，扬长而致高远；倾其心，兼爱而富挚情。励志激趣，众生矫若游龙；因材施教，顽童点石成金。

　　"五育"并举，强在以德为先；师生合力，喜在亮点纷呈。教师忌事忌语，知荣辱而重本业；学生中规中矩，懂礼貌而惜光阴。实则一步一留痕，活则一招一创新。体艺竞赛重庆夺魁，教育科研榜上有名。丝竹传宫商之美妙，丹青送翰墨之芳馨。素质教育根深叶茂，包容文化五彩缤纷。盛也，赫赫卧龙初中；美哉，堂堂龙之传人。

　　（发表于中国作家协会主管、中国作家出版集团主办的《中华辞赋》2017 年第 1 期。）

兴龙湖小学赋

　　光映文曲，珠亮永川重邑；名扬宇内，史接巴渝先声。更展鸿猷，躬逢十八大之紫气；再续新篇，校立兴龙湖之水滨。

　　长廊绵绵，犹似双龙戏珠；室内琅琅，恍如百鸟争鸣；绿荫列列，堪比哨兵坚守；跑道环环，感受万马奔腾。童心童颜，置身童话世界；童真童趣，体味妙趣横生。

　　甄奇录异，师严道尊。汇智成湖，兴龙湖小学群贤毕至；兴龙逐梦，教育界精英允公允能。凭经典之沃土，童稚随幼树而成人；靠体验之乐园，师生共日月而奋进；奔创新之大道，才俊如雨后之春笋；逢复兴之大势，校园呈五彩之缤纷。

　　课程丰富，远胜珍馐佳肴；素质提升，更重个性陶钧。文贯古今，经史诗赋皆入计划；艺连中外，琴棋书画均进课程。妙哉！培养审美能力；善也！弘扬人文精神。

　　课时灵活，主辅分明。短课时简洁高效，正课时规遵章循，长课时注重拓展，诸课时相辅相成。

　　课改强劲，功力颇深。拓宽教育资源，奋励众志成城。扩大视野，了解前沿科学；挺立潮头，突出科技核心。课程整合，建走班选课之机制；效率优化，做革故鼎新之领军。

　　课评全面，考核认真。定量客观科学，旨在以人为本；定性公平公正，意在导向励行。借社会明镜，照满意之程度；用家长天平，观褒贬之微倾。

　　有志不在年高，有为岂论校龄？斯校年方两岁，赫然遐迩闻名。市级经验介绍，屡现该校身影；市级各类竞赛，必定揽金夺银。市内市外，取经者纷至沓来；光前裕后，耕耘者劲头倍增。来日方长，更待云蒸霞蔚；通衢渐远，凝听虎啸龙吟。

　　（写于 2017 年春。）

汇龙小学赋

啾啾鸟汇，千声百啭；灼灼花汇，万紫千红；佼佼龙汇，千丈重渊；济济生汇，八方孩童。着一"汇"字，遐思百川归海；遣一"龙"文，激赏波涛万重。新区新时代，走进绿色广场；新姿新梦想，仰望深邃苍穹。汇龙小学，具斯文之斐斐；文学校园，兴苗圃之葱葱。

以人为本，关注儿童，办学理念明方向；以和为要，笃专精进，"一训""三风"励修行。以生为念，身正学高，为师不悔多潘鬓①；以德为先，人小志大，为学恒思铸大成。今朝小汇龙，休道眉宇藏稚气；明日中华龙，大展宏图数精英。

或室或角，或廊或街，或刊或画，或诗或文，俨如书城，五彩缤纷。教育特色彰显，儿童文学领军。载欣载奔，极显师生精气神；允公允能，尽观黉宫四季春。

沃土育经典，传统何以继承？阳光宠新枝，教业何以勃兴？弘扬中华魂，念好"五字经"：

善于汇，融汇内力外力；汇于心，沟通乡党里邻。乐于读，读及古今中外；读于勤，读出童趣童真。强于创，创设机制环境；创于新，耽爱妙笔炳贲②。攻于精，潜心教研教改；精于诚，敦促卓越茂勋③。贵于恒，保持气势习惯；恒于韧，志在超群绝伦。

龙腾沧海，鹰翔云天。重庆留身影，京华绽笑颜。殊荣颇丰，领奖台上亮风采；佳音频传，成功经验登报刊。

入西部研究中心，赴全国高峰论坛。脚下皆层峦，头顶乃峰巅。登高望远，地阔天宽。

集思广益，延颈于永川；敦本务实，企踵④于校园。海内外专家考察，港澳台校长参观；内陆雅士相互切磋，中央要员深入调研。

善哉！乐事劝功，"汇"着先鞭。交流倍增智慧，指导顿解疑团；汇龙幸汇祥龙，谋篇更谋新篇。

（发表于中国作家协会主管、中国作家出版集团主办的《中华辞赋》

2017 年第 11 期。)

〖 注释 〗

①潘鬓：比喻鬓发斑白，年华老去。潘，潘安，即潘岳，字安仁，西晋著名文学家，三十二岁仕途不顺，使其头发添银丝。

②炳贲（bēn）：形容文章辞藻华丽耀目。

③茂勋：隆盛的功业。

④延颈、企踵：伸长头颈，踮起脚跟。形容仰慕或企望之切。

重庆市农业学校赋

夫民国之初，未断啼饥之号；丁巳之际，时闻畏寒之吟。凋敝处遂激志士，弹子石乃建黉门。心忧黎庶，爰兴学以扶困；技助农耕，乃授艺以惠民。屡迁其校，不坠青云之志；数易其名，永葆雅士胸襟。定根歌乐山下，掐指花甲一轮。重庆农校，导职教之先路；百年风雨，经砥砺而弥新。

观乎人类繁衍，奚无果腹之品？碗盏盛食，岂辍畴亩之耘？刀耕火种，且问收成几何？事半功倍，所赖农科精神。"海纳百川，追求卓越"，目标励师生之志；"以人为本，德能为先"，理念铸强校之魂。

校重定性，优化师资设备专业；农校姓农，面向农民农业农村。练就本领，助家邦脱贫；邻里致富，喜桑梓祥祯。处处皆桃李，拳拳报党恩。

教尚务实，强化实验实训；术有专攻，注重内外延伸。农工商贸，专业特色彰显；加工旅游，市场对接紧跟。理实一体，推恩学子；知行合一，启智于人。产教融合，育才用才增活力；集团联手，优势互补建懋勋。

嗟乎！乙等变甲等，慨叹筚路蓝缕；市重升国重，激赏郢匠挥斤[1]。开国三节点，延续隆盛之势；职教三飞跃，尽呈艳丽之春。万人之校，时值百年大庆；师生之乐，无不载欣载奔。各级表彰奖励，殊荣累累；巴渝校友鼎彝[2]，佳音频频。国赛技压群芳，师生屡屡揽金。不乏政界之要员，更有百业之领军。种瓜得瓜，天道酬勤。各领风骚，毕现缤纷。

噫吁嘻！工农商学兵，普职教兮堪称劲旅；东西南北中，党中央兮无愧核心。新壮猷兮煌煌耀世，新时代兮赫赫来临，新业绩兮矻矻再创，新华夏兮莽似昆仑。迎东来之紫气，赞朗朗之乾坤。更上层楼，视通五洲四海；融入世界，彪炳祁祁后昆。

（写于 2017 年秋。）

〖 注释 〗

①郢匠挥斤：比喻手法纯熟，技术出神入化。这里化用了"运斤成风"的故事。说的是楚国郢地某人曾将白灰涂在鼻上，任由石匠挥舞斤斧，让他除去鼻上白灰，结果真的是白灰尽除而郢人毫发未伤。典出《庄子·徐无鬼》。

②鼎彝：古代宗庙中的祭器，上刻表彰有功人物的文字。

重庆市农业机械化学校赋

农校耀世，廿年乃分伯仲^①；星移斗转，迄今花甲一轮。攻坚而克难，点石而成金。丁亥合校，干群筚路蓝缕；十年躬行，气象焕然一新。校地宏阔，功能分区有致；缓流清幽，处处吐翠遮荫。双高旁过，神女比邻。

服务于"三农"，授艺于教坛。九大门类，数十专业；设备先进，功能齐全。蹊径独步，特色彰显；农机为主，技改领衔。重点隆焉升示范，师生莞尔绽笑颜。

历程迢迢，心浪滔滔。一往披荆斩棘，矢志职教高标。办学理念，把握兴校之要；发展思路，亮出强校之招。

普教职教，本为双翼；岂论优劣，何谈高低？人人终将就业，行行皆有出息。励志催生自信，壮怀敢赴崎岖。

立于强林，贵在以人为本；敦本务实，方可琢器大成。善于促学，授业者学高身正；勇于进取，为学者神聚业精。

学以致用，练技成才。操千曲而其声方晓，舞万剑而其悟顿开。乃文乃武助力小康，奇才异能亮相头排。

寸草报春晖，学子恋母校。得谆谆之教诲，明感恩之天道。回家孝亲敬老，返乡致富脱贫，报国利不苟就^②，推恩吉星高照。

教者数百，学子上万。计日程功，成绩斐然。各级技能大赛，屡屡夺冠；系统班子考核，岁岁魁元。国家领导莅临，外地同行参观。盛矣哉！斯校遐迩闻名，高居职教峰巅。明日霞光万道，舒展职教新篇。

（写于 2017 年秋。）

【 注释 】

①伯仲：本指兄弟间排行的次序，伯在前，仲在后。这里指农校曾经分为两个学校。

②利不苟就：语出【汉】贾谊《治安策》："利不苟就，害不苟去，唯义所在。"利不苟就，害不苟去，是说遇到好处不随便追求，遇到祸害不随便躲开。

学校篇

149

贵州工贸职业学院赋

多彩贵州，威宁乃丛中之卉；威镇安宁，青史流百代之芳。黑颈之鹤，鹤美而珍贵；乌江之源，源远而流长。烟波浩渺，但见锦鳞逐浪；群鸟媲美，仰观万羽飞翔。大块奉瑞，草海独臻其妙；大钧呈祥，黎庶悉沾其光。

然则村落虽疏，人丁全省之冠；黉宫虽建，高校未厝此间。为政者以民为念，兴邦者以教为先。爰划地七百余亩，乃建楼几大组团，称工贸职业学院，办全新高职大专。国家领导视察，省委书记调研，市县领导指点，外地学校参观。放眼乎众川交汇，得宠于草海北端。

筚路蓝缕，名校长领衔；励精图治，名教师应聘。集天下之英才，招遐迩之青衿。区域定位，由近及远；类型定位，有纵有横；专业定位，市场动静；目标定位，职教领军。办学理念，光昭发展之路；校园文化，铸就一校之魂。教师师德之歌，丕显学高身正；学生行为之唱，展示风貌精神。乌蒙耸高校，斯地迎芳春。

注重人无我有，强调人有我新，希冀人新我强，乐于人强我恒。

建设美丽之校，扮靓工贸之容。望衡对宇，功能次第分布；移步换景，草坪青翠茸茸。曲径通幽，绿荫飞枝戏鸟；花团锦簇，四季吐艳流红。近观草海渺渺，远眺峰峦葱茏。

建设包容之校，襟怀海纳之胸。促左右之默契，求上下之相通。如胶投漆，包容彝回苗汉；扬长避短，包容南北西东；爱生如子，包容愚贤贫富；重教尊师，包容文旅理工。心心相印，缘包容而提效；息息相通，因包容而逞雄。

建设精进之校，培养英豪之气。富民兴黔，当有过硬本领；综合素质，重在高尚情操。滴水穿石，历实践之矻矻；精益求精，明就里之昭昭。专一技之长，得多能之道，应就业之需，树赫赫之标。

建设特色之校，亮出过人之招。办学理念，"三大支柱"为支撑；专业设置，"三大类型"为至要；人才培养，"三大载体"为主渠；校企合作，"三大对接"为硕交。创新于乃文乃武，绽开职教奇葩；笃行于又红又专，引领办学风骚。

建设一流之校，彰显群英之强。办学伊始，既已声名鹊起；技能大赛，国内势夺天罡。论文发表，屡上各级报刊；课题立项，省级研究担纲。规模大而结构优，内涵丰而生源旺，实力增而特色显，口碑好而就业忙。蒸蒸日上，乔乔皇皇。

盛矣！奋袂而抖擞，笃学而高昂。起点不凡，展新学院之鸿猷；步履稳健，迎新时代之朝阳。一鼓作气，脚下永作起点；一往无前，明朝更多辉煌。

（写于 2018 年春。）

海棠颂

嗟乎！千年文脉，承教化之渊薮；今日永川，树黉门之高标。改革开放，得天时兼其地利；踵事增华，建新校广其钧陶。海棠大道，簇拥一片闹市；西南一环，避却往日尘嚣。由是新校灿然，赋美名而为海棠；气势宏伟，呈华貌而育新苗。速矣，丁酉破土肇建；美哉，己亥如舰起锚。

然则起凤腾蛟，校址颇富灵气；增辉添彩，瑞祥惠泽西南。幽静芸窗，求学首推斯地；葳蕤草木，挽袂毗邻公园。赏其大观，叹其焕然。壮声威有其去处，学本领各得其间。看东头海棠争艳，无不痴迷花圃；观西面硕果竞香，总爱议论酸甜。悠乎哉，花径师生乐；陶然也，浓荫百鸟喧。移步换景，啧啧乎布局规范；尚文习艺，融融于功能齐全。

至若育花爱童，理念固其为师之本；润雅启智，文化延其兴校之根。营造"三风"之氛围，守正而向善；追求"三风"之实效，笃学而求真。志存高远，互动前行，师生坦言于肺腑；心向海棠，雅智成长，口号响遏其行云。德智体美劳，字字育成盆景；东西南北中，方方皆是熙春。绽放海棠之美，萦怀家国之心。并群雄而卓立，多硕果而芳馨。

若夫主力源自老校，精英选自八方。传统优良，师表凤昔多招数；特色彰显，海棠蓓蕾沐阳光。里手行家，科技节活动包罗万象；奇功殊遇，国家级基地挂牌成双。追梦圆梦，机器人比赛重庆夺魁；创造发明，新制品腿套市级表彰。能歌善舞，艺术节令其群芳惊羡；走笔着墨，特长生颇受观者颂扬。

噫嘻！煌煌新校，起高昂之气势；盈盈笑脸，似娇艳之海棠。步入新校园，倍觉神清气朗；走进新时代，思量来日方长。众志成城，多谋成才之道；恒心取胜，敢领教改之纲。盛矣，传道授业，彬彬儒雅之地；强矣，创先争优，赫赫示范之窗。

（发表于中国作家协会主管、中国作家出版集团主办的《中华辞赋》2019年第6期。）

重庆智能工程职业学院赋

嗟乎！空浩宇广，赫赫天旋地转；日新月异，巍巍古继今延。天当其时，新时代鸿开巨卷；时不我待，高科技大启新篇。地占其利，川滇黔青睐重庆；利承东西，"双城记"看好永川。人贵于和，产城景融合发展；和衷共济，政教企携手并肩。智能制造，高新区凤凰来仪；智能学院，职教城新锐灿然。顺世界之大势，瞄科技之高端；擎职教之大纛，着创新之先鞭。

红尘滚滚，宝地自有大幸；瑞雾腾腾，永川尽得祥祯。为引凤而筑巢，于斯为盛；且登高以望远，唯此最新。天时地利人和，成就盛举；党政华为西凯，共建簧门。占地五百亩，群楼拔地而起；招生三千人，首届接踵而临。

紧靠萱花校区，毗邻高铁南站。品味典雅新潮，但赏美轮美奂。草茂木秀，浓阴罩千红；蝶扑鸟飞，园林拥书院。气势恢宏，图书馆珍藏称宝库；起居舒适，生活区服务传盛赞。规划标准，运动场演武观龙虎；配套前卫，功能室磨砺试刀剑。校园亦乐园，书院胜杏苑。

教育集团，产学研一体发展；专家队伍，五基地^①率先垂范。职业技术，智能彰其特色；智慧支撑，华为无愧主干。宏观在宇，"三云"^②洞其奥妙；微观在握，"四网"^③昭其灼见。得心应手，智能方便衣食住行；如虎添翅，智能助推学习训练；夙兴夜寐，智能遥控灯亮光灭；查伪辨真，智能识别生人熟面。事半功倍，十大功能^④借力智能；创优争先，全程奇幻有赖科幻。智慧校园，惠及智慧城市；智慧城市，恩泽乡民百万。

学高身正，集诸子之睿智；博学多才，汇百家之专长。集思广益，泰山不让土壤；众志成城，英才来自八荒。名企领军人物，秩秩鸿猷多高见；学界专家教授，莘莘大端有担当。校企两通，双师型队伍过硬；理实一体，特长生赛事争光。求学找对门路，跟师派上用场。迎天下之学子，送国家之栋梁。

物质精神兼备，为事必备之道；硬软实力互补，办学致胜之方。"人

153

才固根本，内外增活力，智能促高效，质量报家邦"，办学理念铸灵魂；"校训有规矩，教风树楷模，学风促成长，校风展形象"，"一训""三风"葆丰强。创新为上，喜满院勃勃之生机；提升为纲，望未来熠熠之辉煌。新校新起点，颇为有司关注；高标高追求，待听凯歌高扬。

　　噫嘻！罡风强劲，海浪汹涌；千帆奋进，百校争雄。看我高校，计日程功。登高望远，东方正红。

　　（写于 2020 年 5 月 2 日星期六。）

〖 注释 〗

　　①五基地：智慧校园示范基地、产教融合示范基地、新工科人才培养示范基地、骨干专业建设示范基地、"双师型"教师培训示范基地。

　　②"三云"：公有云、华为云、私有云。

　　③"四网"：5G/4G、物联网、无线网、有线网。

　　④十大功能：智能办公、智能管理、智能教育、智能教学、智能学习、智能招生、智能推荐就业、智能后勤、智能物管、智能安防。

艺术篇

汉字赋

洪荒冥冥，世尘纷纷。人猴揖别之初，一阵咿呀不知其意；石铁两辨之际，半日比画难会其心。情受阻，何以交流？意难达，怎会合作？年年往复，代代替更。终有仓颉[①]幸诞，更逢黎庶相跟。创意如孕，汉字临盆。备上点横撇捺、竖弯钩折；列为上下左右、里外反正；取代描摹以构成方块，省却结绳而标形示音。雁过有影，稍纵则难以寻迹；音逝无踪，有字则以资为凭。念而心领神会，书以约定俗成。或列列以集句，或滔滔而成文。地跨万里，借汉字而交往；事隔千秋，凭汉字以留存。快哉！汉字繁衍，若群鸟出巢；生生不息，似竹笋成林。

契于龟甲，铸于钟鼎，书于竹简，抄于丝帛，誊于纸张，写于墙壁，勒于碑石，刻于崖身……更有今朝电脑组字，霓虹神灯光彩荧荧。至若掩体于殷墟，沉睡于汉陵，待得天日重见，尘垢除尽。大凡伴者身作朽，唯独汉字眼圆睁。如此经风经雨，历暑历寒，沧海桑田数千载，汉字古老而年轻。

双胞胎同中有异，相异全在个性；九岭木异中有同，相同源于类群。汉字万千，各具眉眼；密布于浩典，散落于大坤。欲派汉字入词进句，手持金牌法随令行。于是乎连下有排，排排有序；排下有班，班班分明。音序号码，响集结之号角；偏旁部首，履管理之大任。召之即来，来之能战；挥之即去，去之如神。汉字成行成伍，个个中规中矩；队列整齐，气势凌云。若夫按图索骥，有呼必有其应；其唯马首是瞻，有将更有其兵。

民主之时有集中，集中之下有自由。"汉字七体"舒筋骨，"甲金篆隶草楷行"[②]。各呈天姿，各展风韵：或伸拳迈腿，或扭头摆腰，或腾挪跌宕，或端坐持衿；细柔、刚劲、活泼、平稳、夸张、圆润……栩栩焉表演于书册，翩翩然亮相于阁亭。

同族共根，笔笔经络连远祖；延裔续胄，字字血脉接后昆。象形指事，有如孑然独处；会意形声，犹似组建家庭。道生一，一生二，二生三，三生万。汉字概莫能外，信手拈之可证。有人道：白水"泉"边仵女

艺术篇

子，女子"好"，少女尤堪称"妙"；既而曰：山石"岩"下存古木，古木"枯"，此木正好为"柴"。噫嘻！析字义，似析蔗秆；品字音，如品香茗。滋滋有味，妙趣横生。

汉字巧，启人之睿智；汉字美，动人之心旌。招四方之砚客，引无数之书家；备文房之四宝，挥狼毫之八分。蘸其墨汁，运其毛颖；肥笔有骨，瘦笔有肉；点若峰巅坠石，竖若沟壑挂藤，撇捺尖如利刃，弯折韧似遒根；铁画银钩，浑然天成。笔走龙蛇，腾蛟起凤；线流九派，点透墨痕。"书圣""草圣"③，柳骨颜筋④，欧阳结体⑤，米芾造型⑥……名家辈出，精妙绝伦。

复古不成行，无古不成今。事有兴替，物有代谢，形有变化，体有演进。稽考繁体，方知文化之丰蕴；施行简化，提高交流之效能。化繁为简，史之必然；古为今用，国之大兴。

汉字傲风骨，汉字习秉性，汉字显人品，汉字表真情。既可摹万物，亦能化乾坤。启文明，贯古今，统山河，聚人心。字跨两岸，霍霍干戈化玉帛；字出金瓯⑦，茫茫天涯若比邻。

倡国学，读经典。汉字作向导，书山多学人。勤为径，法为神，明白古今事，知晓中外情，懂得天下理，理解世人心。为事天行健，自强不息敢拼搏；为人和为贵，谦谦之恭待友宾；修身德为先，全面发展成新俊；亲民民为本，建设小康奔前程。跟随汉字，优良传统扬天下；热爱汉字，中华文化有传人。

（2009 年 3 月 22 日发表于中华辞赋家联合会主办的《中华辞赋网》，永川区文体委、永川区文联主办的《海棠》杂志 2009 年第 2 期卷首语，编入中国文联出版社《中华新辞赋选粹》第二卷，2015 年 5 月 28 日发表于中国作家协会主管、中国作家出版集团主办的辞赋网。2018 年修改。）

◤ 注释 ◥

①仓颉：原姓侯冈，名颉，号史皇氏，为轩辕黄帝左史官。传说他仰观天象，俯察万物，首创了"鸟迹书"，震惊尘寰，堪称人文始祖。他也是我国官吏制度及姓氏的草创人之一。黄帝感他功绩过人，乃赐以"仓"姓，意为君上一人，人下一君。但现在专家学者普遍认为汉字由仓颉一人创造只是传说，不过他可能是汉字的整理者。

②"甲金篆隶草楷行"：即汉字七体：甲骨文、金文、篆书、隶书、草书、楷书、行书。

③"书圣""草圣":"书圣"王羲之，见《王大中赋》注释⑦。

"草圣"张旭（生卒年不详），字伯高，苏州人，曾任常熟县尉。唐代大书法家。以草书而闻名。唐朝文宗皇帝曾向全国发出了一道罕见的诏书：李白的诗歌、张旭的草书、裴旻的剑舞可称为天下的"三绝"。

④柳骨颜筋：柳公权的书法骨力遒健，结构劲紧；颜真卿的书法端庄雄伟，气势开张。后因其书法的字体和法度，并称"颜筋柳骨"。

⑤欧阳结体：欧阳询在长期的书法实践中总结出练书习字的八法，即："、如高峰之坠石，㇏似长空之初月，一若千里之阵云，丨如万岁之枯藤，乚如劲松倒折、落挂石崖，㇆如万钧之弩发，丿如利剑截断犀象之角牙，乀如一波常三过笔。"欧阳询所撰《传授诀》《用笔论》《八诀》《三十六法》等都是他自己学书的经验总结，比较具体地总结了书法用笔、结体、章法等书法形式技巧和美学要求，是我国书法理论的珍贵遗产。

⑥米芾造型：亦即米芾造势。米芾，中国北宋书法家、画家、书画理论家。吴人，祖籍太原。世号"米颠"。书画自成一家。精于鉴别。善诗，工书法，擅篆、隶、楷、行、草等书体，长于临摹古人书法，达到乱真程度。

米芾对书法的分布、结构、用笔，有着他独到的体会，要求"稳不俗、险不怪、老不枯、润不肥"，在变化中达到统一，把裹与藏、肥与瘦、疏与密、简与繁等对立因素融合起来。

⑦金瓯（ōu）：一是指金的盆、盂之类；二是比喻疆土之完固，亦用以指国土。

艺术篇

高歌赋

　　唇齿喉舌颚，表心声以成言；宫商角徵羽①，讴长言而为歌。源于劳动，起于生活。因事而唱，缘情而和。响于厅堂，扬于原野，飞于九天，穿于始末。情有千种，歌则良多。或一段衷肠，或一扇心扉；或一阵鸟语，或一番龙吟；或一丛花草，或一树甜果；或一朵浪花，或一条小河；或一轮玉滚，或一串珠落；或一道闪电，或一溜地火；或一个故事，或一部史册。乱世之音怨以怒，治世之音安以乐②。

　　天之宝也，唯望"日月星"；人之宝也，尽在"精气神"。巧以感情寄托，妙于奥旨象征。着一"红"字，尽得风流：象征正义，象征革命，象征进步，象征功勋，象征健康，象征纯正，象征兴旺，象征好运，象征活力，象征青春，象征希望，象征光明。

　　聆听天籁之音，但觉心旌漫卷；欣赏滚滚歌声，顿感耳目一新。东方破晓，歌颂共产党人；旌旗迎风，歌颂工农红军；星火燎原，歌颂红色政权；霞光万道，歌颂祖国新生；春风浩荡，歌颂改革开放；车轮滚滚，歌颂华夏飞腾。一人唱，余音绕梁；万人唱，响彻天庭。声淹萧萧易水③，势压大风浓云④。参天大树，歌渗民族之根；东方雄狮，歌融中华之魂。

　　嘹亮歌声，鼓舞斗争意志；革命路上，敢于斩棘披荆。《农友歌》，震乾坤；砸碎旧世界，当家做主人。国歌激昂，唤起民族觉醒；《松花江上》，促进救亡图存。《情深谊长》，《十送红军》。《红军不怕远征难》，《四渡赤水出奇兵》。顶霜傲雪《红梅赞》，《英雄赞歌》响入云。一首一幅画面，重现烽火历程。

　　嘹亮歌声，催人团结奋进；生活之中，喜看众志成城。《夫妻识字》，比翼齐飞；《兄妹开荒》，五谷丰登；《军队和老百姓》，《众手浇开幸福花》；《团结就是力量》，《众人划桨开大船》；《亚洲雄风》起，友好促和平；《中国功夫》强，无往而不胜。

　　嘹亮歌声，激发爱国之情；《祖国你好》，儿女眷恋母亲。熠熠《东方之珠》，依依《龙的传人》，恩重于山，血浓于水；数典不忘祖，绿叶不忘根。《江河万古流》,《我的中国心》。《青藏高原》,《珠穆朗玛》;《黄土高坡》,《故乡的云》;《神奇的九寨》,《山路十八弯》;《边疆处处赛江南》,《谁不说俺家乡好》? 柔情绵绵《太湖美》,气势磅礴《沁园春》。《长江之歌》绕耳际,《歌唱祖国》吐心声。

　　嘹亮歌声,激励无私奉献;人生价值,祖国利益为先。《学习雷锋好榜样》,一代高标照人寰。可歌可泣孔繁森,感天动地《公仆赞》。《兵哥哥》,《为了谁》? 为了祖国昌盛,为了百姓平安。《父老乡亲》《当兵的人》,《说句心里话》,家国两相全。《血染的风采》,追求在奉献。《少年壮志不言愁》,岂惧千难万险;《我为祖国献石油》,哪管万水千山。无畏五岳小,无私天地宽。

　　嘹亮歌声,促进和谐文明;《爱我中华》,民族兄妹情分。《山不转水转》,《永远是朋友》。《常回家看看》,《家和万事兴》。《难忘今宵》《妈妈的吻》,《那就是我》《感恩的心》。《同一首歌》吐露真意;《祝你平安》更显赤诚。《祝酒歌》,大有豪迈之气;《洗衣歌》,道出鱼水之情。《北京欢迎你》,《让世界充满爱》;《举杯吧朋友》,将友谊记在心。

　　好歌千万首,歌声遍城乡。举办歌咏会,江西开滥觞。歌厅、舞台、院坝、广场,独唱、齐唱、合唱、轮唱。引商刻羽⑤,丝竹悠扬;载歌载舞,鼓乐铿锵。歌如风兮,空谷传响;歌如火兮,前程生光;歌如潮兮,大海飞浪;歌展翅兮,长天飞翔。歌落大坝兮,三峡电站送光明;歌上列车兮,神奇天路飞西藏;歌乘飞船兮,五星红旗飘浩宇;歌进鸟巢兮,奥运火炬放光芒;歌赴汶川兮,抗震救灾显大爱;歌满中华兮,六十大庆颂吉祥。你唱我唱兮,全国人民跟着党;上唱下唱兮,同舟共济奔小康;山唱水唱兮,各族人民情谊长;今唱明唱兮,伟大祖国万世昌!

　　(2009年8月19日发表于中华辞赋家联合会主办的《中华辞赋网》,永川区文体委、永川区文联主办的《海棠》杂志2009年第3期卷首语,2010年9月21日《重庆日报》第三版。原名《红歌赋》,2018年将标题修改为《高歌赋》。)

【 注释 】

①宫商角徵羽:是我国五声音阶中五个不同音的名称。

②乱世之音怨以怒,治世之音安以乐:语出《礼记·乐记》:"是故治世之音安以乐,其政和;乱世之音怨以怒,其政乖;亡国之音哀以思,其民困。声音之道,与政通矣。"意思是说,所以世道太平时的音乐中充满安适与欢乐,其政治必

平和；乱世时候的音乐里充满了怨恨与愤怒，其政治必是荒唐透顶的；国家灭亡及濒于灭亡时的音乐充满悲哀和愁思，百姓困苦无望。音乐的道理，是与政治相通的。

③萧萧易水：战国时期，燕国的太子丹让荆轲刺秦王，高渐离与太子丹等许多人在易水边为荆轲送行。临行前，高渐离击筑，荆轲高歌"风萧萧兮易水寒，壮士一去兮不复还"。场面十分悲壮。

④大风浓云：刘邦在战胜项羽后，成了汉朝的开国皇帝。他在战胜了秦末汉初名将英布（又称"黥布"）之后，回到沛县，邀集故人饮酒。酒酣时刘邦击筑，同时高唱"大风起兮云飞扬，威加海内兮归故乡，安得猛士兮守四方"！后人便将这篇歌辞题为《大风歌》（始于《艺文类聚》）。

⑤引商刻羽：指或缓或急，均按曲调规律作曲或演奏。引，延长，延缓。刻，急刻，急切。商指商调。羽指羽调。

舞　赋

　　久矣！中华文化，源远流长。文豪耀星汉，经典似海洋。诗之国，舞之邦，多族异俗，百花齐放。纵然百手，难指一处之妙；即便千口，难表一端之详。姑且漏万，窥斑见豹，撷英一朵，以推群芳。

　　此朵即为舞，艳丽且芬芳。遥遥忆祖先，悠悠引畅想：嗟叹延其声腔，咏歌替其嗟叹，身伴咏歌而舞，体随鼓乐而翔。凤凰来仪，仪之庄重；百兽率舞，舞之洋洋。于是乎，乃有葛天氏，操牛尾以投双足，引围观而呈盛况①；复有赵飞燕，踮掌上以起舞步，纵轻盈而耀玉堂②；继出杨贵妃，展霓裳且飘羽衣，娱君王亦醉将相；再看公孙娘，舞剑器以戏游龙，激"草圣"而傲大唐③。学习欧美舞，首推裕容龄④；开拓新舞蹈，当数吴晓邦⑤；中西大融汇，民族大梳理，舞坛奇才戴爱莲⑥，花中君子耀东方。绵绵，舞脉连山，峨峨山不断；汩汩，舞影映水，汤汤水流长。

　　美矣！光追刀美兰⑦，影随杨丽萍⑧，舞者如痴如醉，观者心花怒放。若流星一划天际，似彩云飘流东方，金色孔雀化身神女，轻柔之水随体而漾。细碎兼微颤，慢挪轻移；高视且阔步，跳跃舒张；轻快似雨点，飘逸犹舟桨，敏捷比娇莺，挺健如白杨；动则活力四射，静则六神安详。刚中蕴柔，柔中带刚；若虚若实，亦谐亦庄。来如飙风贯耳，罢如天灯凝光。更有群舞闯眼帘，满堂生辉映心房。伴舒扬之声，亮绚丽之装；映悦目之景，闪变幻之光。忽踢忽踏，或进或退，载奔载欣，时俯时昂。男女穿梭兮，龙飞凤舞；起伏错落兮，雁阵成行；旋转生风兮，恍若机杼；队形聚散兮，涟漪跌宕；身段造型兮，姿态优美；明眸顾盼兮，神态无双；千帆争渡兮，动态自如；山花烂漫兮，仪态万方。

　　巧矣！表演见功力，积淀见素养。操之以宫商角徵羽，配之以手眼身法步，可摹花草竹木，可仿飞禽走兽，可拟风雨雷电，可效日月星光；可辨真假美丑，可抒喜怒哀乐，可叙来龙去脉，可状四时景象。"动以干戚，饰以羽旄"，亦真亦幻，时现时藏。或执伞与剑，器械入舞添妙趣；或舞扇与绸，道具出手翻新样。撑伞开芙蓉，刷刷避滂沱；挥剑倏闪电，霍霍击参商；摇扇展双翅，款款揽清风；抛绸飞彩虹，迢迢绕天罡；手持金龙盘玉柱，身着狮皮尽癫狂。妙哉，奇也！无声之语言，鲜活之雕像，灵动之画面，沟通之桥梁。沟通天地人，沟通你我他，沟通精气神，沟通老少壮。歌绕五湖四海，舞连古往今来，魅力无限，韵味悠长。

乐矣！呼朋引伴，伯歌季舞，盛世盛会，春意盎盎。童稚之舞，天真活泼，蹦蹦跳跳，叮叮当当；拍一串脆响，溜一阵过场；红脸苹果露一露，嫩指笋尖晃几晃；得一片喝彩，受一番表扬。少男少女，昂扬向上，朝气蓬勃，桃李芬芳；柔一柔，清波淌过双臂；转一转，旋涡涌向脊梁；甩一甩，百鸟来朝凤；仰一仰，葵花齐向阳。尽态极妍，淋漓酣畅。跳一脸笑意，舞作作其芒。满目青山，遍地夕阳，老年之舞，不减刚强。动身身段有术，举步步法在行。落板落眼，合拍合腔。将太极融入舞蹈，来一段野马脱缰。看看，古稀之岁多机趣，老夫也发少年狂。

健矣！艺术之体育，体育之艺术。"五禽戏"⑨孕健身操，健身操融现代舞。运动娱乐，舞中追求；内美外美，相得益彰。舞则形动影随，气足而势猛；收则凝神静心，物我皆两忘。举手投足，腾挪跌宕，昂头为巅峰极顶，挺胸乃铜壁铁墙，张臂纳大千灵气，鼓劲涌黄河长江。舒筋骨，矫形体，通经络，畅血脉，惠六腑，合五脏，增食欲，强体力，提精神，润脸庞。虎虎焉，一字一腔歌添劲，一招一式舞减肥；赫赫焉，一日一舞人增寿，一生一世体健康。

丰矣！风格各异，形式多样，精彩纷呈，舞类煌煌。民族舞，西方舞，独舞群舞双人舞；古典舞，现代舞，锐舞街舞芭蕾舞。甩长发，耸肩膀，摆双手，摇铃铛，跳竹竿，耍棍棒，戴面具，跳锅庄……恍然间，凉山火把亮，天山手鼓响，漓江壮锦美，雪山酥油香，草原骏马驰，黑水白鹤翔。或质朴而庄重、或灵巧而诙谐，或潇洒而飘逸、或热烈而奔放，或典雅而含蓄、或剽悍而粗犷。有如泉水叮咚响，黄鹂蓝天翔，舟楫江心荡，猛虎山中闯，蓓蕾迎风绽，雷霆震殊荒。聚会，联欢，会演，比赛；舞于厅中，舞于台上，舞于公园，舞于广场。舞于北京奥运会，五环紧扣情谊长；舞于上海世博会，人类智慧显力量。展示民间舞，精神为之一振；引来外国舞，眼前灿然一亮。了解异域风情，欣赏世界风光，领略五洲风韵，促进友好交往。中西合璧，舞界无疆。噫嘻！以舞构和谐，祖国更辉煌；以舞颂和平，天下更清亮。

今者，翩翩而舞，开怀而唱：事业如火，生活如蜜，前程似锦，蒸蒸日上。舞颂党恩，舞庆安康。舞不尽，源源江河不息；舞更兴，烁烁日月光昌。

（2010年5月31日发表于中华辞赋家联合会主办的《中华辞赋网》，中国新闻文化促进会、中国碑赋文化工程院主办的《中华辞赋》2010年第4期及重庆市人民政府文史研究馆主办的《重庆艺苑》2013年秋刊，编入新华出版社出版的《中华辞赋百家赋选》。2018年修改。）

【 注释 】

①引围观而呈盛况：《吕氏春秋·古乐篇》："昔葛天氏之乐，三人操牛尾，投足以歌八阕。"此舞由八首乐曲组成。

②纵轻盈而耀玉堂：指赵飞燕（？—前1），汉成帝皇后，原名宜主。精通音律，因其舞姿轻盈如燕飞凤舞，故人们称其为"飞燕"。《汉书·外戚传·第六十七下》有介绍。

③激"草圣"而傲大唐：杜甫《观公孙大娘弟子舞剑器行并序》中说："开元三载，余尚童稚，记于郾城观公孙氏，舞剑器浑脱，浏漓顿挫，独出冠时……昔者吴人张旭，善草书帖，数常于邺县见公孙大娘舞西河剑器，自此草书长进，豪荡感激。"

当"草圣"张旭的书法被唐文宗奖掖为"天下三绝"之一时，张旭设宴招待了朋友。席间，大家要张介绍经验，张说："（过去）在邺县，我有幸见过公孙大娘的舞姿，每次看时，都引起我的联想：她将左手挥过去，我就立即联想到这次姿态像什么字；她跳跃起来旋转，我想草书中的'使转'笔锋的驰骋应如此罢！她那整个起舞的姿态音容，给我一个全面的草书结构的启发。"

④裕容龄：清代末年出生在天津的舞蹈家。其父裕庚为清朝一品官。裕容龄从小热爱舞蹈。家庭教师发现她很有舞蹈天才，于是亲自为她的舞蹈弹七弦琴伴奏。1895年其父裕庚出任驻日本公使，裕容龄母女随行。在日本时她曾向红叶馆舞师学习日本舞。裕庚后来调任驻法国公使，11岁的裕容龄随父亲到法国巴黎。在巴黎期间，裕容龄是唯一曾亲自向现代舞鼻祖伊莎多拉·邓肯学习过舞蹈的中国人。她的舞蹈才华得到邓肯的赞赏，并在邓肯创编的古代希腊神话舞剧中扮演角色。后来裕容龄还向法国国立歌剧院的著名教授萨那夫尼学习芭蕾舞。1902年，13岁的裕容龄在巴黎公开登台表演舞剧，博得了观众的好评。

⑤吴晓邦：中国舞蹈艺术家、舞蹈理论家、教育家，江苏太仓人。青年时代受"五四"新文化运动的影响，积极参加进步活动。1929—1936年，先后3次赴日本，向舞蹈家高田雅夫夫妇与江口隆哉夫妇学习。在此期间，于1932年在上海创办晓邦舞蹈学校，1935年又创办了晓邦舞蹈研究所，开始了新舞蹈艺术的创作、教学活动。1938—1945年，在广东、上海、桂林、重庆等地开展新舞蹈活动。1943年，在广东省曲江地区的省立艺术专科学校开设了舞蹈系，这是中国最早的正规专业舞蹈教育机构。1945年6月到达革命圣地延安，在延安鲁迅文艺学院教授舞蹈。

1954年任中国舞蹈研究会主席，领导中国舞蹈史的研究工作。1979年，吴晓邦被选为中国舞蹈家协会主席。

⑥戴爱莲：女，1916年生于西印度群岛的特立尼达。中国共产党优秀党员、中国当代舞蹈艺术先驱者和奠基人之一、著名舞蹈艺术家、舞蹈教育家、中国舞蹈家协会名誉主席。被誉为"中国舞蹈之母"。在英国皇家舞蹈学院的接待厅里，陈列着世界杰出的4位女性舞人的肖像艺术品，其中之一便是戴爱莲的石雕头像。

1930年，她赴英国伦敦学习舞蹈，曾先后师从著名舞蹈家安东·道林、鲁道夫·拉班等，后来又投奔现代舞大师玛丽·魏格曼。戴爱莲于抗日战争爆发后的1939年毅然回国。1947年，她主持了私立上海乐舞学校的工作，1948年在国立师范学院和北平国立艺术学院任教。

解放后，戴爱莲出任第一任国家舞蹈团团长、第一任全国舞协主席、第一任北京舞蹈学校校长、第一任中央芭蕾舞团团长以及中央戏剧学院舞蹈团团长等职。于2006年2月9日在北京逝世，享年90岁。

⑦刀美兰：1944年出生于西双版纳傣族自治州景洪市宣慰街。幼年深受傣族传统舞蹈的熏陶，1954年进入西双版纳自治州民族文工队。1959年调入云南省歌舞团任舞蹈演员，被评选为云南省劳动模范。1961年调入北京东方歌舞团任舞蹈演员。1970年"文化大革命"中被错误下放至云南省建筑机械厂当描图员。1972年调入云南省歌舞团任舞蹈演员。1986年当选为中国舞蹈家协会主席团委员、中国舞协常务理事。1990年当选为云南省文联副主席、云南省舞蹈家协会主席，1997年当选为中国人民政治协商会第九届委员，2000年当选为中国舞蹈家协会副主席，2003年当选为第十届全国人大代表、全国人大常委会委员。她的表演淳朴自然、委婉细腻，舞姿轻柔，是一个有着"孔雀公主"称号的著名舞蹈家。

⑧杨丽萍：白族，1958年生于云南，洱源人，自幼酷爱舞蹈。她没有进过任何舞蹈学校，然而凭借着惊人的舞蹈天赋，1971年进入西双版纳州歌舞团，九年后调入中央民族歌舞团，并以"孔雀舞"闻名，被誉为继毛相、刀美兰之后的"中国第二代孔雀王"。1988年被《北京日报》评为当年十大新闻人物之一。1989年电视纪录片《杨丽萍的舞蹈艺术》面世。多年来，她相继在菲律宾、新加坡、俄罗斯、美国、加拿大、日本等国家和地区举行专场舞蹈晚会，自编自导自演了电影《太阳鸟》，在蒙特利尔国际电影节上荣获评委会大奖。1992年，她成为大陆第一位赴台湾表演的舞蹈家。1994年，独舞《雀之灵》荣获中华民族20世纪舞蹈经典作品金奖。2003年，杨丽萍任原生态歌舞《云南映象》总编导及主演。2009年，编导并主演《云南映像》姊妹篇《云南的响声》，再获成功。台湾及东南亚的观众更称她为"舞神"。

⑨"五禽戏"：五禽戏是我国古代体育锻炼的一种方法。东汉末年，名医华佗总结了前人模仿鸟兽动作以锻炼身体的传统做法，创编了一套包括虎、鹿、熊、猿、鸟的动作和姿态的保健体操，故名"五禽戏"。

《上下五千年》宏览赋

　　悠乎远哉，文明破壳于洪荒；浩焉渺矣，史事寻踪乎蒙鸿。音逝形遁，焉知昔日之万象？昼曤宵眩，唯见日月其经空。上下五千年，孰能再现林林总总？乾坤百代事，怎可重观历历之容？俯视巾帼，巨匠横空出世；敢为人先，画坛领衔称雄。挥如椽之大笔，助画界之郅隆，展华夏之宏览，激心花之千重。斯人谓谁？碧波女士[①]；画廊何在？狮子山中。

　　观夫巨幅，高过常人；计其屏数，二百余帧；展以规模，一千余米；跨越时空，五千余春。首绘神话传说，上溯亿万斯载；再续华夏青史，展示时代风云。广涉政经文教，又及工农商兵。既绘汉藏蒙满，亦描南北古今。不讳帝王将相，更崇奇俊黎民。时见民风民俗，亦有寇仇贵宾。不乏科学技术，复现宗教道门。反映建筑工艺，兼及艺苑园林。突出人事物景，触感地理天文。着墨人物，不拘或单或群；走笔大观，但见万马千军。大千世界，咸入鸿篇巨制；如此穰浩，问君几曾见闻？

　　若乃循其主线，明其大端。赏图会意，浮想联翩。史画之绝唱，文明之薪传，国魂之扬厉，乡愁之缠绵。创世三祖，穆穆光鲜。开天辟地，钻木引燃，造男塑女，采桑养蚕。本土十巫，华夏之源。五帝开化，懿行暄妍。初播百谷，始制衣冠。禅让显位，疏浚三川。惊叹"内经"《周易》，感受夏坤周乾；遥观春秋混战，方识战国齐桓；涌出百家诸子，宏论远瞩高瞻；激赏胡服骑射，似闻箭响阴山；风扫八荒六合，一统秦氏江山。汉兴文景之治，晋聚竹林七贤；三国分立天下，智勇惊骇人寰；孔明运筹帷幄，魏武横槊挥鞭。隋开南北运河，亦启科举选官。倘论唐代盛世，必推贞观开元。诗国群星灿烂，迭出"诗圣""诗仙"。匡胤创业垂统，巧释藩镇军权；遍撒宋词名片，继踵唐诗浩繁。师宗儒教堪颂，人分十等强蛮；唯有文化融合，始见元曲洞天。明代初期盛世，洪武永乐仁宣；郑和举世奇功，西洋七飙巨船；奈何党争外患，导致垂危怪圈。迨至明末清初，成功收复台湾。明清小说名著，现实浪漫峰巅。次第顺康雍乾，力促满汉比肩。孰知坚船利炮，攻破自守闭关。倘无英帝贩毒，哪有虎门销烟？联军

167

攻城略地，清府气息奄奄。

至若潜龙腾渊，辛亥摧毁御殿；睡狮惊醒，五四翻卷怒涛。尊陈敬李，浦江映日摇红；声东击西，南湖举斧亮刀。痛定思痛，南昌枪声破夜；忍无可忍，井冈工农舞矛。屡反"围剿"，红军转移主力；四渡赤水，长征频出奇招。抗日救国，不分南北老少；壮怀激烈，难计民族英豪。三大战役，势如摧枯拉朽；百万雄师，直指龙蟠老巢。改天换地，曙光初照天安门；扬眉吐气，笑语淹过金水桥。山河蓄变，沧桑巨变乃正道；鸿猷壮丽，伟业独铸追高标。移步赏画，时空隧道迷人眼；继往开来，华夏明日更妖娆。

嗟呼！巨而盖世，精而绝伦。线条构成旋律，各臻其妙；色彩铺就雕塑，尽传其神。领悟勾勒之法、体会泼墨之要、品味作色之巧，惊叹功夫之深。此画何来？来自女士之手；起稿何时？起于年过七旬。寻其根本，究其动因：源于生活，出自赤心，功于磨砺，得于有恒。伴举国抗日而问世，受父母影响而精勤，因爬坡上坎而耐苦，经风雨坎坷而深沉，与百姓交往而向善，作中西比较而自尊。三大角色②，居乎小家最孝父母；一介画师，处于大家更恋党恩。巫溪扶贫，金钱难撼凌云志；北美作画，西洋岂移中国根？道法自然，惟妙惟肖；继承传统，怀质抱真。博采众长，与日精进；自成一体，勇于创新。为社会而出精品，朝夕不弃；为人民而长精神，昼夜不分。艺术修成正果，蜚声中外；画界导夫先路，泽被后昆。步履未停，八秩之岁不言老；余勇可贾，新天之下更敢拼。

（写于2018年春。）

▌注释▐

①碧波女士：江碧波，生于1939年，曾任四川美术学院绘画系主任，重庆大学人文艺术学院院长、教授；中国美术家协会理事、版画家协会艺委会委员、中国美术家协会重庆创作中心主任。是我国蜚声国际国内的著名美术家、美术教育家。曾先后在中国美术馆、成都四川美术展览馆、重庆四川美术学院陈列馆举办过多次个人美术作品展。在日本、美国、加拿大等国及世界其他地区举办过多次个人美术作品展，并应邀担任美国、加拿大等国艺术院校的客座教授，英国剑桥传记中心授予她杰出贡献荣誉证书，被美国ABI国际名人传记协会誉为国际著名导师，应邀加入世界名人协会。国务院津贴获得者及荣誉证书。她大量作品为国际国内美术馆、博物馆收藏。中央电视台曾以"大艺无界"为题为其制作"大家"栏目。

②三大角色：三大角色即女儿、妻子、母亲。

生活篇

主婚辞

各位朋友、各位嘉宾：

××男士与××小姐的结婚典礼现在开始。

请新郎新娘入场（插入喜庆逗乐俏皮之语）。

请双方父母入场。

请证婚人证婚。

今天，××二人，燕尔新婚①。举目则天荡祥云，放眼乃地生瑞气。步入厅内，高堂生辉；回望人流，喜气盈门。

好天共好地，帅男亲靓女。古人云："天地者，生之本也。"值此佳境，先拜天地（一鞠躬、二鞠躬、三鞠躬）。

一门婚姻，两家亲戚，门当户对，秦晋交好②；阿公阿婆喜得贤媳淑妇，泰山岳母③迎来快婿乘龙④。值此美景，再拜父母（一鞠躬、二鞠躬、三鞠躬）。

××二人，鸾凤和鸣，两心相悦，伉俪之情。值此良辰，夫妻对拜（一鞠躬、二鞠躬、三鞠躬）。

今天，我们喜逢××与××的并蒂之交，鸳鸯之配，欢言笑语，其乐融融。××与××共谋房室，喜结良缘，合情合理合法，可喜可贺可庆。

二人独具慧眼，你中有我，我中有你；郎才女貌，珠联璧合，天生一对，地配一双；如胶似漆，形影不离，结为佳配，合情、合情。

二人心心相印，息息相通，志同道合，休戚与共；男大当婚，女大当嫁，恋爱自由，天经地义，合理、合理。

二人结一生之伴，成百年之好，瓜熟蒂落，水到渠成，符合法定年龄，履行合法登记，受到法律保护，共担社会责任，合法、合法。

今天，××与××二人已步入了人生旅途的重要里程，甜蜜的生活和甜蜜的事业等待着他们。我们衷心祝愿他们举案齐眉，相敬如宾，白头偕老，美满幸福！

我提议：××与××喝交杯酒，让他们沉醉于无限甜美的幸福之中！

请双方父母代表讲话。

请金童玉女敬献鲜花。

请双方父母入席。

请新郎新娘敬酒。

（发表于 2000 年 3 月 31 日《永川日报》。2018 年略有修改。）

注释

①燕尔新婚：形容新婚的欢乐。语出《诗经·邶风·谷风》："宴尔新昏，如兄如弟。"陆德明释文："宴，本又作'燕'。"孔颖达疏："安爱汝之新昏，其恩如兄弟也。"原为弃妇诉说原夫再娶与新欢作乐，后反其意，用作庆贺新婚之辞。

②秦晋交好：又作偏正短语"秦晋之好"。春秋时，秦晋两国世代互相婚嫁。泛指两家联姻。

③泰山岳母：古代帝王常临名山绝顶，设坛祭天地山川，晋封公侯百官，史称"封禅"。唐玄宗李隆基一次"封禅"泰山，中书令张项做"封禅使"。张把女婿郑镒由九品一下提成五品。后来玄宗问起郑镒的升迁事，郑镒支支吾吾，无言以对。在旁边的黄幡绰讥笑他："此乃泰山之力也。"玄宗才知张项徇私，很不高兴，不久把郑镒降回原九品。后来，人们知道此事，就把妻父称为"泰山"。又因泰山乃五岳之首，故称为"岳父"，同时，把妻母称为"岳母"。

④快婿乘龙：旧指才貌双全的女婿。也用作称誉别人的女婿。亦作"乘龙佳婿""乘龙之客""乘龙贵婿"。乘龙，女婿乘坐于龙上得道成仙；快婿，称意的女婿。

美女赋

　　水出芙蓉，树绽桃花。纤纤美女，款款丽佳[1]。是西施长吴越蹙眉，是贵妃[2]长安舞纱，飞天嫦娥[3]高居月宫，蒙娜丽莎[4]远隔天涯。盈盈双眼，两泓秋波；浓浓云彩，一头秀发；樱桃藏皓齿，粉面泛红霞，酥手抖绿袖，玉体飘轻纱；滴翠如兰草，俏丽胜梅花；清香比茉莉，婵媛似彩霞。移步丰姿生百媚，驻足细柳显容华。宋玉[5]腐毫，难状其美；张生[6]停步，总嬉其牙。

　　丘比特拉弓搭箭，瞄准天仙；蟹和尚[7]动欲开戒，神往二八。五脏晃，魂失其舍；六腑摇，魄绝其乏。一心阅尽春色，但愿寻求矜夸。

　　休矣！物各有主，人恋其家。远观不可亵，近处不能狎。只需柔光舔，勿以眼球搽。晶莹葡萄百舔不破，粉红桃面一触即麻。垂涎谨防脱水，羡眼空对夏娃[8]。劝君惜韶光，虎虎展才华，瓜熟蒂会落，渠成水溅花！

　　（永川市文体委、永川市文联主办的《海棠》杂志 2006 年第 2 期卷首语，2007 年 6 月 7 日发表于贵州民族大学文学与传播学院主办的《中国散文诗》网刊和《溪山耕士园》，2007 年 11 月 28 日发表于中华辞赋家联合会主办的《中华辞赋网》，编入中国文联出版社出版的《中华新辞赋选粹》第一卷。2018 年修改。）

【 注释 】

　　①丽佳：即佳丽，指貌美的女子。此处为合辙押韵，故倒装。

　　②贵妃：这里指唐玄宗的宠妃杨玉环。贵妃，皇帝妃嫔封号之一。南朝宋武帝刘裕始设，地位次于皇后，自隋至清多沿置。

　　③飞天嫦娥：中国古代神话传说中的一个人物。据说嫦娥偷吃了丈夫后羿从西王母那儿讨来的不死之药后，飞到月宫。

　　④蒙娜丽莎：《蒙娜丽莎》是文艺复兴时代画家达·芬奇所绘的丽莎·乔官多的肖像画。图中美女那如梦似的妩媚微笑，被不少美术史家称为"神秘的微笑"。

⑤宋玉：又名子渊，相传他是屈原的学生。战国时鄢（今襄樊宜城）人。为屈原之后辞赋家，与唐勒、景差齐名。相传所作辞赋甚多，《汉书·艺文志第十》录有赋16篇，今多亡佚。其作品《高唐赋》《神女赋》《登徒子好色赋》中，对美女（如神女、东家之子等）都有精彩的描述。

⑥张生：元杂剧作家王实甫所作《西厢记》（根据唐朝著名诗人元稹《莺莺传》，也叫《会真记》，改编而成）中的一个人物。剧中演绎了莺莺与张生一段凄美而又圆满的爱情故事。牵线搭桥的红娘也已演化成婚姻媒妁的代名词。

⑦蟹和尚：在《白蛇传》故事里，美丽的白娘子为了向法海讨还丈夫，施法水漫金山。法海和尚便将白娘子镇压在雷峰塔中。鲁迅的杂文《论雷峰塔的倒掉》勾画出法海的丑恶嘴脸，认为"和尚本应该只管自己念经，……他偏要放下经卷，横来招是搬非"，说他"大约是怀着嫉妒罢"。这"嫉妒"二字，本身就说明了法海和尚是一个不正经的东西。

⑧夏娃：由摩西根据耶和华的启示写成的《圣经》故事中的人物。根据《旧约·创世纪》记载，上帝按照自己的肖像造就了一男一女，男的称为"亚当"，女的称为"夏娃"（为希伯来语 Hawwah 的音译）。夏娃是从亚当身上取一根肋骨所形成的。二人都住在伊甸园中，因受蛇的哄诱，偷吃了知善恶树上的果实，从此知道羞耻之事，成为人类的祖先。

橡皮船赋

溪流狂奔，遇石飞浪。滚白雪千堆，溅银花万朵；下泻如白练①翻卷，回旋似九龙闹江。雷霆之凶童惊曳悸，水雾之恶气窒神伤。吓退多少弄潮儿，难倒几多会水匠！

假物绝江河②，凭舟闯汪洋。人强不如货硬，货硬亦需人强。竹木虽硬，就怕硬碰硬；磐石更坚，或许坚如钢。触礁则船体崩析，落水则身葬沅湘。

酒后壮胆，事后智添。穷则变，一物降一物；变则通，一韧克一坚。欲览沿岸胜景，可借橡皮小船。水柔它硬，石硬它软。坠波谷，抛浪尖，此潜彼浮，左旋右转；人在它在，它在人安。一冲一闯随浪而涌，一分一秒顶风向前。

观今鉴古，睹物思人。"本我"为体，"自我"为神。无体而神将安附？无神则体又何存？神体交融，方为健全；貌合神离，无异沉沦。但愿以体养神，不可因神伤身。神之刚烈如木船碰硬；神之柔弱似纸船沾湿，神之破败犹刀剑伤体，神之离去像冷风灭灯。阿房放火③可谓刚矣，顿惹天下之怨尤；鸿门设宴④可谓柔矣，遂埋日后之祸根。量小者常互伤，气狭者竟自焚，嫉妒者布流言，凶残者亮血刃；逐利者铤其险，追名者忘其形。斗人斗气，意犹未尽；惹山惹水，象死蛇吞⑤。为自然奴隶者，永步穷途；将生态破坏者，必遭报应。不一而足，悲也哀哉！

前车之鉴，发人深省。天人合一，共生共荣；心态调适，固本养精。乘坐橡皮之船，何惧惊涛骇浪？试问此船神威安在？神形兼备之效、刚柔相济之勋也！

（2007 年 5 月 31 日发表于贵州民族大学文学与传播学院主办的《中国散文诗》网刊和《溪山耕士园》，2007 年 11 月 28 日发表于中华辞赋家联合会主办的《中华辞赋网》。2018 年修改。）

生活篇

175

〖 注释 〗

①白练：白色熟绢；喻指像白绢一样的东西。

②假物绝江河：借助一定的器械或工具，就可以横渡江河。参见荀子《劝学》："假舟楫者，非能水也。而绝江河"，意为借助舟船的人，并不是能游水，却可以横渡江河。假，借助。绝，横渡。

③阿房放火：《史记·项羽本纪》："（项羽）遂屠咸阳，烧其官室……"至于阿房宫是否被烧，学术界尚有争论。

④鸿门设宴：指在公元前 206 年于秦朝都城咸阳郊外的鸿门（今陕西省西安市临潼区新丰镇鸿门村）由项羽宴请刘邦的一次宴会。项羽在"鸿门宴"中暗藏杀机而又失去杀机，从而埋下了自己日后败死的伏线。

⑤象死蛇吞：俗语有"人心不足蛇吞象"，比喻有的人很贪心，就像蛇想吞食大象一样。

民味堂赋

　　噫嘻！传膳！国以民为本，民以食为天。钻木取火火为炊，种地收粮粮作餐。由生变熟，自古相沿。

　　民味堂关注民味，喜筵庄广设喜筵。环保美食，特色名店。"牛魔王"久负盛名，新面孔亮相永川。隆昌高师献艺，刘氏精品祖传。品质品格品位，崇尚人文理念；健康健壮健强，追求绿色自然。经营二十多年，交友成千上万。卤香诱人，老少馋口大开；牛肉西施，巴渝名不虚传。

　　看神厨掌灶，摆锅盘碗盏；喜名庖执爨[1]，调麻辣酸甜。刀切之声急如雨，但见菜料如丝；汤沸之状滚似潮，居然齑粉成丸。香味袅袅，水陆俱陈添珍馐；热气腾腾，荤素毕备摆盛宴。集乡村之佳肴，上城镇之名馔。可观又可口，色香味形胜御品；怡神且怡心，煨蒸煮炒引垂涎。一品锅，羊肉羊杂羊脚；三巴汤，牛嘴牛尾牛鞭。滋阴壮阳，润肺清肝。

　　车停店前不离，人聚厅内不散。乐坏四方客，忙昏服务员。五香嘴[2]难状其香，美食家难探其玄。三元中，四季财；六六顺，七天仙。处处觥筹交错，时时起坐嚣喧。

　　好好好，来来来。汤味菜味皆合味，恭候高朋常品味；牛鲜羊鲜全新鲜，敬请贵友再尝鲜。

丁亥岁仲秋

　　（2007年12月2日发表于中华辞赋家联合会主办的《中华辞赋网》。2018年修改。）

注释

　　[1]执爨（cuàn）：司炊事，俗称掌灶。《诗经·小雅·楚茨》："执爨踖踖，为俎孔硕。或燔或炙，君妇莫莫。"爨，烧火煮饭。踖踖，敏捷而又恭敬。俎，古代祭祀盛牛羊的礼器，青铜制或漆器。燔，烤肉使熟，燔肉。

　　[2]五香嘴：代指特别喜欢吃各种零食的人。

观球赋

——观东亚女足四强赛[①]有感

妙哉，球赛！足球一个，观众万千；飞来蹿去，扣人心弦。身纵云，脚生风；鼓号响，旌旗艳。斗者追风逐日，观者助威挥拳。声震河岳，气贯九天。

茵茵草坪，浩浩碧浪；星流如梭，球飞似箭。孤兽离伍，群起而逐鹿；野马脱缰，蜂拥而追撵。越楚河汉界[②]，过异国边关。腾空揽月，入海捉鳖；龙腾虎跃，遍起狼烟。

决雌雄，比高低，分胜负，决峰巅。传球龙抢宝，射门箭离弦。前锋后卫，左突右闯；脚踢头顶，东回西转。挡球扑球，上腾下挪，前瞻后顾，守门把关。展个人之招，打组合之拳，显英雄本色，凝团队精神，扬民族气概，彰国力鸿篇。一人一支号，不可小视；一队一面旗，岂能等闲。

器成非一日之功，冰冻非一日之寒；绳锯木断，水滴石穿。成败看细节，结果看训练。尽观力度速度角度，眼花缭乱；领略技能技巧技术，智勇双全。精力之较量，毅力之角逐，场面何其激烈；能力之交锋，智力之博弈，鏖战胶着犹酣。

胜败乃兵家常事，战场多风云变幻。临危势不倒，输球劲倍添。最忌意浮情躁，更惮心狭气短。赢当戒骄，骄兵必败；败须戒馁，馁者坠渊。熟球技，须守球规；懂球规，先正球坛。黄牌警告，有损体面；红牌下场，势薄力单。

勇敢参赛，文明观球。球迷必须爱国，为中国呐喊；爱国更需理智，拒盲目选边。维护民族形象，实为爱国表现。谦谦君子，彬彬有礼；泱泱大国，海纳百川。赛场对垒，是交流而非侵略；两国争锋，是竞赛而非结怨。交流之中可学高招，竞赛之时不失风范。和平、友谊、进步，更高、更快、更强。奥林匹克精神[③]，守护人类家园。无论黄白黑，还是欧亚美，为揽金者喝彩，替争冠者助威，给落榜者加油，向后进者鼓劲。此乃人间正道，当为至理名言。

（2008 年 2 月 27 日发表于中华辞赋家联合会主办的《中华辞赋网》，永川区文体委、永川区文联主办的《海棠》杂志 2008 年第 1 期卷首语。2018 年修改。）

【 注释 】

①东亚女足四强赛：本赋指的是中国、日本、韩国、朝鲜等四国女子足球队于 2008 年 2 月 18 日至 24 日在永川体育中心（奥体中心以外的重庆第二大体育场）举行的足球比赛。这是永川有史以来所承办的最高规格的国际体育赛事。祖籍永川的前央视著名解说员黄健翔以嘉宾身份亮相赛场。

②楚河汉界：本来指的是河南省荥阳市黄河南岸广武山上的鸿沟，是古代的一处军事要地。西汉初年楚汉相争时，汉高祖刘邦和西楚霸王项羽仅在荥阳一带就爆发了"大战七十，小战四十"，因种种原因项羽"乃与汉约，中分天下，割洪沟以西为汉，以东为楚"，鸿沟便成了楚汉的边界。后来常指中国象棋中对弈双方的分界线。本赋移用于指足球对垒双方各自的阵地。

③奥林匹克精神：奥林匹克运动会（简称"奥运会"）是国际奥林匹克委员会主办的包含多种体育运动项目的国际性运动会，每四年举行一次。奥林匹克运动会最早起源于古希腊，因举办地在奥林匹亚而得名。国际奥委会在《奥林匹克宪章》中提到"奥林匹克主义的原则"时，有这样的表述："每一个人都应享有从事体育运动的可能性，而不受任何形式的歧视，并体现相互理解、友谊、团结和公平竞争的奥林匹克精神。"

朋友赋

　　朋友何谓，何谓朋友？譬而喻之，乃温馨之春日，清澈之溪流；浓郁之香茶，醇正之美酒；绝妙之演奏，甜美之歌喉；催人之号角，迷人之神秀。

　　新朋友，老朋友；朋友多，繁星稠。一段年龄，构一类世界；多彩世界，聚老中青幼。蹦蹦跳跳，欢然竹马之交；嘻嘻哈哈，天真童稚之流。颤颤巍巍，判然龙钟之态；絮絮叨叨，迭迭悬河之口。眉眼相传，百媚频现；秋波互送，君子好逑。长幼忘年交，挚友兴味投。

　　披丛林荆棘，涉急流鸿沟；共关山秋月，历大漠沙洲。守土戍疆，追凶缉毒，抗震救灾，保种保收……捧书本深钻理论，掰手劲也算战斗。比谁枪法准，比谁动作快；军歌壮军威，战友励战友：忠于使命显身手，甘洒热血写春秋。

　　欢言学黉，共处呈悬梁刺股之状；勖勉芸窗，比肩有囊萤映雪之求。同登舞台，吹拉弹唱；共奔赛场，龙争虎斗；漫步校园，谈天说地；对阵弈局，进退攻守。肩并肩，同窗情深而谊厚；手牵手，学友共济于同舟。

　　碰头厅馆，聚会沙龙，漫无边际，意往神游：《离骚》乐府，诗词曲赋，古风格律，《史记》《春秋》。诵唐诗三百，赏"李杜"①千首，析"三言二拍"②，评明清四部③；论莎士比亚④，议巴尔扎克⑤。时而赏其丽藻，时而探其疑谬。亦愠亦怅，或喜或愁。抛力作，羡田园边塞⑥之奇美；递新篇，追苏海韩潮⑦之佳构。推敲一字，偶见面红耳赤；认同一理，杜绝忽左忽右。试看诗友文友，谁不在此逗留？

　　海报惹得眼睛亮，锣鼓响得双耳透。急匆匆呼朋唤友，兴冲冲戏楼相候。戏当看足，瘾须过够。评头论足，共赏唱念做学打；指指画画，细看生旦净末丑。呼天抢地，泣泣兮窦娥陈冤；指天画地，狂狂焉宋江醉楼。一字一腔，惹得票友泪直淌；一招一式，逗得眼球滚溜溜。戏完意犹未尽，相约再会下周。

　　不是冤家不聚头，不分胜负誓不休。棋响惊堂，声吼破喉。过楚河，车行炮打先人一步；越汉界，马进兵推胜人一筹。巧布迷阵，步步为营；略施小计，屡屡断后。顺则双眼成线，险则眉头紧皱。无论是胜是败，抑或是喜是忧，棋友终归棋友，对头老是对头。

三人"斗地主"，四人"打双扣"。复闻哗哗麻将响，美其名曰"长城"修。噫！没有太平盛世，哪会高枕无忧？没有酒足饭饱，哪来馆中转悠？不可逸乐过度，不能无止无休。该干事时则干事，太放纵时恐蒙羞。

杯中热腾腾，座下凉飕飕。聚会不分贵贱，品茗不问来由。互表亲切，互致问候，互通信息，互鉴茶瓯。耸鼻而闻香，三句话不离本行；圆唇而吹气，大小事随聊随丢。舌舔龙井，回味无穷痴西子；喉润秀芽，情意绵绵恋渝州。一回生，二回熟，话匣一开势难收。

盒烟难过瘾，杯酒能消愁。一日无酒，似隔三秋；三日不聚，如火浇油。上席开战，觥筹交错皆豪饮；行令划拳，推杯换盏频劝酬。杜康⑧如何？刘伶⑨老几？怎敌本人海量，吾辈独占魁首。直喝得，月晃星乱，楼抖路摇。众木皆倾要来扶，酒友连叫"自己走"。悠哉，游哉；飘矣，荡矣！如坠五里云中，似入八级风口。

物以类聚辨真假，人以群分知恩仇。朋比为奸，世无宁日；行端坐正，懿德叩叩。柏翠松青，天长地久。明代苏竣曰："道义相砥，过失相规，畏友也；缓急可共，生死可托，密友也；甘言如饴，游戏征逐，昵友也；和则相攘，患则相倾，贼友也。"伯牙钟期⑩，意合之友；管仲鲍叔⑪，利合之友；桃园结义⑫，事合之友。孙庞生隙，反目为仇；涓刿马陵，自取其咎。

涉事千遍，交友四明：一曰慎，二曰正，三曰诚，四曰恒。唯我优先，何来平等？随时变卦，哪有芳卿⑬？推而广之，人类命运共同体；扩而大之，东西南北草鞋亲。"一带一路"，循交友之路径；亚非欧美，推惠友之懿行。泽被黄白黑，乾坤皆朗照；扩大朋友圈，世界得共赢。寰球同此凉热，天下共享太平。

（2008 年 7 月 26 日发表于中华辞赋家联合会主办的《中华辞赋网》、《川渝都市周刊》2008 年第 2 期 8 月 2 日版，编入中国文联出版社出版的《中华新辞赋选粹》第二卷。2018 年修改。）

【 注释 】

①"李杜"：在中国文学史上，有两对"李杜"，都出自唐代，都是诗人。"大李杜"是指李白、杜甫；"小李杜"是指李商隐、杜牧。

李白（701—762），字太白，号青莲居士，被誉为"诗仙"。祖籍陇西成纪（今甘肃静宁西南），幼时随父迁居绵州昌隆县（今四川江油）青莲乡，二十五岁起，仗剑出蜀。天宝初供奉翰林，因遭权贵谗毁，仅一年余即离开长安。安史之乱中，曾为永王璘幕僚，因璘败累系浔阳狱，远谪夜郎，中途遇赦东还。晚年投奔其族叔当涂令李阳冰，后卒于当涂，葬龙山。有《李太白文集》三十卷传世。

杜甫（712—770），字子美，自号少陵野老，因任工部校检郎，而又被称作"杜工部"。祖籍襄阳（今属湖北），生于河南巩县。杜甫生活在唐王朝由盛到衰的转折时期，一生坎坷，终不得志。因其在诗歌创作上所取得的辉煌成就而被誉为"诗圣"，诗作流传至今约 1400 多首。

李商隐（约 813—约 858），唐诗人，字义山，号玉溪生，怀州河内（今河南沁阳）人。擅长律绝，富于文采，构思精密，情致婉曲，具有独特风格。

杜牧（803—852），字牧之，京兆万年（今陕西西安）人。杜牧的诗、赋、古文都负盛名，而以诗的成就最大，与李商隐齐名。

②"三言二拍"：指明代五本著名传奇短篇小说集及拟话本集的合称。"三言"即《喻世明言》《警世通言》《醒世恒言》的合称。作者为冯梦龙。冯梦龙（1574—1646），明代文学家、戏曲家。字犹龙，又字子犹，号龙子犹、顾曲散人、姑苏词奴等。南直隶苏州府长洲县（今江苏苏州）人。"二拍"则是中国拟话本小说集《初刻拍案惊奇》和《二刻拍案惊奇》的合称。作者为凌濛初。凌濛初（1580—1644），字玄房，号初成，别号即空观主人，乌程（今浙江吴兴）人。

③明清四部：指明清时期的四大名著——《三国演义》《水浒传》《西游记》《红楼梦》。

④莎士比亚：指威廉·莎士比亚（1564—1616），英国文艺复兴时期伟大的剧作家、诗人，欧洲文艺复兴时期人文主义文学的集大成者。代表作有四大悲剧：《哈姆雷特》《奥赛罗》《李尔王》《麦克白》；四大喜剧：《仲夏夜之梦》《威尼斯商人》《第十二夜》《皆大欢喜》；历史剧：《亨利四世》《亨利五世》《理查二世》等。还写过 154 首十四行诗，2 首长诗。

⑤巴尔扎克：奥诺雷·德·巴尔扎克（1799—1850），法国 19 世纪伟大的批判现实主义作家，欧洲批判现实主义文学的奠基人和杰出代表，法国现实主义文学成就最高者之一。1841 年他在但丁《神曲》的启示下，正式把自己作品的总名定为《人间喜剧》。他写了两千四百多个人物，包括长篇、中篇、短篇小说和随笔等，分为《风俗研究》《哲学研究》和《分析研究》三个部分，其中代表作品有《欧也妮·葛朗台》《高老头》，充分展示了 19 世纪上半叶的法国社会生活，是人类文学史上罕见的文学丰碑，被称为法国社会的"百科全书"。

⑥田园边塞：唐代著名的山水田园诗人是王维、孟浩然，边塞诗代表人物有王昌龄、岑参、高适等。山水田园诗以描写自然风光、农村景物以及安逸恬淡的隐居

生活见长。诗境隽永优美，风格恬静淡雅，语言清丽洗练，多用白描手法。边塞诗是以边疆地区军民生活特别是边塞军旅生活为主要内容，或描写奇异的塞外风光，或反映戍边的艰辛的诗。其美学风格包含了雄浑、磅礴、豪放、浪漫、悲壮、瑰丽等各个方面。

⑦苏海韩潮：指唐朝韩愈和宋朝苏轼的文章气势磅礴，波澜壮阔，纵横自如。两家古文皆具雄浑豪迈风格，故以海潮为喻。

⑧杜康：据民间传说和历史资料记载，杜康又名少康，是中国历史上第一个奴隶制国家夏朝的第五位国王。传说少年的杜康以放牧为生，带的饭食挂在树上，常常忘了吃。一段时间后，少康发现挂在树上的剩饭变了味，产生的汁水竟甘美异常。这引起了他的兴趣，于是就反复地研究思索，终于发现了自然发酵的原理，遂有意识地进行效仿，并不断改进，终于形成了一套完整的酿酒工艺，从而奠定了杜康为中国酿酒业开山鼻祖的地位。其所造之酒也被命名为杜康酒。

⑨刘伶：西晋沛国（今安徽淮北）人，字伯伦。"竹林七贤"（三国魏正始年间，嵇康、阮籍、山涛、向秀、刘伶、王戎及阮咸7人常聚在当时的山阳县——今河南辉县、修武一带竹林之下，肆意酣畅，世谓"竹林七贤"）之一。平生嗜酒，曾作《酒德颂》，宣扬老庄思想和纵酒放诞之情趣，对传统"礼法"表示蔑视。

⑩伯牙钟期：伯牙原名瑞，伯牙是他的字，春秋战国时期楚国郢都（今湖北荆州）人，后在晋国当大夫。音乐才子伯牙喜欢弹一曲《高山流水》，却没有人能够听懂。终于有一天，有一个砍柴的樵夫经过，听懂了他的《高山流水》，这个人就是钟子期。他们约好两年后见面，可是两年后钟子期却没有露面。伯牙多方打听才知道，原来钟子期已经病死了。伯牙悲痛欲绝，于是他在子期的坟头摔了他心爱的琴，表示出知音难遇的痛苦，同时也说明了他对知音的敬重和珍惜。

⑪管仲鲍叔：春秋时期，齐国内乱，管仲和鲍叔牙分道扬镳，各为其主，成了敌对的好友，鲍叔牙拥立公子小白登上君位，小白要抓管仲以解射钩之恨，鲍叔牙对小白建议，如想成就大业，管仲不可缺少。后小白采纳鲍叔牙的建议，拜管仲为相。鲍叔牙举贤不避亲，小白用贤不避敌，齐国的霸业由此奠基。管鲍之交也成为千古美谈。

⑫桃园结义：指桃园三结义。是小说《三国演义》中的一个故事，讲述了当年刘备、关羽和张飞三位仁人志士，为了共同干一番大事业的目标，意气相投，言行相依，选在一个桃花盛开的季节、一个桃花绚烂的园林，举酒结义，对天盟誓，有苦同受，有难同当，有福同享，不求同年同月同日生，只愿同年同月同日死。共同实现自己人生的美好理想。

中国古人将"相知"分为三重境界：恩德相结，谓之知己；腹心相照，谓之知心；同气相求，乃谓之知音。

⑬芳卿：称所爱之人。

同学聚会赋

小序：

适逢恢复高考 40 周年，抚今追昔，思绪万千，故为斯赋。

互联神网撒天涯；抠抠[①]一群通各家。门未出，心先驾；身未现，声已杂；闻风而疾赴，应诺而速达。惊喜至极，"哟哟"两臂久搭；惊讶不已，"咦咦"双手紧拉。卸去花甲之岁，绽开黼辅之颊[②]；腾空年庚一半，再现青春风华。重师中文七七级，聚会大厅重重花。

相机闪烁，手机摇移。全家福喜盈朵颐，小组照心有灵犀。众星捧月，阳刚辉映阴柔；异卉矜庄，女倨反衬男拘。倚成一组雕塑，笑就一堆红橘。倩影不输婷婷，深情更在依依。定格于瞬间，留影于嘘噙。

尽兴且尽兴，狂欢复狂欢。邀星夜作陪，引明灯会仙。觥筹交错[③]，推杯换盏；起坐喧哗，附耳欢言。卡拉 OK，字正腔圆声琅琅；恰恰探戈，形飞影闪舞翩翩。扑克扑入半夜，麻将麻醉晚间，象棋结伴围棋，三更守望星天。

落地即为兄弟姊妹，同窗何必同宗嫡传。快意之事莫若友，快友之事莫若谈；合意之友情不厌，知心之人话无边。历史镜头徐徐回放，酸甜苦辣耿耿缠绵。

忆往昔之瑟瑟，悲黉宇之哀哀：十年浩劫，十年遭灾；纲纪废弛，礼乐崩坏；田多杂草，厂见青苔。肚子空空，穷愁潦倒；脑袋空空，触景伤怀。魑魅得势乱乾坤，弱冠失学亏吾侪。

天公重抖擞，天门轰然开。拨乱反正扫阴霾，正本清源去尘埃。科教兴国，时不我待；恢复高考，选拔人才。和煦春风一路来，严寒梅花二度开。拱手幸逢学友，联袂共入书斋。

四年寒窗，四秩光阴。练就过硬本领，各树事业麾旌。步入仕途，勤政为民；涉足商海，致富领军；从事科研，登峰造顶；热心教育，敬业乐群；投笔从戎，扬威振魂；潜心艺术，德艺双馨。争光再争光，灼灼光彩照红尘；沾光接沾光，洋洋豪情油然生。不污天之骄子，无愧国之精英。

一辈同学三辈亲，八方溪水一江情。藏下悠悠之恋，道出拳拳之心：海内存知已，天涯若比邻；微信中见，抠抠里寻；依旧传书递信，仍可叙旧话新。聚会虽短暂，情谊永相存！

（2010 年 9 月 8 日发表于中华辞赋家联合会主办的《中华辞赋网》。2018 年修改。）

〖 注释 〗

①抠抠：即 QQ，一种通过互联网进行即时通讯的软件。

②靥（yè）辅之颊：靥，酒窝儿，嘴两旁的小圆窝儿。辅，颊骨。

③觥（gōng）筹交错：觥，酒杯；筹，竹木或象牙等制成的小棍儿或小片儿，用以计数。酒杯和酒筹错杂放置。形容众人一起宴饮时的热闹景象。

同心赋

谛视六合风貌，回眸千载生灵。山同脉兮，掀八方之叠翠；水同源兮，涌百川之湍溃。树同林兮，漫三重之葳蕤；枝同根兮，抱五丈之巨茎。鸟同天兮，竞万羽之靓丽；鱼同水兮，追兆鳞之柔声。民同宗兮，结四海之兄弟；风同俗兮，祈一炉之祥祯。心同德兮，敞大公之襟怀；志同向兮，尚大业之功臣。道同轨兮，奔来日之小康；步同行兮，盼中华之复兴。曲同调兮，奏"五位"①之交响；书同文兮，写东方之巨人。八大党派，牢牢一根绳；五十六族，融融一家亲。

单筷易折，成捆则坚而难损；独木易摧，成林乃不惧风狂。同床异梦，夫妻往往反目；同甘共苦，伉俪昂昂度荒。感同身受，分则铁蹄蹂躏；同仇敌忾，合则倭寇仓皇。党同伐异，"文革"衍生武斗；气聚心凝，改革谱写华章。两岸对峙，干戈平添惆怅；海空"三通"，玉帛昭示吉祥。往事历历，华夏最惮沙盘之心；四象苍苍，神州共筑铁壁铜墙。同声相应，同襄康隆之举；同气相求，同贺安泰之邦。

俯江河之纬地，仰日月之经天。目收皇天后土，视移渝西永川。飞雪化春泉，眼前洞天福地；笙歌绕画栋，身处仙境尘间。饮者啧啧，赞秀芽之清香；食者熙熙，赏梨果之甘甜；业界蒸蒸，仗职教之隆盛；商贾匆匆，展得意之容颜。田畴郁郁，三江粮仓傲巴蜀；舟楫点点，港桥新城映江潭。车流串串，高速环城射川渝；物流滚滚，水空公铁忙无眠。万象勃勃，"国家高新"做示范；市民融融，"幸福城市"②炳人寰。

斯地何以勃勃？百业何以煊煊？所以然者，人心齐焉。一面旗，雅集八方志士；一条道，招引无数才贤；一个家，兴于参政议政；一股劲，赖以献策建言。处江湖之远，高招出自高手；居庙堂之高，高见源于高参。工青团妇，民主党派，八仙过海，创优争先③。衣食住行，悠悠民生事；柴米油盐，切切挂心间。捐建饭厅，笑靥频现爱心食堂；赠送经典，学子痴迷书香校园。以工哺农，百家企业驻村结对；以城带乡，万户农家致富思源。科技助力，经济发展如虎添翅；文化助威，社会进步其乐无边。噫嘻！天时地利人和，心齐气顺劲添。

乐乎快哉！处处盎然。我感同心，如东风鼓浪；我赞同心，助大海扬帆；我喜同心，迎满目朝霞；我望同心，开未来新篇。

（2013年3月20日发表于中华辞赋网和中国新闻文化促进会、中国碑赋文化工程院主办的辞赋网。2018年修改。）

〖 注释 〗

①"五位"："五位一体"的简称。"五位一体"是党的十八大报告"新提法"之一。报告对推进中国特色社会主义事业，做出了经济建设、政治建设、文化建设、社会建设、生态文明建设的总体布局。

②"幸福城市"：由《瞭望东方周刊》、中国市长协会《中国城市发展报告》联合发起的，以"民生幸福，成就中国"为主题的"2012中国最具幸福感城市调查推选活动"，将杭州、成都、宁波、南京、天津、长春、无锡、长沙、西安、南通十个地级及以上城市，江苏张家港、江苏太仓、浙江余姚、重庆永川、浙江慈溪、浙江富阳、辽宁海城、湖南长沙县、四川双流、河南巩义十个县级城市，评为"2012中国最具幸福感城市"。

③创优争先：2011年，民进永川区委被民进中央评为全国5个先进集体宣传典型之一，被中共中央统战部确定为先进集体宣传典型。具体牵头主办的"倡导经典诵读，建设书香校园"赠书活动荣获"十一五"期间为全面建设小康社会做贡献社会服务优秀成果奖。

合道堂赋

　　合道药堂，馆阁崇宽；陈设井井，厅堂炫炫。江北区之福祉，五里店之祥鸾。踵继"药王"，敷悬壶于当世；演承"药圣"，延慕者其万千①。履之所至，名医名药名店；心之所由，崇道崇地崇天。药馆更兼医馆，服务尤重宣传。"修合同道，善济苍生"，八字理念，宗旨粲然。

　　究其设馆之道，贵在心地至诚。药品天然地道，经营卓尔不群。同类分级，立辨孰优孰劣；专柜展示，可鉴何伪何真。退位分药，力求毫发不爽②；现场熬制，令人倍感温馨。货真价实，让人放心消费；防治宣传，为人指点迷津。信而悾悾，视顾客为上帝；虔而切切，将患者作亲人。

　　考其治馆之道，贵在言行仁善。急人之所急，念人之所念；三伏药有清凉，三九汤贮煦暖。救死扶伤，不分男女老少；祛邪扶正，无论高低贵贱。其心拳拳，施药遍济苍生；其举孜孜，疗疴广赢美赞。

　　赏其兴馆之道，贵在臻备大全。上有所翔，下有所潜；东南西北，广开药源。药对其症，扫视高低药鼎；症配其方，挑选大小药盘。舂磨切熬炮，散丸汤膏丹；服务一条龙，关爱一嘴甜，医患一条心，药道一纵谈。

　　喜其强馆之道，贵在医术专精。聘来医家翘楚，延纳教授精英。通于医道，法阴阳之精奥；晓于医理，重辨证之要领；精于医术，辅药治之心疗；熟于医药，延未病之椿龄。望闻问切，施五运六气之术；加减变换，守八纲八法之明。内科外科，防弭疑难杂症；妇科儿科，悉遇保护之神。灭病魔于橘井，消疹气于杏林③方剂除恙，朽骨育丰肌；妙手回春，屠夫强体能。

　　嗟乎！修天地之合，养勃勃之朝气；同岐黄之道，生虎虎之阳刚。煌煌中药馆，隆隆合道堂，斯地福星照，百姓保安康。

撰于甲午岁孟春

　　（2014年3月13日发表于中国作家协会主管、中国作家出版集团主办的辞赋网。）

‖ 注释 ‖

①"踵继'药王'"四句："药王"指的是唐代孙思邈，其《千金方》被后世称为"人类至宝"；"药圣"为明朝的李时珍，其《本草纲目》被誉为"东方医药巨典"。

②退位分药，力求毫发不爽：退位分药，指均分中药原材时，以单份剂量用称递减，使余下的一份与递减的每一份相等（杜绝用手随意分发）。毫发不爽，丝毫不差。

③消疠气于杏林：相传三国吴董奉隐居庐山，为人治病不取钱，但使重病愈者植杏五株，轻者一株，积年蔚然成林。后因以"杏林"代指良医，并以"杏林春满""誉满杏林"等称颂医术高明。

劳动赋

幕天席地，演为手脚分工；捕兽采食，日渐直立而行。人猿揖别，石器屡经打磨；文野迁化，语音迥异嘶鸣。燧木以燔，熟食终究果腹；结绳以记，文字定然催生。神奇劳动，砥砺万物灵长；大千世界，鸿蒙更见升腾。

混沌之初，洪荒徒有茫茫；人文之始，劳动创造文明。女娲补天，精卫填海，搬几多巨石？大禹治水，愚公移山，耗几许光阴？神话传说关乎劳动，现实世界天道酬勤。埃及金字塔，留千载之疑窦；巴黎圣母院，荡时代之洪音。秦朝兵马俑，壮行伍之威势；京杭大运河，淌万代之福音。四大发明，世界科技之先导；万里长城，中华力量之象征。都江堰润泽天府，李冰纳民智；红旗渠构成天河，林县建奇勋。入水近万米，"蛟龙"号龙宫探宝；穿云九重霄，"神舟"号天国亮身。高铁四通，遐荒恍如咫尺；网络八达，四海犹似比邻。江山多娇，造化彰其伟力；社稷多彩，劳动成其主因。

体力脑力无贵贱之别，精神物质无轻重之分。机鸣轮转，源源焉万宗产品；春耕夏耘，旺旺然五谷丰登；保家卫国，赫赫乎钢铁长城；教书育人，灿灿也栋梁精英；琴棋书画，悠悠哉怡情养性；诗词歌赋，浩浩乎灼古耀今。宏观微观，科技多奇妙；火箭飞船，弹指抵太清。

从政做公仆，从医保康宁，经商惠顾客，执业侍兆民。劳动者各劝其业，传承者各尽所能。人勤家必富，众勤国更兴。恢宏大气，劳动扮靓城市；美丽富饶，劳动改变乡村。顽强坚韧，劳动健全人格；奋发向上，劳动书写人生。

劳动者吃定心丸，工会心至善；劳动法作保护神，维权情更真。崇尚开拓者，敬仰排头兵。劳动神圣，"五一"佳节隆重；劳动至尊，模范事迹感人；劳动光荣，日月与其同辉；劳动万岁，天地偕其共存。

（发表于中国作家协会主管、中国作家出版集团主办的《中华辞赋》2017年第1期，同年4月13日发表于中国作家协会主管、中国作家出版集团主办的辞赋网。编入《中华辞赋》编辑部编辑、天地出版社2018年版的《当代辞赋名家作品精选》一书中。2018年再作补充。）

黄氏红豆腐赋

一年四季，勤以终岁；一日三餐，赖以度年。粗茶淡饭，果腹熙熙而乐；荤碗素盘，待客煦煦而欢。主菜之外，常配佐餐之品；瓷碟之中，喜添酸脆咸甜。下饭常推红豆腐，举箸爱瞟咸菜盘。

若夫红豆腐，软似可食之泥，形如微缩之砖，色比朱衣之艳，味同豆豉之鲜，香飘厅堂之外，价适大众之廉。津液满口，逗无数馋嘴；胃肠皆幸，惹三尺垂涎。生态环保，久藏能葆干酥；开胃健脾，食用放心安全。默默然软化血管，拳拳乎维持大安。

至若黄大嫂，慕其名而谋其面，追其根而溯其源：实乃黄门之女，深谙世代之传。乘龙佳婿，弘扬非遗物产；黄氏名分，久立天地之间。扩而大之，昔日作坊变工厂；优而渥之，乡村旷野起凤鸾。选豆洗豆泡豆，材质优而无污染；磨浆滤浆烧浆，人工细而纯自然。点压切，捂搓腌。去盐除水，入瓮开坛。工序廿六，产品万千。

嗟乎！汉东偶遇，得东坡之青睐；寿宴馈赠，留千载之美谈。承前启后，明清生意隆起；继往开来，当代气势倍添。施精制之高技，执致富之先鞭。电商如虎添翼；物流到角到边。横拓纵延，货送市区县；内联外推，名扬云贵川。农民务工于左近，邻里免费于盘缠。乡村振兴，更上层楼抬望眼；改革开放，再破巨浪扬风帆。

（发表于中国作家协会主管、中国作家出版集团主办的《中华辞赋》2019年第3期。编入由《中华辞赋》编辑部编辑、天地出版社2018年版的《当代辞赋名家作品精选》一书。）

外祖母永川豆豉赋

夫庖丁鼓刀兮，釜缘火而出味；易牙烹熬兮，民以食而为天。五谷所养兮，当以五畜为补；五菜为充兮，尚需五味①解馋。由是五音②起于丝管，天籁之中见蹄羽；五色③艳乎田畴，果蔬堆里得佐餐。或鲜而就灶，或陈而晾干；或剁而装碗，或腌而入坛。良厨烹调，乃得佳肴美馔；巧手摆布，香漫高钵低盘。

然则食材来路，岂其一言道尽？百口千舌，难以缕述其详。永川豆豉，而今势况高涨；国家非遗，眼下商界辉煌。前世今生，令人生慨叹；优质廉价，传世则流芳。明末战乱，乱出豆豉故事；甑内熟豆，偏逢剑影刀光。崔婆婆逃离跳磴河，数日后返回满屋香。洒酒拌盐，酿为后世中华老字号；口传心授，成就国家地标保护场。忆畴昔，小外孙师从外祖母；追往事，鼎丰号继踵骑龙岗。星移斗转，道光岁高手再现；时过境迁，周建山技艺改良。味外之味，外祖母声名鹊起；强中之强，新时代盛誉恢张。伯仲叔季，永川比肩"川菜四宝"④；东南西北，产品销售异域他乡。

若乃选豆，泡豆，蒸豆，晾豆，传统工艺而不乏拓展；酿豉，拌豉，装豉，出豉，科学试验而敢于攻关。生态环保，悉以健康为念；立德守信，均以质量为先。再接再厉，厂移新址；增品增量，龙腾大安。

至若百年品牌，光亮黝黑，逗来满口津液；上乘产品，滋润散籽，顿感酱香回甜。清蒸极品，豆豉鲫鱼，食客动箸不辍；热炒荤素，豆豉豆瓣，众人嗅之垂涎。以之为食，大可开胃健脾；因性为药，亦能正本清源。脉脉相承，渐次软化血管；息息相通，势必增益寿元。

噫嘻！看我豆豉公司，抢占商机而蒸蒸日上；展望美好未来，乘借大势而赫赫高昂。祈愿华夏皆有口福，但求家邦永得祯祥。小康社会国泰民安，大同世界地久天长。

（写于2019年5月。）

①五味：指酸、甜、苦、辣、咸五种味道，另一说是酸、甘、苦、辛、咸五种味道。

②五音：指中国五声音阶中的宫、商、角、徵、羽五个音级，唐代以后叫合、四、乙、尺、工。"人含五常而生，声有五音"，因此五音也代指汉语的发音。在汉代，五音配以五行对应了土金水木火以及中西北东南。在汉语音韵学中，五音代指汉语声母的调音位置和调音方法，包括唇音、舌音、齿音、牙音、喉音。

③五色：指青、赤、黄、白、黑五种颜色，也指神色。

④"川菜四宝"：永川豆豉与郫县豆瓣、宜宾芽菜、涪陵榨菜并称为"川菜四宝"。

生
活
篇

永川检察赋

若夫"五位一体",以臻国祚之隆盛;"四个全面",而致民族之复兴。毕其一役,积小胜而为大胜;治其一方,令世态恒葆清明。保驾护航,身怀侠肝义胆;镇关守卡,炼就火眼金睛。

稽其永川检察,致力祛邪扶正;忠诚战士,力求海晏河清。凭借浑身本领,履行四大职能①。委身于百姓,接案办案夙兴夜寐;亮剑于邪恶,追凶缉凶雷厉风行。党恩浩荡,聚其麾下而忠心耿耿;民生悠悠,竭其全力而公仆兢兢。法律至上,遵其准绳而言行穆穆;自强不息,试其砥砺而风雨兼程。追根究底,不厌大海之捞针;继晷焚膏,不惮案牍之劳形;尚贤用能,不容明镜之蒙垢;公平公正,不让天平之微倾。

噫嘻!魑魅丧胆,庶民欢欣。大美永川,朗朗乾坤!

(写于 2019 年 6 月。)

【 注释 】

①四大职能:指发挥人民检察院履行刑事、民事、行政、公益诉讼等各项检察职能。

永川税务赋

　　人文肇始，自有巴蜀万象；"永"水长流，相随县治千年。浩浩坟典，纵观历朝兴替；悠悠时光，数说贡赋变迁。虞夏以降，国事日渐彰显；先秦以来，赋税变名多蕃。

　　古今迥异，异乎为谁纳税；民意相通，通在以食为天。山珍海味，孰知来处不易？鼎铛玉石，怎晓物力维艰？"一夫不耕，或受之饥；一女不织，或受之寒。"民若亏欠，独夫难躲扑面浪；民倘殷实，世代稳坐钓鱼船。

　　星移斗转，终将新桃换旧符；改天换地，更喜盛世着先鞭。福地永川，众手浇花花更艳；此间税局，全员尽力力更添。所思何事？冀望家邦臻祥瑞；所为何故？秉持道义有铁肩。汇江成海，垒土成山。永川税务，堪称靓丽风景；社稷福星，善拓充盈财源。

　　以人为本，促农促工促商；以民为念，解忧解惑解难。劝其业而乐其事，百业由是隆兴；任其能而竭其力，兆民因之欣然。助民致富，善莫大焉。

　　以国为重，爱党爱国爱岗；以岗为家，争雄争光争先。风霜雨雪，迹涉遐迩村镇；陌巷通衢，踪留商场车间。聚锱积铢，谋宏图之大展；同心同德，致国祚之安澜。

　　以法为准，或征或减或免；以章为循，分门分类分摊。铁面无私，守税收之定制；税额有据，调经济之杠杆。金科玉律，应严必严；德政新规，当宽则宽。分矣合矣，皆顺天下势；督矣查矣，严把政策关。

　　以人为镜，尽力尽善尽美；以身作则，立德立功立言。"放水养鱼"，亦扶亦助；"牵线搭桥"，且引且联。借科技之神力，全程网办；免跑路之劳顿，一站办完。予人方便之时，自律于行端坐正；面对诱惑之际，甘心于克己保廉。回眸筚路蓝缕，苦亦非苦；至今殚精竭力，苦中有甜。

　　嘻嘻！永川税务，扮靓永川。屡获上级殊誉，频得报刊宣传。金杯银杯，口碑为上；愿景佳景，前景无边。潮平而岸阔，风正而帆悬。一如既往，一往无前。

（写于2019年11月，发表于中国作家协会主管、中国作家出版集团主办的《中华辞赋》2020年第3期。）

警世篇

嫉妒赋

代小序：

屠呦呦获奖本来是一件极大的好事，并没有伤害到其他人的切身利益，再说白一点，即使屠呦呦没有获奖，这项大奖也不会给其他人，何至于出来泼脏水呢。

——摘自闲散一石的博文《屠呦呦获诺奖，有人丑态毕露》

"嫉妒"二字，白璧青蝇。既为会意，亦乃形声。望文则知心狭成疾，析字可推一孔之心。女人卑矣，身负贱名；贬词专用，偏旁卑称。想必醋意填膺，抑或争风不赢。造词谬矣，隐恶掩真。嫉妒之人，难分其性，绝非女人唯陋，怎会男子独尊？

昔者庞涓[1]，武略稍逊；雄韬胸富，当数孙膑[2]。妒火中烧，庞涓异为小人；小人作祟，孙膑惨遭刑髌。孰料孙施巧计，庞涓马陵刎身[3]。周郎[4]年少，才高气盛，呼风唤雨，威镇三军。偏遇诸葛，帷幄制胜，公瑾三气，一命归阴。先瓜后瓜一抱藤，曹丕曹植两同根；七步限时作诗[5]，几番妒贤嫉能。庾信兼四杰，前贤畏后生[6]；鲁迅并海粟，巨匠招纷纭。不一而足，列列难清。

呜呼！"仗义每从屠狗辈，负心多为读书人。"此论虽过偏激，但可个别印证。

风何摧也，木秀于林；水何湍也，岸伟于滨；人何非也，望高于名；名何毁也，才胜于人。莺猜燕妒，如影随形；犬迹狐踪，似魂缠身。

试观妒者，颇有共性：见人高则气紧，见人强便头晕。己不如人，遂生嫉恨。恨文凭人高一等，恨工资己少几文，恨嘉奖旁落他处，恨职称总逢塞分，恨他人子女成器，恨同行娇妻紧跟，恨对手人缘畅意，恨贤家遐迩闻名。一脸阴云透佞色，两只红眼窥乾坤，不三不四走邪道，五毒俱全起歹心。一哭二闹三骂，四处造谣耍横；或策划于密室，或蛊惑于基层。你是芳草，我则变野火；你为大树，我便成斧斤。汪汪然如犬狂吠，嗡嗡

199

焉似蚊乱叮。不到黄河心不死，不压对方气不平。

休矣，妒者！树正何惧影斜，风狂怎撼根深？牢骚太盛柔肠断，郁气集结百病生。抬高自己，纵使偶然奏效；贬低别人，或许暂时得逞。然而天理既定，岂容歪道邪门？损人者，必害己；玩火者，必自焚。迷途应知返，回头便是岸；正本以清神，平气而静心。老老实实办事，堂堂正正为人，天下方能和谐，世人才会欢欣。

（2007年5月31日发表于贵州民族大学文学与传播学院主办的《中国散文诗》网刊和《溪山耕士园》，2007年12月2日发表于中华辞赋家联合会主办的《中华辞赋网》。2017年修改。）

【 注释 】

①庞涓：战国时期魏国人。在魏国任大将，生性奸诈，仅得兵法皮毛，却贪恋功名。

②孙膑：战国时齐国人，大军事家孙武的后代，谦虚勤奋，深悟兵法真谛，且纯朴厚道。

③马陵刖身：《东周列国志》这本历史演义介绍说，战国时期，孙、庞本为学友，同投魏国，皆辅佐魏惠王。庞涓因嫉妒而设计让魏王残害孙膑。被剔掉膝盖骨的孙膑幸亏童仆实情相告，才如梦方醒，佯装疯癫，逃到齐国，为齐所用。在后来的救赵之战中，田忌采纳孙膑的围魏救赵、逐日减灶之计，经桂陵之战和马陵之战，最终迫使庞涓于马陵道上自杀。

④周郎：即周瑜（175—210），字公瑾，庐江舒县（今安徽省庐江县西南）人。东汉末年东吴名将，因其相貌英俊而有"周郎"之称。周瑜精通军事，又精于音律，江东向来有"曲有误，周郎顾"之语。

《三国演义》把周瑜描写成嫉贤妒能、心胸狭窄的典型。所谓"三气周瑜"，只不过是小说家的杜撰罢了。事实上，据裴松之所注《三国志·周瑜传》记载，旁人论及周瑜，说他"气量广大"。因本赋为文学作品，故取《三国演义》中所描绘的周郎形象。

⑤七步限时作诗：曹操死后，二儿子曹丕当上了魏国的皇帝。因为四儿子曹植和五儿子曹熊在曹操亡故时没来看望，曹丕便一再追问他们俩。曹熊因为害怕，自杀了。而曹植则被关押。最终曹植的母亲卞氏开口求情，曹丕才勉强给了曹植一个机会，让他在七步之内脱口一首诗，否则杀无赦。没想到曹植七步没走完，就念："煮豆持作羹，漉菽以为汁。萁在釜下燃，豆在釜中泣。本自同根生，相煎何太急？"这首诗对曹丕有所触动，他怕杀了曹植会被世人耻笑，于是便放了曹植。

⑥庾信兼四杰，前贤畏后生：杜甫《戏为六绝句》（其一）："庾信文章老更

成，凌云健笔意纵横。今人嗤点流传赋，不觉前贤畏后生。"很明显，唐代的"今人"指手画脚，嗤笑指点庾信，足以说明他们的无知。因而"前贤畏后生"，也只是讽刺的反话罢了。《戏为六绝句》(其二)："王杨卢骆当时体，轻薄为文哂未休。尔曹身与名俱灭，不废江河万古流。"第二首中，"轻薄为文"是时人讥哂"四杰"之辞。【清】史炳《杜诗琐证》解此诗云："言四子文体，自是当时风尚，乃嗤其轻薄者至今未休。曾不知尔曹身名俱灭，而四子之文不废，如江河万古长流。"

巧取豪夺赋

万物奋争，争乎浩浩之两仪；千家斗胜，斗于茫茫之红尘。成王败寇，象死蛇吞。假实力而壮胆，赖本事而生存。

然则本事者，亦有文野之别，尚存正邪之分。厉王逞威，众人侧目[①]；周公吐哺，天下归心[②]。遥想当年，石崇首富，傲视王恺[③]，一掷千金，蜡烛为炊，彩缎作屏，不知其功，在于何勋。阿房宏矣，倚山带林：下建五丈旗[④]，上设万人厅；弃脂涨渭河，输玉隆山陵；秦王赫赫，岂其本事过人？

非也！不稼不穑，坐享其成。夺人口中食，未免残忍；剥人身上帛，何其狠心。须知一粥一饭来之不易，半丝半缕物力艰辛。以巧取豪夺作威作福者，能算哪路高手、堪称何家精英？

自古圣贤多正统，从来鸿儒讲斯文。孰料有人变阿鼠，学界四处舔油腥。奢望流名竹帛，痴迷垂裕后昆。移人扬花之稻，牵人落蒂之藤；野鸡吹成凤凰，稻草说成黄金。为掐尖，改名换姓强入籍；为沾光，转弯抹角乱认亲。嫁接揽功术，信然高人一等；迂回偷果术，迥乎炉火纯青。是以摇唇于朝，鼓舌于野，趾高气扬，搅人视听：名家于斯为甚，三甲[⑤]皆出本门。此之谓：掠人之美，抽人之薪，剽人之果，沾人之名。

怪只怪，应试教育乃万恶渊薮；恨只恨，巧取豪夺昧百年良心。

（2007 年 5 月 31 日发表于贵州民族大学文学与传播学院主办的《中国散文诗》网刊和《溪山耕士园》，2007 年 12 月 2 日发表于中华辞赋家联合会主办的《中华辞赋网》）

【 注释 】

①厉王逞威，众人侧目：厉王，即周厉王，名胡，是西周有名的暴君。他对外用兵失败，对内进行"专利"，即把本属各级领主共有的山林川泽之利收归王室所有。厉王垄断山林川泽之利的行为，引起国人的强烈不满，议论纷纷，严厉批评。为了压制舆论，厉王使卫国神巫监视国人，禁止批评，违者杀头。《国语·周语上》介绍，对厉王暴政，"国人莫敢言"，只能"道路以目"。

②周公吐哺，天下归心：周公是周武王的弟弟，西周时期著名的政治家。周成王即位之后，对国事不太懂，处处都要向周公旦和召公奭（shì）请教。时人用"一沐三捉发，一饭三吐哺"来形容周公求贤若渴的心情。曹操《短歌行》中有"周公吐哺，天下归心"的诗句，既是赞美周公的勤勉，又有自勉之意。孔子将周公作为偶像，常以"梦见周公"来表达自己对周公的向往。

③石崇首富，傲视王恺：晋武帝统一全国后，志得意满，沉湎于荒淫生活之中。朝廷里的大臣也把摆阔气当作体面的事。在京都洛阳，当时有三个出名的大富豪：一个是掌管禁卫军的中护军羊琇，一个是晋武帝的舅父、后将军王恺，还有一个是散骑常侍石崇。

石崇到了洛阳，听说王恺家里洗锅子用饴（yí）糖水，就命令他家厨房用蜡烛当柴火烧。这件事一传开，人家都说石崇家比王恺家阔气。

王恺为了炫耀自己的财富，在家门前的大路两旁，夹道四十里，用紫色丝绸编成屏障。谁要上王恺家，都要经过这四十里紫色丝绸屏障。这个奢华的装饰，把洛阳城轰动了。

石崇成心压倒王恺。他用比紫色丝绸贵重的彩缎，铺设了五十里屏障，比王恺的屏障更长、更豪华。王恺不甘心罢休，向他的外甥晋武帝请求帮忙。晋武帝就把宫里收藏的一株两尺多高的珊瑚树赐给王恺。

王恺大宴宾客，将珊瑚树展示炫耀。石崇看到案头正好有一支铁如意（一种器物），顺手抓起，把珊瑚树砸得粉碎。周围的官员们都大惊失色。主人王恺更是满脸通红。石崇说："您用不着生气，我还您就是了。"石崇立刻吩咐随从回家搬来几十株珊瑚树。这些珊瑚树中，三四尺高的就有六七株，大的竟比王恺的高出一倍。至于像王恺家那样的珊瑚树，那就更多了。周围的人都看呆了。王恺这才知道石崇家的财富比他不知多出多少倍，也只好认输。

④五丈旗：据《史记·秦始皇本纪》记载："前殿阿房东西五百步，南北五十丈，上可以坐万人，下可以建五丈旗，周驰为阁道，自殿下直抵南山，表南山之巅以为阙，为复道，自阿房渡渭，属之咸阳。"

⑤三甲："三甲"源自我国的科举考试制度。自宋太平兴国八年（983）始，进士殿试后分一甲、二甲、三甲三等，合称"三甲"。清代科举分四级：一级院试（合格者通称"秀才"）；二级乡试（省级考试，考中者为举人，第一名为"解元"）；三级会试（全国性考试，考中者为贡士，第一名为"会元"）；四级殿试（会试后由皇帝在宫中主持，也叫"廷试"）。殿试以成绩高低分为"三甲"：一甲赐"进士及第"，只取三名，第一名状元，第二名榜眼，第三名探花；二甲赐"进士出身"若干名，第一名称"传胪"；三甲赐"同进士出身"若干名。

富豪赋

　　大千世界，生机盎然。各循其道，各本其源。畋猎衍农耕，工商兴世间。祁祁生民，谋事以生存；芸芸众生，攻坚而克难。

　　勤劳致富天经地义，诚实经营无人羡眼。置别墅无须挑剔，驾豪车可为人先。吃穿住行，家庭和睦圆满；德智体美，后代儒雅翩翩。福禄双至，寿岁久延。

　　然则偶有富者，举止愚顽。坑人不休，欲壑难填。或贪污行贿，或奇货独居，或假冒伪劣，或黑吃强占。钱到手，壮熊胆，进赌场，蹲包间，泡桑拿，划醉拳。夜夜笙歌起，宿宿美女缠。一掷千金如粪土，财大气粗撒臭钱。

　　富豪富在爱国，通达通在义捐。体育基金、福利慈善、公路桥梁、学校医院、奥运场馆、载人航天，霍英东①赤心滚滚，曾宪梓②恩思拳拳，邵逸夫③爱心切切，李嘉诚④情意绵绵。伟哉，崇也！心系邦国，为富更为仁；意念百姓，功德留人寰。

　　富豪富在心慈，通达通在友善。救人于水火，助人于危难。成他人之大举，挽弱者于倒悬。造福桑梓，力挺俊彦。孤儿不孤，寡者不寡；病人去沉疴，贫童入校园；家乡更靓，百姓更欢。善哉，佳也！助人为乐者自得其乐，乐善好施者口碑相传。

　　由是观之，谋财宜正其道，生财需赖其力，聚财靠睿其智，用财应示其贤。诚实劳动，家逾亿万；合法经营，财积如山。即便有钱，不可利令智昏；倘若无币，切忌人穷志短。纵有家财万贯，追腥逐臭人不齿；恒念先忧后乐，利国利民福无边。财富不如心富，心富天地更宽。

　　（2007 年 5 月 31 日发表于贵州民族大学文学与传播学院主办的《中国散文诗》网刊和《溪山耕士园》，2007 年 12 月 2 日发表于中华辞赋家联合会主办的《中华辞赋网》。2018 年修改。）

【 **注释** 】

①霍英东：1923 年 5 月生，原名官泰，祖籍广东番禺，生于香港。原全国政协副主席，是杰出的社会活动家、著名的爱国人士和香港知名实业家、慈善家。2006 年 10 月 28 日在北京因病逝世，享年 84 岁。2006 年 2 月，《福布斯》公布我国港澳台地区富豪排行榜。霍英东以 37 亿美元（约合人民币 290 亿元）身家排名第 11 位。而据香港媒体统计，霍英东在过去几十年间的慈善捐款超过 150 亿元人民币。

②曾宪梓：1934 年出生，广东梅州人，1961 年毕业于中山大学生物系。曾任金利来集团有限公司董事局主席。从 20 世纪 70 年代开始，先后捐助的项目超过 800 项，涉及教育、科技、医疗、公共设施、社会公益、体育和航天等各项事业，先后设立了"曾宪梓教育基金""载人航天基金""助残研究基金"和"曾宪梓体育基金"。2008 年，曾宪梓被授予"改革开放 30 年——中国企业改革十大杰出人物"。

③邵逸夫：1907 年出生，原名邵仁楞，浙江宁波人，生于上海，后移居香港。原香港电视广播有限公司主席，邵氏兄弟电影公司的创办人之一，香港著名的电影制作者，著名慈善家。曾拍摄超过 1000 部电影。早在 1973 年就设立邵氏基金会，致力于各项社会公益事业。以"逸夫"两字命名的教学楼、图书馆、科技馆及其他文化艺术、医疗设施遍布中国各地。"邵逸夫奖"设天文学、数学、生命科学与医学三个奖项，每年颁布一次，奖金 100 万美元。由于其设奖宗旨和巨额奖金媲美声名显赫的"诺贝尔奖"，有人称之为"东方诺贝尔奖"。邵逸夫捐助基金总额已超过 50 亿元人民币。

④李嘉诚：1928 年出生于广东潮州，原长江实业集团有限公司董事局主席兼总经理。1958 年，开始投资地产市场。1979 年，"长江"购入老牌英资商行——"和记黄埔"，因而成为首位收购英资商行的华人。他曾向汕头大学、养老院、儿童骨科医院、香港肾脏基金、亚洲盲人基金、东华叁院、北京第 11 届亚洲运动会、北京大学图书馆、香港公开大学、长江商学院、南亚海啸受灾人士、香港大学医学院、巴基斯坦地震灾民、加拿大多伦多圣米高医院、新加坡国立大学李光耀公共政策学院、"5·12"汶川地震灾区学生、上海世博会中国馆等做了大量捐赠。

道　赋

妙兮道可道，玄兮非常道[①]。虚而可感，存而形杳。世人纵论，哲人解妙。鄙人意中道者，既为终混沌、化乾坤、分阴阳、序四时、生万物之势，复为通五脏、和五音、悦五色、调五味、感五官[②]之律，亦乃施仁慈、启睿智、习礼数、明经义、修诚信之理，且为健人格、亲友朋、持家门、兴百业、强邦国之要也！

以自然为友，以天地为尊。图六畜之兴旺，得五谷之丰登。草木丰茂，依青山绿水；百鸟欢歌，享生态文明。噫嘻！此为天人合一之道也。

注重言谈举止，调理衣食住行；固本保体，修心养性；聪耳明目，健骨强筋。敢斗风霜雨雪，不惮电闪雷鸣。快哉！此为精气神之道也。

崇尚真善美，追求德才识。为子尽孝道，父安而母喜；为友显厚道，心往而神驰；为生尊师道，道远而知骥；为官主政道，物阜而民熙；为僧讲仁道，时匡而世济；为事持公道，心旷而神怡。善乎！此为情理法之道也。

践自立自强之行，促互助互爱之风，昭家规家教之礼，怀大恩大德之胸，立以身许国之志，建富国利民之功。美矣！此为文武德才之道也。

人在道中，道在人中；大千世界，概莫能外。得道多助，事捷功倍；失道寡助，礼崩乐坏。逆道而行，必遭报应；循道不二，万事俱泰。忤逆不孝，天理不容；胡作非为，世人愤慨。

夏桀商纣[③]，乱世霸道；灾星祸首，人间妖魔。酒为池，肉为林，深宫瑶台民膏毁；搜美女，响弦歌，玉门琼室声色浊。天怒人怨，为千夫之所指；众叛亲离，遭麾下而倒戈。

反者道之动，道动万象生。真诚对假意，慈善对恶狠，美好对丑陋，正义对邪行，文明对野蛮，和平对纷争。树欲静而风不止，风不止而浪不停。

遁入空门，本应慈悲为怀；孰料今朝，竟窜逆子贰臣。身披袈裟，项挂佛珠，弃佛经于一隅；目无戒律，心无恻隐，揣"分裂"于一襟。露狰狰面目，现狼子野心：烧杀抢掠，焚车毁店；冲机关学校，践摊棚民宅；扼少女于花季，造罪孽于冤魂。森森然人道泯灭，汹汹乎祲兆降临。

乌合之众，遥相呼应。奔走于欧美，蛊惑人心；混迹于人流，破坏奥运。夺圣火，凌残疾，挡道路，发噪声，贼喊捉贼，混淆视听……试问斯言斯行，本自何家道义，源于哪本佛经？

同一世界同一梦，同一人类同一心；五环连五洲，圣火照四海；维护祖国统一，促进世界和平。道不可遏，势不可当；似江河奔腾，如旭日东升。而今正告宵小：要想立地成佛，必须革面洗心，敛其顽冥，收其劣行，本本分分走正道，实实在在助安宁。

（2008年4月20日发表于中华辞赋家联合会主办的《中华辞赋网》，2008年6月18日载于《中华辞赋报》。2018年修改。）

【 注释 】

①妙兮道可道，玄兮非常道：我国古代伟大的哲学家和思想家、道家学派创始人老子，是世界文化名人，世界百位历史名人之一，他被唐皇武后封为太上老君，存世有《道德经》（又称《老子》）。在《道德经》第一章中，最初是"道可道，非恒道。名可名，非恒名"，在汉代，为避恒帝的讳，才改"恒"为"常"。

《道德经》首句"道可道，非常道"这几个字，古今注家各种释义大相径庭。老子短短的一句话，为诠释者提供了极大的诠释空间。这一状况的形成，当然与《道德经》原文过于简洁和具有模糊性有很大关系。本赋偏向于这样的解释：道，可以看作是某一特定的意思，但不能恒常不变地认为它只能是这一意思（因为它的所指非常灵活和广泛）。所以，一提到"道"，就感觉到妙之又妙，玄之又玄。

②五官：鼻、眼、口、舌、耳五个器官的合称。

③夏桀商纣：夏桀，又名癸、履癸，商汤赐他谥号"桀"（凶猛的意思）。桀是夏朝第16代君主发之子。履癸文武双全，赤手可以把铁钩拉直，但荒淫无度，暴虐无道。生卒年不详。据《竹书纪年》记载，他"筑倾宫、饰瑶台、作琼室、立玉门"。还从各地搜寻美女，藏于后宫，日夜与妹喜及宫女饮酒作乐。据说酒池修造得很大，可以航船，醉而溺死的事情时常发生，荒唐无稽之事，常使妹喜欢笑不已。到了晚年，桀更加荒淫无度，竟命人造了一个大池，称为夜宫，他带着一大群男女杂处在池内，一个月不上朝。人民对他的暴政已达到忍无可忍的程度，因此都愤怒地说："时日曷丧？予及汝皆亡！"（《尚书·汤誓》）。后商汤起兵，夏桀携妹喜同舟渡江，流放南巢（今安徽省巢东南）之山一道死去。

商纣即殷帝辛，名受，人称"殷纣王"。帝纣天资聪颖，闻见甚敏；稍长又力气过人，有倒曳九牛之威，具抚梁易柱之力，深得帝乙欢心。帝乙崩，帝辛继位，

为商朝第 31 代君主，也是商朝的亡国之君。帝辛在位后期，居功自傲，耗巨资建鹿台，造酒池，悬肉为林，过着穷奢极欲的生活，使国库空虚。他刚愎自用，听不进正确意见，在上层形成反对派，杀比干，囚箕子，失去人心。他在讨伐东夷之时，没有注意对西方的防范，连年用兵，国力衰竭，对俘获的大批俘虏又消化不了，造成负担。约公元前 1046 年，周武王联合西方 11 个小国会师孟津，乘机对商朝发起进攻，大批俘虏在牧野之战时倒戈。帝辛登上鹿台，"衣其宝玉衣，赴火而死"（《史记·殷本纪》）。

笑　赋

笑声乍起，笑脸观风云；笑声回环，笑意伴人生。"三山"既倒，且听站起来之欢笑；改革开放，倍感富起来之丰盈；中华复兴，笑迎强起来之大庆；世界大同，开创共同体之前程。

物以类聚，故而笑有另说；人以群分，必定事有因果。美则催开甜笑之花，丑则惹燃耻笑之火。

不吟《好了歌》①，只诵《开心谣》②，笑一笑，百年少。顶礼推崇东方朔③，唯赏讽喻之巧；合掌膜拜弥勒佛，但崇包容之道。曼倩摇舌，启武帝之龙颜；弥勒启唇，袒大肚之微翘。大千入目，江山之美引人乐；万汇袭胸，人间诸事逗人笑。《笑林广记》，有多少看官笑翻；相声小品，令无数听众绝倒。

"大肚能容，容天下难容之事；开口便笑，笑世间可笑之人。"

茶余饭后，案几窗前，且为形形绘神韵，定名"多气轩"；尽将色色推台前，称号"万人嫌"。

霸气者令人生畏，遇之者何其低沉。君且看：一旦亮相，千头触地黑一片；偶尔开腔，万口藏舌闷半辰。面对威风凛凛，浑身冷汗淋淋。

傲气者令人生气，遇之者何其糟糕。君且看：眼睛紧拧眉毛，肚内伸出问号，左右惹其烦恼——"为何全是草包？"应者如捣蒜，听者必哈腰——"主人英明！老板真高！"

牛气者令人生烦，遇之者如遇胁息。君且看：缝天衣不管捉襟见肘，补破船罔顾漏缝稀密；自认居功至伟，谁敢碰我头皮？于朝争权，于市争利，于众争名，于时争逸。南墙撞倒，矢志不渝。

横气者令人生恼，遇之者怨气难抑。君且看：指鹿为马，浑水摸鱼；与人相左，奇快无比；错在别人，对在自己。面对此状，令人嗤笑不已。

神气者令人生疑，遇之者哂而不言。君且看：澡一洗，猴儿顿感新鲜；帽一戴，尾巴刺破昊天。如此正经，忍俊难堪。

俗气者令人生厌，遇之者见状反胃。君且看：附政倚商，勾肩搭背；

209

"攀"字斟入酒杯，喝得双方心醉；猫认老虎亲家，鱼恋王八姊妹。

小气者令人生闷，遇之者无奈而笑。君且看：夸其漂亮，以为嫌其丑貌；夸其年轻，以为嫌其衰老；夸其能干，以为嫌其笨拙；夸其高薪，以为嫌其太少；偶闻微词，立刻晕倒。

洋气者令人生趣，遇之者捧腹笑狂。君且看：一昂一头亮光，一挺一身华装，一盯一副墨镜，一鼓一对腮帮，一揩一面油腻，一哼一溜洋腔，一笑一颗银牙，一吹一阵张扬，一抖一股异味，一仰一脸高昂，一伸一只金表，一摸一个皮囊，一坐一尊佛像，一站一根木桩。

傻气者令人生乐，遇之者抿嘴眯眼。君且看：庄重地，同子女会面；亲切地，与父母交谈；总讲难拨冗，家事无暇管。不信，且看——单据便条，素材一篓；不待时日，成书三卷。

晦气者令人生怜，遇之者苦笑哑然。君且看：慢慢吞吞，赶车遇到晚点；磨磨蹭蹭，摆渡挤上破船；慌慌张张，穿衣坏了拉链；大大咧咧，吃饭碰翻杯盘。

娇气者令人生羡，遇之者为其汗颜。君且看：甜甜，娇音柔似米线；悠悠，脂粉香绕身边；纤纤，玉指修长似笋；婷婷，柳腰摇曳如颤；一步裙，荡出碎步风韵；从今朝，缓缓挪至明天。

好也笑，歹也笑；成也笑，败也笑；进也笑，退也笑；有也笑，无也笑；对也笑，错也笑；甜也笑，苦也笑；香也笑，臭也笑；红也笑，黑也笑；美也笑，丑也笑；闲也笑，累也笑……笑到最后，笑得最好；笑伴日月久，笑随福寿高。

（2010年12月16日发表于中华辞赋家联合会主办的《中华辞赋网》，编入中国文联出版社出版的《中华新辞赋选粹》第三卷。2018年修改。）

注释

①《好了歌》：出自《红楼梦》。全文为："世人都晓神仙好，惟有功名忘不了！古今将相在何方？荒冢一堆草没了。世人都晓神仙好，只有金银忘不了！终朝只恨聚无多，及到多时眼闭了。世人都晓神仙好，只有娇妻忘不了！君生日日说恩情，君死又随人去了。世人都晓神仙好，只有儿孙忘不了！痴心父母古来多，孝顺儿孙谁见了？"

②《开心谣》：《开心谣》是著名书画家田原根据佛学家赵朴初《宽心谣》之韵仿写的一篇歌谣："轮流日月一天天，快也一年，慢也一年。一日三餐不挑拣，荤也吃点，素也吃点。每天散步准两遍，朝也一千，暮也一千。麻将扑克都不玩，

烟也不沾，酒也不沾。千字文章写不完，东也一篇，西也一篇。笔墨精良乐无边，字也可看，画也可看。摹碑临帖天天练，早也一遍，晚也一遍。幽默期刊读不厌，坐也舒展，睡也舒展。市场淘宝肯花钱，瓶也喜欢，罐也喜欢。良朋益友常交谈，你也神仙，我也神仙。"

赵朴初的《宽心谣》："日出东海落西山，愁也一天，喜也一天。遇事不钻牛角尖，身也舒坦，心也舒坦。每月领取养老钱，多也不嫌，少也不嫌。少荤多素日三餐，粗也香甜，细也香甜。新旧衣服不挑拣，新也御寒，旧也御寒。外孙内孙同样看，男也喜欢，女也喜欢。常与朋友聊聊天，古也谈谈，今也谈谈。全家老少互慰勉，贫也相安，富也相安。早晚操劳勤锻炼，忙也乐观，闲也乐观。心宽体健养天年，不是神仙，胜似神仙。"

③东方朔：字曼倩，平原厌次县（今山东省陵县神头镇，一说山东省惠民县何坊乡钦风街）人。西汉辞赋家。汉武帝即位，征四方士人，东方朔上书自荐，诏拜为郎。后任常侍郎、太中大夫等职。他性格诙谐，言词敏捷，滑稽多智，常在武帝前谈笑取乐，"然时观察颜色，直言切谏"（《汉书·东方朔传》）。司马迁在《史记》中称他为"滑稽之雄"。

东方朔一生著述甚丰，写有《答客难》《非有先生论》《封泰山》《责和氏璧》《试子诗》等，后人汇为《东方太中集》。

打假檄文

　　红尘滚滚，万象列列。兽有狐假虎威，禽有鹦鹉学舌，人有东施效颦，世有假冒伪劣。或借或仿，尚能辨其原本；唯假唯冒，怎可防其淆惑？不肖之举，惹人倒胃作呕；昧心之为，令人深恶痛绝。

　　"假作真时真亦假，无为有处有还无。"于古于今，一语成谶；或中或外，多例可证。文学折射生活，生活取笑众生。几多"狼来"故伎，萌生半疑半信；一对真假猴王，搅得难解难分。少妇借项链，打翻五味瓶；皇帝穿新装，传为大笑柄。六月飞雪，窦娥竟为"真凶"；金玉其外，败絮价堪"上等"。沿古以降，环周而巡：人假总怀虚假之心，心假常吐假佯之语，语假必有假仁之事，事假易随假冒之品。"假"附秋日之败叶，纷纷然随处可见；"假"藏韭菜之宿须，茸茸焉割而复生。

　　人假者，非谓塑料之时装模特也。君不见，巍巍乎可畏，赫赫乎可象：马齿徒增，无经纬之本事；吃喝玩乐，有本能之高强。披"公仆"之盛装，说大话慷慨激昂；施敛财之伎俩，仗权势欲窦大张。此辈之假，荒唐！荒唐！冒教授专家之名，摆五车八斗之状；洋洋乎著作等身，多为移花接木；昂昂乎学刊署名，总是掠影浮光。文抄公，抄得"洛阳纸贵"[①]；文偷客，偷得名利迭双。以径寸之茎，独挺芒刺；压百尺之条，刈杀群芳。斯侪之假，嚣张！嚣张！下迷药，撒情网，假冒军人侜张为幻[②]，骗财骗色巧舌如簧。靠背景，假大学生改名换姓；走后门，冒充顶替心安如常。本为江湖骗子，偏任住持道长。假经理办假公司，假校长设假学堂，假记者出假新闻，假医生开假药方……凡此种种，不一而足，猖狂！猖狂！

　　心假者，非谓科普教育展示心脏之器物也。褒姒似笑非笑，笑无端之烽火；诸侯怨而又怨，怨戏耍之昏君[③]。项庄舞剑，意在沛公；妖女献媚，念于唐僧。明枪易躲，暗箭难防，鲁迅故而横挺；貌合神离，同床异梦，反贼仓皇出奔。票贩专供"方便"，医托"关心"病人。行贿毕恭毕敬——恭之于财，"敬"之于人；受贿患得患失——得之于木，失之于林。

面带慈悲者，往往心怀刀剑；频频劝杯者，暗暗酒备毒鸩；誓言不赚者，百斤卖成半吨；挤泪乞讨者，家中私藏万金。可恼！可恨！恶心！恶心！

话假者，指鹿为马而振振有词也。人言为信，其欠是欺。欠却人言，无异于鸡鸣犬吠；失去真心，仅似于狼嚎猿啼。谎言重复即成真理，戈培尔阴魂不散；加减运算换为乘除，浮夸风相沿成习。肥皂泡吹成大气球，长毛驽夸为千里驹；稻草当黄金，铁皮充银币。销售传假话："跳楼！放血！见底！"烧纸念咒语："问人！问天！问地！"真真假假，浑浑噩噩。孰知表里？怎辨东西？

谬种难绝，假事不休。打出假广告，订立假合同，办理假证件，耍起假派头；戴上假面具，卖弄假歌喉；表演找替身，考试寻枪手；销售假发票，贩卖假烟酒；贪庸办假案，臭足踢假球；空壳子公司打游击，豆腐渣工程露秽丑；伦常挂嘴边，二奶跟身后。更可恨，官商勾结，警匪同流，利益均沾，合伙联手；邀功亦掩过，报喜不报忧；欺上瞒下，塞钱封口；风声紧则佯装一查，祸事临则悄然一溜……苍蝇入嘴，三日难绝其臭；良心喂狗，国人为之蒙羞。

罂花炫其妖，毒素藏其桃；假货乱真，蒙害吾曹。毒奶粉、假鸡蛋，假烟假酒假饮料；瘦肉精、毒血旺，猪肉牛肉两混淆；黑心棉、假貂毛，假衣假裤假商标；"床垮垮""楼歪歪"，"丰田刹车""彩虹桥"；假药品，假种子，盗版音像假钞票；染黑豆、染馒头，高粱壳子掺辣椒……吃穿住行医用玩，假冒伪劣鬼影幢。吃则忧肠胃，穿则虑衣帽，住则惮灾祸，行则如惊鸟；越医越怕死，越买越发毛，越玩越泄气，越用越烦恼。或呕或痛，或肿或瞎，或瘫或痴，或残或瘸。甲怀疑丁，丁防范卯。为何惧草绳？皆因被蛇咬。假货何其多？细细数牛毛。伪劣何其毒？惴惴试尖刀。坑人何其狠？切切听哀号。害人何其惨？凄凄看茔草——糟糕！糟糕！

原本改革开放，破冰而驱寒；继而科学发展，国泰而民安。望稻海扬波，观三峡吐璨，喜高速结网，赞"嫦娥"飞天。食无饥，衣有帛；茅舍甫为瓦宅，高楼再替平院；新三件代老三件，新生活露新嘴脸。孰料大逆不道者，人心不足蛇吞象。豢养虚假，仿效鼠狼为患；叮咬诚信，随同蚊蝇纠缠；叫板法纪，妄作击石之卵；亵渎文明，大授狐狸之奸。抢人之碗，破人之衫，伤人之体，占人之便，夺人之钱，扰人之安，掠人之美，惹人之怨。试问造假者，岂无父母兄妹、妻子儿女？怎具狼心狗肺、鹰头蛇胆？

影噬光亮，病入膏肓。一假迷心窍，再假乱国邦。究其根本，溯之滥

警世篇

213

觞：流于积弊，驱于利欲，迫于淫威，失于规章，疏于监管，弱于教化，悲于土壤，憾于眼光……一言难尽矣，赘述嫌其长！

谁家天下，会容奸佞之徒？今日域中，安恕造假之患？吾辈尔等，全体动员，打假无赦，火速参战。国有镇妖之宝，党有倚天之剑，天天"3·15"，处处维权站。炼就火眼金睛，吞下鸡血熊胆，不畏豺狼虎豹，敢上火海刀山。此时不说，谁说？此时不干，谁干？他来一尺，我还一丈；他上一个，我带一班；他有刀，我有弹；他换外套，我剥衣衫；他钻洞，我镇口；他往水里逃，我冲浪里翻。不怕他，胡搅蛮缠，诡计多端；休管他，虎皮作旗，后台撑伞；提防他，既打冷枪，又射暗箭；逼得他，举手告饶，谢罪黎元。待来日，童叟无欺，凸显公平正义；兆民有幸，共享舜日尧天。

（2011 年 2 月 24 日发表于中华辞赋家联合会主办的《中华辞赋网》，中国新闻文化促进会、中国碑赋文化工程院主办的《中华辞赋》2011 年第 2 期。2018 年修改。）

【 注释 】

①"洛阳纸贵"：原指洛阳之纸，一时求多于供，货缺而贵。《晋书·左思传》："于是豪贵之家竞相传写，洛阳为之纸贵。"说的是在西晋太康年间，有一位很有名的文学家叫左思。他曾费时十年写成《三都赋》，在京城洛阳广为流传，人们啧啧称赞，竞相传抄，一下子使纸昂贵了几倍。本赋借"洛阳纸贵"这一典故讽刺文抄公。

②佝张为幻：用欺骗迷惑人。出自《尚书·无逸》："民无或胥佝张为幻。"佝张，欺骗作伪。

③"褒姒似笑非笑"四句：褒姒，周幽王的宠妃。褒姒不爱笑，幽王为了让她笑，用了各种办法，褒姒仍然不笑。周幽王为了让褒姒笑，点燃了烽火，表示有战事。诸侯见到烽火，全都赶来了；赶到之后，却不见有敌寇。褒姒看了便哈哈大笑。

切磋篇

鹧鸪天（三阕）

——题赠《赋韵文心》

董味甘

赵厚庆君，重师七七级毕业，执教永川，卓然有成。余尝谓老三届为黄金一代，赵君可为实证之一，喜其《赋韵文心》书成付梓，欣慰之余，赋此以赠。

其一

赋韵文心动我情，分明精彩证人生。焰腾辉映新时代，人杰何尝负地灵。　　风雅士，永川英。教坛一帜树荣旌。功成不忘耕耘苦，奉献依然赤子诚。

其二

青出于蓝色乃更，黄金一代岂虚名。薪传火继斯为证，大器如君庆晚成。　　探骊颔，试砮砜，创新求变笔通灵。九皋鹤唳声闻远，不羡笼居鹦鹉鸣。

其三

一念藏中百感萦，坚持不懈砚田耕。灵心感悟玲珑透，赋韵铿然金石声。　　中国梦，毕生情，当年谁识眼投青？英风锐气应如昔，且上蓬瀛共月登！

癸巳立冬前夕成于味庐

厚庆君：

你的赋作很不错，视野开阔，题材广泛，深得敷陈之妙，师古而不泥古，时代精神非常突出，语言不求古奥，而又热情洋溢，必然受到广大读者的欢迎。本来想借此机会写点我对赋体写作的看法，可惜实在忙不过来，家累又重，精力不济，只好赋词三阕，表示我的肯定。

　　明年重师六十周年校庆，《赋韵文心》作为献礼，岂不大佳!
　　祝
如愿以偿!

味庐启于癸巳立冬前夕

【 作者简介 】

　　董味甘，重庆师范大学教授、著名诗人、辞赋家、九三学社社员、重庆市人民政府文史研究馆馆员，中国写作学会顾问，中国阅读研究会名誉会长，全国语文学习科学专业委员会名誉会长。

情真意切，打动人心

——《风雨同舟记》赏析

【原文】

风雨同舟记

魏明伦

　　一粒米看大千世界，一叶舟看历史长河。古盐都西山公园新建石舫，以小见大，以静思动。艳阳天，杨柳岸，楼船状若停泊小憩。安得呼风唤雨，遣电驱雷，借闪光，催幻想：山化波峰，岩变礁石，林作海啸，草涌浪花。似闻黄河船夫曲，似听长江号子声。恍然石舫活矣！昂龙头乘长风启航东进矣！

　　浩瀚人海穿梭舟楫：艨艟巨舰，蚱蜢小舢。千帆竞渡，百舸争流。苇叶乃达摩之舟，骆驼乃沙漠之舟，车辆乃陆地之舟，飞机乃云天之舟。西洋《圣经》以人类避难求生之所为方舟，华夏典籍则以船舶并列相济于河为方舟。吾国更识水性，早以载舟之水亦可以覆舟为哲理净言！

　　大海航行靠谁？既靠舵手，也靠水手！同舟友谊何在？岂在一帆风顺，应在一路风波！祝愿舵手团结水手，水手拥护舵手。同心同德，群策群力，共勉共励，江流九曲而九死不悔，旋涡百转而百折不回。古联语云："与有肝胆人共事，于无字句处读书。"碑文字不多而避免套话，石舫貌不扬而并非装潢。无尽涛声，无常变化，无数往事，无限前途，皆隐在舷外碑中无字之处也！

　　（转摘自《当代党员》1998 年第 3 期。）

【赏析】

　　《风雨同舟记》是剧作家魏明伦于 1997 年 5 月应中共自贡市委统战部特邀所撰的碑文。

全文从仿作之舟、联想之舟、风雨同舟三个方面紧扣文题，点明了"舵手团结水手，水手拥护舵手"，同舟共济，乘风破浪向前进的这一主题。

作者环顾大千世界，纵览历史长河，幻想真切，联想广阔，想象奇特，感想深刻。山岩林草，涌动有声，石舫"昂龙头乘长风启航东进"的背景因幻想而显得特别美妙。想象中的千帆百舸，荡于水间，奔于路上，翔于空中，水天一体，竞渡争流，使我们联想到改革开放以来现代化建设突飞猛进、各行各业兴旺发达的大好景象。又从方舟相济而想到载舟覆舟的历史经验和教训，这样，就自然引出了对共产党与民主党派、党的领导人与人民群众之间的关系的议论。言之谆谆，意之切切，有歌颂，有祝愿，有告诫，给我们以无穷的遐思。文句整散有致，长短错落，情真意切，打动人心，读来音韵铿锵，真不失为一篇碑文佳作。

（重庆教育学会中学语文教学专业委员会主办的《学语文》1999 年第 12 期。）

笔底喷泉　波逐浪涌

——《府南河碑记》赏析

【原文】

府南河碑记

魏明伦

　　碑者，口也。千秋中华有口皆碑而使蜀人自豪者，首推何事？李冰父子创建都江堰也！当代成都口碑载道而使洋人羡慕者，首推何事？李冰后代治理府南河也！

　　水乃生命源泉，城乃人类造物。自古府南二河环绕芙蓉城，宛若慈母双臂拥抱宁馨儿。潺潺清流，汩汩乳汁，哺养蜀中灵秀，灌溉盆地精华。黎民获益，草木沾恩。锦城受锦江之惠，天府有天然之美。碧波浣出文明，绿水染成青史。川语传诵，蜀籁共鸣：若无母亲河，焉有成都人乎？！

　　球旋地转，日新月异。现代工业兴起，都市经济发达。利弊双刃，祸福伴生。高楼密集取代森林，汽车奔驰替换流水。电脑微机、钢筋水泥、废气残渣、黑云酸雨……烟雾与世风弥漫，污秽随人欲横流。寰球共患通病，锦江岂能独免？河床塞，乳汁枯，母亲衰，儿女愁，府南河变为"腐烂河"矣！

　　忧患忧出奇迹，改革改成大功。李冰英灵不昧，二郎魂兮归来，双杰飞进万家，幻化千姿百态：小小红领巾、苍苍白发翁、蓝天空姐、绿色军人、海外赤子、打工青年、校园桃李、街道芳草，从无名捐款者到无数建设者，从寻常老百姓到政府公务员，异口同声祝愿——还我锦江清水！

　　倡议始于公民，决策归于公仆。何谓公仆？应与父母官相反，乃公民之肖子，敬公民如父母，为公司办公益，替公民治公害。可叹以往父子关系颠来倒去，可喜今朝府南脉络正本清源。治污促进人心净化，理水推动公仆成群。毅然停建市委市府大楼，全力奔赴前沿一号工程。号排第一，事大于天。九百余万市民参与，二十七亿巨资投入，而罕闻几声反调非议！搬迁沿河十万人，安置新居三万户，而未闹一次司法强拆！民心如此拥戴配合，西域东瀛可有先例？汗洒五年，澄清二河，流传四海，滋润百代。临水酹川酒，立碑忆杜诗。春色重回锦江，浮云又返玉垒。涛声依旧，古城崭新。天道似车轮循环，历史如螺旋上升。

伟哉！莽乾坤；危矣！小寰球。生态环境恶化，世人初有警悟。欧风美雨，发达之国，富裕之城，皆在上下求索，挽回云水纯洁。友邦之经可取，他山之石甚多，但对都市型河川综合整治尚无大手笔实施。第三世界清贫滞后，吾国正当发展，我城正奔小康，却敢率先做此壮举，实属难能可贵。其楷模意义，岂仅符合中国之国情，进而通融地球之球情也！

1997 年 11 月

【 赏析 】

　　该文既是对历史人物的赞美，更是对现实人物的颂扬；既是对人民的敬佩，也是对公仆的敬仰。李冰父子创建都江堰的事迹光耀青史，"李冰后代"治理府南河的壮举有口皆碑。前者是治水患，后者是治污染。天然的冲击与人为的破坏，彰显不同的时代特点。"现代工业兴起，都市经济发达"，这本来是好事，但有其利必有其弊，犹如双刃之剑，祸福相伴而生。在"烟雾与世风弥漫，污秽随人欲横流"的情况下，曾几何时，府南河居然也变成了"腐烂河"。百姓生活中的烦恼，成了领导们的心病。要解除烦恼，去掉心病，唯有改革，唯有奋斗，而改革与奋斗的前提是上下一心，团结一致。赋文的第五段，可谓全篇的点睛之处："倡议始于公民，决策归于公仆。何谓公仆？应与父母官相反，乃公民之肖子，敬公民如父母，为公司办公益，替公民治公害。可叹以往父子关系颠来倒去，可喜今朝府南脉络正本清源。治污促进人心净化，理水推动公仆成群。"文章的主题，由此而得到了深化。执政为民、共建和谐、环境保护、净化心灵等闪光的思想，就因作者的滔滔宏论而让人们得到了深切的体认。

　　赋文缘古议今，溯因析果，层层推进如逐浪，点面结合似荡波，真是一篇谈"水"之妙文。

　　（陕西师范大学《中学语文教学参考·学语文》"高中生版"2006 年第 6 期。）

以赋写心　观照自己

——浅议《枝傲富苑》

苟世祥

刘勰在《文心雕龙·诠赋》篇中指出："赋者，铺也，铺采摛文，体物写志也。"纵览赵厚庆先生的辞赋专集《枝傲富苑》全书，共有 8 个部分，一百余篇。"本书通过人、事、景、物、理等不同角度，反映了古今中外的诸多内容，涉及政治、经济、文化、社会、生态、民族、军事以及外交等各个方面。"如此丰富多彩的内容，用赋体的文字形式予以铺排，读之令人目不暇接，美不胜收！

感慨之余，笔者掩卷长思，窃以为《枝傲富苑》正如赵厚庆先生所言，是作家在"我手写我心"。作家以其"丽词雅义，符采相胜"，以赋写心，观照自己，反映了作家自身的审美趣味、审美理想和审美追求。

黑格尔认为，审美中观照到的不是客观的"美本身"，而是观照者自身。在黑格尔看来，一个客观对象之所以能够引起人们的审美愉悦，是因为欣赏者能够从中"观照自己，认识自己，思考自己"（黑格尔《美学》第 1 卷）。黑格尔把这种自我观照的思想引入人类审美实践的各个领域，比如，他曾列举过一个著名的例子："一个小男孩把石头抛在河水里，以惊奇的神色去看水中所现的圆圈，觉得这是一个作品。"他认为，小孩子之所以会乐在其中，是因为他在这里看到了自己，通过自己的作品，实现了观照自己。

笔者认为，《枝傲富苑》是赵厚庆先生在其辞赋作品中，对自身追求真、善、美的审美趣味和审美理想进行自我观照的结晶。

就其"真"的方面而论，赵厚庆先生在《枝傲富苑》中表现出来的不仅是自己的真情实感，而且是符合生活规律与历史前进步伐的真情实感——

"遭罹五年软禁，蹇舛为灾。心持苏武之节，矢志不改"；"其一宝也，精神气魄；标立华夏，气壮山河。热爱祖国，尽忠心之耿耿；无私奉献，怀赤心之灼灼"（《钱学森赋》）；"发如韭，剪复生；头如鸡，割复鸣！野火烧不尽，春风吹又生。不屈不挠，中华民族之血性；攘夷复土，列祖列宗之基因。救亡图存，丁男丁女之己任；同仇敌忾，国共两党之精诚。捐血肉之躯，筑万里长城；舞斩狼之剑，振抗战精神"（《抗战精神赋》）；"今日神州，举改革开放大旗；特色之路，谋中华民族复兴。科学发展，自主创新；人才为本，科教先行。辟一流蹊径，盯尖端水平。心仪载人飞船，圆千年飞天梦想；攻克航天技术，遂百代探月工程"（《飞天赋》）。

文学的真实要求作家透过纷繁复杂的文学现象，对客观现实生活进行深入开掘，寻觅出在深层契合着现实与作家心灵的东西，通过艺术概括与艺术创作，显示深广的社会和文化内涵，传达出作家的审美趣味与审美理想。从以上引文中，我们不难看出：作家在《枝傲富苑》里，讴歌著名科学家钱学森"矢志不改""热爱祖国""无私奉献"的"精神气魄"；讴歌中华民族"同仇敌忾""救亡图存"的民族精神；讴歌"今日神州，举改革开放大旗；特色之路，谋中华民族复兴"的伟大壮举！

赵厚庆先生以其渗透着巨大能量的合规律性的文学真实，自我观照出作家心中的真情实感。

就其"善"的方面而论，文学作品需要从人的行为规范与思想内涵中体现出高尚的道德情操。道德的中心范畴是"善"。向善作为人的道德取向，是人性最重要的文化含义之一。在《枝傲富苑》中，记载着赵厚庆先生对"善"的审美追求——

"大善济民兮，总因民有其苦；大义解困兮，全仗心有其痴。""求索之士兮，不惧千难万险；性情中人兮，更重言雅品端。……五和六善兮，为人怀近柔远"（《袁隆平赋》）；"'金润英才，龙腾华宇'，办学理念人为本；'崇德尚艺，止于至善'，谆谆校训入心田。追求真善美，注重情理法"（《金龙小学赋》）；"汶川'5·12'，举国上下铸大爱；玉树'4·14'，天南海北献赤诚。志愿者，来自不同民族；互助者，彼此不问身份。捐款捐物，救死扶伤，确保有吃有穿，力争能住能行。跪地接生，羌藏息息相通；逾周脱险，汉回心心相印；……灾重义无限，恩重情更深"（《中华民族和谐赋》）。

作家或赞美著名科学家袁隆平"大善济民""言雅品端"的道德风范，或赞美一所普通小学"崇德尚艺，止于至善"的育人宗旨，或赞美各族人民在面临严重自然灾害时，万众一心，"举国上下铸大爱"的至善之举。

在赵厚庆先生眼中，高尚、纯洁的道德情感是文学作品吸引读者并深入其心灵的要素之一。这种道德情感，需要从小就开始培养。在《红河小学赋》中，作家吟唱道："爱自童心出，真由童心酿，善随童心在，美共童心翔。"正如车尔尼雪夫斯基指出的：天真未凿的，仿佛完全保持美少年时代的白璧无瑕的道德情感会给予文学以美妙迷人的特殊魅力。

"善"与"恶"对立，缺德恶行之人或事往往会引起人们普遍的憎恶。在本书的"警世篇"中，赵厚庆先生以一定的篇幅，鞭挞了一些社会的丑恶现象，其中《打假檄文》写道："谁家天下，会容奸佞之徒？今日域中，安恕造假之患？吾辈尔等，全体动员，打假无赦，火速参战。国有镇妖之宝，党有倚天之剑，天天'3·15'，处处维权站。炼就火眼金睛，吞下鸡血熊胆，不畏豺狼虎豹，敢上火海刀山。此时不说，谁说？此时不干，谁干？他来一尺，我还一丈；他上一个，我带一班；他有刀，我有弹；他换外套，我剥衣衫；他钻洞，我镇口；他往水里逃，我冲浪里翻。不怕他，胡搅蛮缠，诡计多端；休管他，虎皮作旗，后台撑伞；提防他，既打冷枪，又射暗箭；逼得他，举手告饶，谢罪黎元。待来日，童叟无欺，凸显公平正义；兆民有幸，共享舜日尧天。"

惩恶扬善，赵厚庆先生以其爱憎分明的道德判断，自我观照出作家心中向善的道德情操。

就其"美"的方面而论，狄德罗曾经指出："真、善、美是些十分相近的品质。在前面的两种品质之上加以一些难得而出色的情状，真就显得美，善也显得美。"一般而言，真、善、美都具有肯定性的价值，因而它们都具有"相近的品质"。但是，"相近"不等于"相同"，文学作品需要最多的是审美属性，它必须把真与善融化在美的形式之中，并从审美的深邃内蕴里为文学的本体世界开拓出辽阔的疆域。

在赵厚庆先生笔下，《枝傲富苑》从多角度、多侧面展示其作品的审美价值——

"美矣！箕山神女兮，展花容之艳丽；亭亭玉立兮，尽体态之婷婷。云鬟峨峨兮，耸山巅之浓荫；秋波盈盈兮，传巧笑之多情。樱唇流丹兮，疑桃红之欲滴；皓齿含玉兮，似新月之初升。罗衣透灵慧，三河汇碧照银镜；蜀裙飘窈窕，丹雀移枝动心旌。白塔生光，莹润玉簪巧辉映；萱花夕照，飒爽英姿受葵倾"（《神女湖赋》）；"恋湖山倒影，喜画舫轻舟，听沟中牧笛，观绿丛羊牛，赏浮渚驭水，品百鸟啾讴。风宁浯浯如镜，柳动群鱼回眸。妙哉！造物擅丹青，人在画中游"（《漳河赋》）；"道险而爽，峡深而长。水沛物丰，林茂草旺。绿笼云堑，翠漫岭岗。唯根须敢攀险峻，唯枝叶喜送清凉，唯藤蔓热拥嶙峋，唯野卉遍吐芬芳"（《碧峰峡赋》）。

从对美的表现形态看，赵厚庆先生在不少写景的篇章里都运用了审美范畴中的"优美"这样一种表现形态。优美，又称为秀美、阴柔之美，它本质是一种和谐之美。以《漳河赋》为例，作家抒写出一片优美的景色：湖山倒影、画舫轻舟、沟中牧笛、绿丛羊牛、浮渚驮水、百鸟啾讴，等等，它们几乎就是一缕情丝、一种心境，作家在对美景的观赏和体验中与之交融："妙哉！造物擅丹青，人在画中游"，从而构成了一种情景合一的和谐之美。

在审美领域中，与优美一样，壮美也是最为基本的表现形态之一。王国维先生指出："美之为物有二种：一曰优美，一曰壮美。"《枝傲富苑》中有不少表现壮美的篇章——

"党魂铸精神，钢铁坚且韧。井冈翠竹，深扎遒根；延安宝塔，傲翘风云；红岩灯光，驱逐阴晦；平凡螺钉，允公允能；兰考盐碱，难不住呕心公仆；大庆冰雪，挡不了动地铁人；"九八"洪涛，冲不倒中流砥柱；汶川地震，震不垮共产党人；三股势力，动不了爱国根基；军事讹诈，吓不了两弹元勋；北京奥运，观不尽龙腾虎跃；浩宇天庭，止不住神舟飞奔"（《党魂赋》）；"文成公主，吐蕃联姻，胜过十万雄兵，促进西藏文明。刘伯承、小叶丹，瓷盅血酒结兄弟；火把节、锅庄舞，彝族红军心连心。彝海之盟，万里长征留佳话；凉山之交，民族团结扬美名。更难忘，民族危难当头，抗日烽火连天，万众一心，共筑长城，浩气冲霄汉，伟绩炳汗青"（《中华民族和谐赋》）；"秦朝兵马俑，壮行伍之威势；京杭大运河，淌万代之福音。四大发明，世界科技之先导；万里长城，中华力量之象征。……入水近万米，'蛟龙'号龙宫探宝；穿云九重霄，'神舟'号天国亮身。高铁四通，遐荒恍如咫尺；网络八达，四海犹似比邻。江山多娇，造化彰其伟力；社稷多彩，劳动成其主因"（《劳动赋》）。

在西方美学史上，对于壮美有个较为一致的提法，叫作崇高。古罗马朗吉弩斯在《论崇高》中指出："思想充满了庄严的人，言语就会充满崇高，这是很自然的。"康德特别强调崇高不在自然而在人的心境。一般说来，凡是壮美（崇高）的对象，往往具有巨大的形体、非凡的力量、压倒一切的气势，并能引起人们惊叹、敬仰、神往的艺术形象。从《枝傲富苑》的上述引文中，人们不难发现这些艺术形象，它们实际上是人的本质力量的一种暗示和象征，人们从中可感受到一种压倒一切困难、逆境和威胁的精神力量！

综上所述，文学作品以审美方式使生活现象的功利价值转化为审美价值，赵厚庆先生的《枝傲富苑》将现实生活中的质朴无华经由对真善美的审美追求而闪现迷人色彩。他在文学作品中对生活画面所显现的这种心灵内化的方式，正显现了作者本身所具有的追求真善美的品质与情操。

▌ 作者简介 ▐

苟世祥，重庆大学文学与新闻传媒学院教授、国家社科基金项目新闻学科通讯评审专家、重庆大学三峡文化研究所所长、中国文化研究院研究员。

1984—1987 年，师从中国神话学会原会长、世界著名神话学者袁珂研究员攻读研究生，获文学硕士学位。

曾先后担任教育部学位与研究生教育发展中心学科评估专家、重庆大学社会科学学术委员会委员、重庆大学文理学部委员、重庆市社会科学优秀成果奖评审专家、重庆市社会科学规划项目评审专家、新闻传播学系主任等职务，以及博士副导师、硕士导师等。

主要从事新闻传播学、文化人类学等方面的教学和科研，已出版 10 多部著作，发表数十篇学术论文，主持、参与国家及省部级科研或教改课题十余项，获多项国家级、省部级奖项。

鞭辟入里　酣畅淋漓

——赵厚庆《嫉妒赋》赏析

郑敬东

　　现代人写的辞赋少有若鲜花含露叫人一见钟情的，土生土长的巴渝辞赋家赵厚庆的算是一个例外。我在有幸第一次读到《嫉妒赋》时，立即就被它所吸引、所震撼，恨不得将它一口气读完。与其他的辞赋比，《嫉妒赋》读起来别有意趣。

　　一是轻松。据我所知，作者写赋遵循的基本原则是师古而不复古。作赋必用文言，该赋虽然全篇都使用文言，但作者却不故作艰深，避免使用生僻、怪异、晦涩的文言词汇，而是精心选择文言中的"白话文"，尽量让有高中文化的人群一读即懂；让古老的辞赋不再拒人于千里之外，因而让《嫉妒赋》显得十分亲民。该赋每逢双句押韵，首尾贯通，一韵到底；文中多用对偶句、排比句，读起来十分流畅，朗朗上口。该赋少有八言以上长句，多用三言、四言、五言、六言、七言句；且交叉使用，自由衔接，转换自如。例如，该赋结尾一段："休矣，妒者！树正何惧影斜，风狂怎撼根深？牢骚太盛柔肠断，郁气集结百病生。抬高自己，纵使偶然奏效；贬低别人，或许暂时得逞。然而天理既定，岂容歪道邪门？损人者，必害己；玩火者，必自焚。迷途应知返，回头便是岸；正本以清神，平气而静心。老老实实办事，堂堂正正为人，天下方能和谐，世人才会欢欣。"我们诵读到这里，就像在欣赏一篇行云流水的现代散文诗一样，披文而会意，掩卷而轻松。

　　二是熨帖。特指该赋的用典。大凡辞赋都得用典故。历代文人大家在诗词歌赋中多有用典。典故用得好，不仅达意深刻，而且妙趣横生，为文章增色不少；反之，则有故弄玄虚、东施效颦、弄巧成拙之嫌。《嫉妒赋》之用典当属前者，足见作者对中国传统文化和古典文学的研究有很深的功底。纵观人类文明史，嫉妒和贪婪、骄傲、懒惰、淫欲等共同构成人性最大之恶，是一种令人生厌、遭人唾弃的古俗陋习。为说明嫉妒者既损人又害己，作者用典纯熟，信手拈来，涉笔成趣，历数了从古到今的极有代表性的妒者与被妒者的五组历史人物：庞涓之于孙膑，周瑜之于诸葛孔明，曹丕之于曹植，后生之于庾信，庸碌宵小之于海粟鲁迅。赋中这样写道："昔者庞涓，武略稍逊；雄韬胸富，当数孙膑。妒火中烧，庞涓异为小人；小人作祟，孙膑惨遭刑髌。孰料孙施巧计，庞涓马陵刎身。周郎年少，才高气盛，呼风唤雨，威镇三军。偏遇诸葛，帷幄制胜，公瑾三气，一命归阴。先瓜后瓜一抱藤，曹丕曹植两同根；七步限时作诗，几番妒贤嫉能。庾信兼四杰，前贤畏后生；鲁迅并海粟，巨匠招纷纭。"以上典故，十分深刻、得体而贴切地揭示了嫉妒这种恶性陋习给当事人和社会带来的无穷后患。

三是犀利。该赋是一篇声讨"嫉妒"这一恶性陋习的战斗的檄文。《嫉妒赋》似投枪，直插"嫉妒"这一社会顽疾的要害。除赋的开篇有一小序："屠呦呦获奖本来是一件极大的好事，并没有伤害到其他人的切身利益，再说白一点，即使屠呦呦没有获奖，这项大奖也不会给其他人，何至于出来泼脏水呢。——摘自闲散一石的博文《屠呦呦获诺奖，有人丑态毕露》"引入正题外。接着，全赋正文分五个层次，紧紧围绕"嫉妒"这个靶心而火力全开。第一层次说文解字，为"嫉妒"释义；第二层次连续使用多个典故，集中阐述嫉妒者既损人又害己的严重恶果；第三层次分析了嫉妒产生的原因；第四层次揭示了嫉妒产生的根源、特点和表现形式；第五层次苦心规劝嫉妒者迷途知返回头是岸。《嫉妒赋》如匕首，毫不留情地剖析了"嫉妒"这一万恶的民间毒瘤。作者三笔两画惟妙惟肖地刻画出嫉妒者的丑相及其扭曲的心态和扭曲的言行："一脸阴云透佞色，两只红眼窥乾坤，不三不四走邪道，五毒俱全起歹心。一哭二闹三骂，四处造谣耍横；或策划于密室，或蛊惑于基层。你是芳草，我则变野火；你为大树，我便成斧斤。汪汪然如犬狂吠，嗡嗡焉似蚊乱叮。不到黄河心不死，不压对方气不平。"作者分门别类地列出了嫉妒者嫉妒的内容："恨文凭人高一等，恨工资己少几文，恨嘉奖旁落他处，恨职称总逢塞分，恨他人子女成器，恨同行娇妻紧跟，恨对手人缘畅意，恨贤家遐迩闻名。"作者同时还一针见血地掘出了嫉妒产生的心理根源："见人高则气紧，见人强便头晕。己不如人，遂生嫉恨。"

四是情笃。纵观作者结集出版的百首辞赋中，字字句句总关情。其中，正面歌颂科学家及其科技成就的赋不乏其篇，然而，以泄愤的形式来表达对科学家的敬重热爱之情的，却仅此一赋。透过该赋，作者疾恶如仇，敢爱敢恨，"嬉笑怒骂，皆成文章"的天性禀赋可见一斑。

　　从某种意义上来说，《嫉妒赋》本身就是一篇泄愤之作。然而，这里的作者却绝不是在借题发挥，宣泄一下郁积内心已久的一己私愤。也许是出于对我国科技事业飞速发展过程中，冷不丁出现了人为设置障碍的焦虑，或许是出于对科学家地位远不如明星大腕崇高的残酷现实的愤懑，或许是出于对科学家的科研成就没有得到应有的重视和尊重的揪心。特别是当我国第一个医学诺贝尔奖获得者屠呦呦遭到个别人无端的嫉妒和指责时，立即就引爆了这个素来就对科学家尊重有加、爱戴有加、呵护有加的作者火山爆发式的情感喷发。于是，赵厚庆这一介柔弱的文人书生顷刻就变成了一名愤世嫉俗的英勇斗士。他拍案而起，奋笔作赋。《嫉妒赋》代表的是觉醒了的中华民族坚决反击歪风邪气的正义之愤，是广大民众同仇敌忾声讨嫉妒恶性的群情激愤。通过一阵酣畅淋漓的泄愤之后，从字里行间，最终能够让读者真真切切感受得到，作者对中华民族伟大复兴事业的浓浓爱意和殷殷期盼。

2018 年 2 月 1 日于海南兴隆

▌ 作者简介 ▐

　　郑敬东，重庆工商大学文学与新闻学院三级教授、中国古代文学硕士生导师；历任重庆市职工大学校长、重庆工商大学图书馆馆长、重庆工商大学文学与新闻学院院长等职；兼任重庆市三峡文化研究会、重庆市写作学会、重庆市秘书学会副会长等职务；是我国长江三峡文化研究领域的开拓者与奠基人，地域历史文化学者、著名写作学、秘书学理论家。

　　主持并完成国家社会科学基金项目《长江三峡地区文化历史资源与现实资源的开发》等 5 项省部级以上科研项目；主编并出版了《中国三峡文化概论》《长江三峡旅游文化》《长江三峡交通文化》《重庆古代文化资源研究》和《13 世纪全球视野下的中国钓鱼城》等 6 部地域历史文化的学术专著；先后主编并出版了《320 种应用文最新规范写作》《现代应用文导写》《经济写作》《公文处理与公文写作》《秘书理论与实践》等 18 部写作学、秘书学方面的专著、教材、工具书；另在各类杂志上发表论文 40 余篇。

旧章新辞续风雅

——从《枝傲富苑》看赵厚庆辞赋创作题材、主体意识及文风

李天福

　　辞赋历来是文学中的贵族，是一般人轻易不敢触碰的一种文学体裁。

　　古典辞赋如古老的情书，至美、深邃、感伤；如一个王朝的情感库藏，美得不可言说，情至酣处，浓烈得让人不忍回眸。细品个中滋味，辞赋里的帝王情、酒仙乐、盛世歌、离愁曲、相思意便溢满胸口，几番言辞裁成一尺华美，三寸忧伤织成那年夜未央。回头凝望，纵然一切已成往事，但这些繁花一般的文字，宛如光阴里的故事，诉说着别样的风情，叫人在久远的时光隧道中挥手致意，久久不忍离去。

　　因此，总是对那些能够随手作赋的先生景仰有加，佩服之至。赵厚庆正是这样一位让我景仰、佩服的儒雅君子。

　　我与赵厚庆先生相识较晚，但相识之后颇为投缘，甚至达到了"长幼忘年交，挚友兴味投"的程度。赵先生曾在多个方面给予我鼓励与帮助，他更以云淡风轻、不急不躁的为人处事风范成为我学习的榜样。与赵先生交往，我总是忍不住想起《中华辞赋》总编辑闵凡路先生《人生随想赋》抒写的境界："心底无私，不畏流言蜚语；襟怀坦荡，冷对利锁名缰""拒邪恶，邪恶终消遁；行正道，正道是沧桑"！

　　还记得，2014 年拜读了赵先生的赋文集《赋韵文心》，知道先生是辞赋的好之者、创作者、研究者，便心生佩服、景仰之情。我在细细品读回味先生即将付梓的辞赋专集《枝傲富苑》，品读回味中更是涌生出诸多的感叹与钦佩。

　　我不是专业的文学评论家，对于辞赋评论更是外行。我不属于批评型人格的人，评论文学作品更满足于"寻美"而非"寻真"。我喜欢以寻找兼容的姿态去对待每一位作者和每一部作品。

　　正是基于这样的态度，我才认定赵厚庆先生是一位思致新颖、讲究文

切磋篇

字、热爱辞赋也热爱自己的人，认定《枝傲富苑》是一部颇具智慧与古韵、值得反复品咂玩味的厚重之作。

本文略去体式探索、语言特色、用典追求等，仅就题材领域开掘、主体意识彰显、文风旨趣三个方面谈谈赵先生辞赋创作的基本特征。

一、在坚守传统与开拓创新中扩展辞赋题材领域

整体而言，当代辞赋创作题材涉及范围较为广泛，但不少赋家常常热衷于名景胜迹、山水庙堂、城市名物题材，这难免使得当代赋作题材显得较为单调。

赵先生的辞赋创作题材较为广阔，这从《枝傲富苑》的构成板块便可窥见一斑。全书分人物篇、华夏篇、桑梓篇、学校篇、艺术篇、生活篇、警世篇、切磋篇 8 个部分，囊括政治、经济、文化、社会、生态、民族、军事以及外交等各个方面，可谓"笼天地于形内，挫万物于笔端"。

一方面，赵先生热衷于传统题材创作。其数量不菲的城市赋、名胜赋、学校赋都属于传统题材范畴，《龙赋》《舞赋》《朋友赋》等一系列赋作也是对传统题材的创造性重写。值得注意的是，赵先生写传统题材总是不忘对现代生活的关注，总是极力抒写人们生活水平的提高以及现代生活带给人们的乐趣。这不仅让读者能够从中分享无限的乐趣，而且能够让读者感受到社会的进步、时代的发展。

另一方面，赵先生乐于新题材的开拓。他关注社会的不断发展，注目层出不穷的新事物、新现象的产生，并将其作为辞赋创作的源泉。他颂扬时代楷模赤胆忠心、科技报国、大爱无疆，讴歌党心国魂、民族和谐、抗震救灾、抗战精神等宏大主题，关注主婚、观球、聚会、唱歌、跳舞、做红豆腐等日常生活，反思羡慕嫉妒、巧取豪夺、为富不仁、贪赃枉法、虚情假意、假冒伪劣等现象恶习。

正是因为既坚守重写传统题材又注重开拓新的题材领域，赵先生才随心所欲容纳了古今中外的诸多内容，从人、事、景、物、情、理、趣等不同角度，折射出一个时代的真正变化与特色。其辞赋因其无所不包、无不能言，进而表现出一种汪洋宏富的大气之美。

二、在"润色鸿业"与"体物写志"中彰显主体意识

"润色鸿业""体物写志"是辞赋具有的两大基本功能，前者是从社会政治角度而言，后者是从创作个体视角而论。如今，不少赋家往往热衷于"兴废续绝，润色鸿业"，较少"因文寄心""体物写志"，创作主体意识不经意间缺失，自然难免堆砌罗列、夸饰过度，难以因情感人、以情

动人。

赵厚庆先生难能可贵地兼顾了辞赋"润色鸿业""体物写志"两大功能，较好地彰显了辞赋创作的主体意识。

赵先生一方面写了不少礼赞时代精神、现代城市、山水名胜、文化教育的赋文，另一方面总是注重在"润色鸿业"中"体物写志"，于一时一地中见变化，在一人一物里寄心志。其"华夏篇""桑梓篇""学校篇"抒发浓烈的家国情怀、教育情结，整体上能够恰如其分地表现审美意识，为新社会"润色鸿业"彰显时代精神。他赞美的是前辈们筚路蓝缕、辛勤创业的艰辛历程，欣喜的是悠久的历史、多彩的文化和人们当下的幸福生活，礼赞的是改革开放后日新月异、蓬勃发展的教育文化。这样的"润色鸿业"不仅呈现了"美"，而且体现了"真"，是新时代所反映、所需要的，也是个人感情的真实流露。赵先生在《自序》中提及："党和国家近两年都有大庆。出版此书，正逢其时，算是我向党、向祖国、向人民献上的一份薄礼。"可见，其"润色鸿业"是自觉的、真诚的，因而更是可贵的。

在"润色鸿业""体物写志"中，赵先生有意无意将知识性与文学性相统一，注重发挥赋作"多识于鸟兽草木之名"的价值。其《名家系列赋》《龙赋》《汉字赋》《舞赋》《茶颂》等诸多赋作，不仅文化气息浓郁，而且确实能达到广博见识的作用。如《舞赋》一文，全篇紧紧抓住舞之久、舞之美、舞之巧、舞之乐、舞之健、舞之丰等，铺陈描绘，既令人赏心悦目，又增进了人们对舞蹈的认知。再如《汉字赋》从源远流长、形态多样、智慧机巧、赏心悦目、变化多端等层面普及了汉字的知识与价值；《永川博物馆赋》既铺写新建馆舍的背景、坐落、情状、内容、作用、意义，又抒发胸臆："万事当以人为本，千桩宜以天为宗。承上启下，赖主力于青壮；前传后教，寄希望于曳童。"

尤为难得的是，赵先生还创作了为数不少的"志"赋，淋漓尽致地抒发心志、针砭时弊、激浊扬清。其《抗战精神赋》寄托不忘国耻、团结一心、前瞻未来、复兴华夏之志；《劳动赋》礼赞劳动者，弘扬劳动奉献精神；《打假檄文》痛击假冒伪劣，倡导公平正义；《嫉妒赋》针对牢骚之言、嫉妒之心，寄望世人平气静心、老老实实办事、堂堂正正为人；《朋友赋》辨朋友之伪，赞真情之贵，正交友之道。这些赋作强化了赵先生"体物写志"的诗人之赋的主体意识，让其赋作的理性内涵、精神内涵达到"皆出己意"的新境界。

　　赋体文学最正宗的美在于盛大巨硕之美，最适合表现盛世气象、盛世情怀，赵先生深谙此理。通读《枝傲富苑》，我们还不难注意到，赵先生更注重宏大叙事、兴旨寄意、情志俱发，更专注于错综古今、铺采摛文、文美辞丽，更倾向于抒写"大时代""大视域""大情怀"，更刻意为时代发展造像，为社会进程写照，为文化记忆留痕。《中华民族和谐赋》《抗震救灾赋》《劳动赋》《忠魂》《党魂赋》等，单看这些标题你就会认同于赵先生远离的是小气、俗气，承载的是"天下兴亡，匹夫有责"的时代使命，坚持的是先进文化方向和现实主义手法。即便他创作体量相对较大的充满桑梓情怀、教育情结的赋作，也每每以小见大、以小寓大、推己及人，"因文以寄其心"，彰显的仍然是新时代、新生活、新气象、新境界蕴含的博大与深邃。他写袁隆平、钱学森、王大中，进而广及中外名人系列，叙写他们的人生阅历、创造发明，礼赞他们赤子忠心、大爱情怀。他状写壮美河山，遍及华夏神州，碧峰峡、江南长城、南昌地铁、都匀、瓮安、铜川、漳河、湖头、永川等都有专赋，而每一篇赋作均饱含真情、小中见大，状难写之情，含不尽之意。

　　三、积学广才、身体力行树立良好的文德与文风

　　赵厚庆先生的辞赋创作先后得到全国多位名家的指点与好评，其赋作也多次荣获全国辞赋大赛大奖。然而，赵先生总是称自己为"学生"，总是保持学而不厌的状态。这或许是其文德与文风的自然外显，也是其赋作的内蕴与底色吧。

　　众所周知，辞赋创作是需要深厚的学问作根基的。赵先生深谙知识积累和艺术素养对辞赋写作的重要性。

　　他原本是汉语言文学专业科班出身，又在中学语文教育战线从教数十年，阅读与学识已经具有相当的深广度，思想和阅历更具有一定的延展性。然而，他总是那么低调谦虚，总是那么求知若饥。他总是对文学充满着理想，对辞赋寄托着期望。

　　他善于理性总结，有着独到的辞赋观。他曾发表《新赋写作偶得》，将自己的辞赋主张归纳为五个方面：不能无古，不能复古；不能太实，不能太虚；重视骨架，突出血肉；既追曲高，又求和众；尊崇流派，反对宗派。他将董味甘教授"出奇招，吐激情，赋文采，协金声"的辞赋评价标准作为自己的创作追求目标，致力于追求辞赋创作的"真、善、正，美、畅、新"。

　　梁文道曾经说过："我们乃生活在一个常识稀缺的时代。"赵先生每赋

必作注释，不厌其烦地普及常识，注解风土人情，扫除阅读与理解的障碍，切实践行"让人看懂，励人提高"的辞赋创作理念。

他写诗作赋不为博取世俗功名，不为谋取文化暴利，大量赋作常常是兴之所至、情之所托，是以过来人、见证者、参与者、回望者的身份介入写作的。

他每每沉心静气、千锤百炼、精益求精，舍得在"推敲"二字上下功夫；每每云淡风轻、气定神闲、广纳博取，"尊崇流派，反对宗派"。他的辞赋较少虚美之语、应景之词，多真实而富有韵味的描写，多广博且紧密关联的历史典故，我们在领略其辞赋之美的同时，亦不难窥见先生的人格魅力和思想光辉。

文垂千史，华章惊世。感谢赵厚庆先生坚持不懈以旧章新辞续风雅，感谢他缩短了读者与辞赋这种古老文体的距离，将读者带进了颇具汉唐遗风、饱含时代气息的精神领域。

世事多艰，道阻且长。祝愿赵先生继续保持"人生不满百，淡定对夕阳"的精神境界，以更多更新的赋作状绘无言天地间的大美万物。

【 作者简介 】

李天福，重庆文理学院副院长兼重庆文理学院文化与传媒学院院长、三级教授，四川美术学院艺术学理论硕士生导师，重庆市高职高专成人高校高级职称评委，重庆市作家协会会员，重庆市写作学会副会长、永川区文艺评论家协会副主席。主持或主研国家语委语保工程项目、国家社科基金项目、教育部人文社科基金项目、重庆市社会科学规划项目共 10 余项。出版《现代民间文学研究视域下的渝西民间传说》《媒体评论学》《多维视域下的沈从文研究》等著作、教材 7 部。在《光明日报》（理论版）、《南京大学学报》《贵州民族研究》《求索》等刊物发表学术论文 40 余篇。

切磋篇

拜望袁隆平

天下谁人不识君，此君乃为袁隆平。

人们记起他，最初是由肚子告诉脑袋的。人们都说他是"杂交水稻之父"，是"当代神农"，是"米神"。其实，他又被称为"科研泰斗"，早年被选为"中国工程院院士"，先后被授予"全国劳动模范""改革先锋"。总之，国际国内的最高荣誉可多着呢！

"当他还是一位乡村教师的时候，已经具有颠覆世界权威的胆识；当他名满天下的时候，却仍然只是专注于田畴……他毕生的梦想，就是让所有的人远离饥饿"（中国科技评奖委员会评）。他和他的团队，为80多个发展中国家培训了14000多名杂交水稻的技术人才，全球有40多个国家和地区实现了杂交水稻的大面积种植。所以，"（袁隆平）先生的杰出成就不仅属于中国，而且影响世界"（新华网评）。

他真是一个大忙人、大善人、大恩人、大圣人啊！

人们都想见他。可是，他真的很忙，很难见到他，除非你和他同在田间地头。

他天南海北终年奔波，为的就是推广杂交水稻。不断提高单产产量是一个方面，不断扩大种植面积又是一个方面，不断开拓种植领域也是一个方面，不断提高粮食品位同样也是一个方面。看吧，海水稻长成了！沙漠稻收获了！中国人开心了！外国人也高兴了！

不过，主客双方再忙也得见见！不止江泽民、胡锦涛、习近平等党和国家领导人与之亲切会面，历任总理也和他见面，外国政要以及科技名流也曾与他合影留念。

集体看望，会少掉许多单人应酬，这很划算。在国家杂交水稻工程技术研究中心，王处长那里还保存着全国各省区市武警总队将军们看望袁隆平的照片。一双双眼睛，齐刷刷地看着袁老；钦佩而肃穆的眼神，要说是高山仰止，实不为过。袁老偶遇公众场面，那些因仰慕而心仪的人，无不跂而望之。

总不能老是耽搁他吧？更何况他马上就是九十岁的人了。出于对他身体负责的考虑，身边的人肯定要控制会见的人次和时间。七月上旬的一天，央视的记者采访袁隆平，总共也只有二十多分钟。

二十多分钟？哪怕看袁老一眼也值得！不信听我说。大家知道，袁隆平院士是个很节俭的人。前不久，他的沙发坏了，换作其他人，肯定要去另外买新的。可是，他却托人将旧沙发翻新，这样可以少花费一些钱。翻新后的沙发需要请人抬上楼。本来两个人抬就可以了，想去见袁老的人也真会动脑筋，居然一拥而上，来了八个人！他们的理由很简单：沙发重，需要多人搭手——什么沙发重哦？分明是想找个机会去见见袁隆平！

然而，不瞒你说，我能顺顺当当地去拜望袁隆平院士，却真是一种缘分，一种幸运呢！

这话还得从头说起。

7月17日上午，重庆市永川区科协办公室的周舟在微信里问我："赵校长，请问你写过关于袁隆平的文章吗？"我见信秒答："写过，八年了。"周舟回复："刚才有人打电话到我们办公室说找你，说是你写了这个文章的，他们想联系你。""我写的是《袁隆平赋》。""是真的呀？""对头（对呀）。"于是，周舟便向对方确认了此事。原来，是国家杂交水稻工程技术研究中心的陈才明副主任找我。他与我电话联系之后，立即建立了微信关系。陈主任在微信里说："赵老师，上午我把您写的《袁隆平赋》的有关情况向袁老师汇报了，他正在看，袁老师同意与您见面。"

啊！真是天大的喜事！我按捺不住激动的心情，立即把这个好消息报告给要好的同学。同学们高兴得像炸开了锅，纷纷向我表示祝贺。

国家杂交水稻技术工程研究中心位于湖南长沙，研究中心的陈才明副主任委托下属公司的卢伟总经理为我们的见面做了精心安排，吃住行都考虑得相当周到，而且规格非常高。

我想到袁隆平院士毕竟是世界名人，如果会面时我的分寸把握得不好，那就会让我的同学和朋友们失望。于是，会见的头一天，在研究中心举办的欢迎晚宴上，我特地向陈副主任请教。他告诉我："（袁老师耳朵近来不好使）与他交谈，声音要大，语速要慢，用重庆话更具亲切感，莫当面称'袁老'，就叫他'袁老师'（这样才意味着他很年轻）。"

作为追随袁隆平40年的学生，陈才明副主任对袁老的情况了如指掌，如数家珍。而对于我来说，也可以因袁老在重庆生活过而称之为"老乡"了！

7月23日，是我终生难忘的日子。

这天，艳阳朗照，微风习习，在陈才明副主任和王处长的带领下，我们趁早参观了杂交水稻展览馆。碰巧，研究中心所办的杂交水稻工程技术美洲班学员也到这里参观学习。视频、图片、雕塑、文字，声光电并用，介绍了袁隆平的家世、经历、成就、荣誉。更重要的是，袁隆平那种为天下老百姓谋福祉的大慈大悲精神、一丝不苟遵循规律的科学精神、孜孜以求持之以恒的拼搏精神、不惧权威敢为人先的创新精神，在这里得到了充分的展示。陈才明副主任告诉我：几乎每一组照片的后面，都藏着一个生动感人的故事。真是太丰富了！

不远处，就是国家杂交水稻工程技术研究中心。上午10:08，我们来到三楼袁隆平的会客厅。

幸福的时刻终于到了！袁隆平精神矍铄地出现在我面前，我抢先招呼："袁老师，我们重庆老乡来拜望您了！""好好好。"坐定之后，我们亲切地攀谈起来。

开始时我有些紧张，以至于在介绍姓氏时险些把"赵钱孙李"的"钱"口误为"全"了。言谈中，我向袁老表示亲切的问候和崇高的敬意，也带去了重庆人尤其是重庆师范大学（原重庆师院）中文系七七级同学的深情问候及衷心祝愿。大学七七级，是一个特殊的历史印记和教育符号，所以，我借同学之口，深情地说："我们读书，靠的是邓小平；我们吃饭，靠的是袁隆平。"袁老听后开心地呵呵笑了起来。

袁老很看重我写的《袁隆平赋》。在问了我的基本情况之后，他便夸奖起来："你很有水平呢——你作那赋啊，有水平有水平。我拜读了。"我向他汇报了自己创作的经过和构思。我说："屈原的故事发生在湖南（汨罗），所以就用骚体赋。""屈原是伟人，你是既属于中国，更属于世界的伟人。这么一个伟人，我就要把它写得庄重一些。"袁老连说"过奖了过奖了"。我要求他对我的赋提出修改意见，他只是说"不错不错，写得好"。其实，我自己非常清楚，拙作在《中华辞赋》发表已经八年了，八年来，袁老的团队又取得了不少新成果，值得大书特书，肯定需要补充完善。袁老是在保护我创作的积极性呢！

袁隆平很有重庆情结。当我向他介绍行程当中巧遇重庆南坪弹子石司机的事之后，他说："我的生活习惯和语言都是重庆的。"是的，袁隆平在重庆南坪龙门浩读过小学，在复兴初级中学以及内迁的两所学校读过中学，后来又在西南农学院农学系读过大学，前前后后长达十余年。大家见他这么喜欢重庆，也就七嘴八舌地数了起来："麻婆豆腐""宫爆鸡丁""水煮肉片""抄手""担担面"……几个湖南人模仿袁老的重庆话，进一步活跃了现场的气氛。

陈副主任是个精明能干的人。凡是我表述不清或者是袁老没听清楚的，他都要给袁老作解释。在问及我多大年龄的时候，袁老的这位学生居然风趣地称他的老师为"80后"，并且说"过不了多少天你就是'90后'了"。"对，对。"在嘻嘻哈哈当中，我也跟着称袁老为"90后"，并且祝福他永远年轻，多多培养接班人。

接着，我顺势问道："袁老师，您想对年轻人说点什么呢？"袁老略微思考了一下，郑重其事地说："年轻人应该是努力工作，为国家为社会创造财富。"他的回答，几乎是一字一顿，铿锵有力。话音刚落，便响起了掌声。

一番交流之后，我便将收录有自己作品《劳动赋》的《当代辞赋名家作品精选》一书赠送给袁老。袁老欣然接受，并应我的要求题了字。题字的内容为：永远往前走，念好稻德经。袁老神清气爽，平易近人，深深地感动了我。整个见面的过程，用了25分44秒。

下得楼来，仰面蓝天，白云荡去，天空更为辽阔。啊！袁老！您这位国际上顶尖级的科学家，能把宝贵的黄金时段腾出来，让我独占其时，独得其爱，独悟其道，独享其乐，我怎能不激动？怎能不自豪？我，真的是天底下最幸运、最幸福的人呐！

（写于2019年7月30日星期二，载于重庆市老科协主办的《重庆科技》2019年第3期。）

2019年国庆70周年前夕，袁隆平由习近平总书记亲授"共和国勋章"。

——笔者于2020年春补记

新赋写作偶得

赋是介于诗文之间的一种文体。换言之，赋是颇为自由的诗，极具诗意的文。

旧瓶装新酒，似乎可以用来类比新赋。但是，酒可换，瓶子也可以由圆变方，由小容量变为大容量。不过，无论如何变，瓶子终归是瓶子，总不能把它变成口袋；同理，赋终归是赋，不能把它变成别的文体。由此看来，所谓新赋，就是在保持赋的基本体势、基本功能的前提下，将其改装，从而注入新内容的文学体裁。

时代新、生活新、气象新、读者新，正是我们要坚持写好新赋的理由。

在新赋的写作中，我有以下体会。

一、不能无古，不能复古

有木必有其本，有流必有其源。"观今宜鉴古，无古不成今"，发展是在继承的基础上发展，继承是为了更好地发展而继承。

文学创作不乏其例。《长亭送别》多处化用了前人的诗词。例如【脱布衫】中的"下西风黄叶纷飞，染寒烟衰草凄迷"，就化用《九歌·湘夫人》"袅袅兮秋风，洞庭波兮木叶下"和秦观《满庭芳》"天连衰草"之意。【幺篇】中的"清减了小腰围"，深得柳永《蝶恋花》"衣带渐宽终不悔"之妙。【要孩儿】中的"比司马青衫更湿"，与白居易《琵琶行》的末尾异曲而同工。【收尾】中的"遍人间烦恼填胸臆，量这些大小车儿如何载得起"，则套用了李清照《武陵春》词中"只恐双溪舴艋舟，载不动许多愁"的语意。

"重关百二，谁云秦塞无人；故国三千，惨矣燕云在望。"很明显，毛泽东在中华民族处于危亡的关头致书杨虎城，是因事而论，为时而作，从蒲松龄所撰的"有志者，事竟成，破釜沉舟，百二秦关终属楚；苦心人，天不负，卧薪尝胆，三千越甲可吞吴"自勉联中翻出了新意。

我在想，为什么将葱蒜的苗子割掉之后，它们还要发出新苗呢？这是因为有种子的支撑，同时也说明了事物的发展是不可抗拒的。为什么种子与苗子形态有别呢？这正好说明了"长江后浪推前浪""雏凤清于老凤声"，新事物必有新的形态、新的内容。为什么葱、蒜苗也有浓浓葱、蒜种的味道呢？这是因为苗与种之间有割不断的联系。新赋与古赋（尤以汉赋为代表）之间的关系，就有点类似苗与种的关系。

内容可以翻新，形式也可变革。我很赞成魏明伦老师的主张："（在现代生活的个别特殊场合，'拿来'文言文）取其简明精练、骈俪上口等等优点；去其艰深晦涩、堆砌僵硬等等缺点；活用偶句而放宽声律，驱遣形式而服从内容。"在新赋的写作中，我们可以大量地吸取古代优秀文言文的营养。比如说，在恰当的地方衬以"兮"字，并不意味着我们在复古了。用上它，确实能够舒缓节奏，加强语气，抒发感情。比起"啊""呀"之类来，要高雅得多。又比如说，古赋多四六骈句，而新赋中，用上一些三言、五言、七言偶句或排比又未尝不可。宋代苏轼的《前赤壁赋》，即使今天读起来也是明白晓畅，你能说这是汉赋中某类作品的翻版吗？绝对不是。可见，赋体发展到某一时代，总有人写成与其时代相应的新赋。否则，就像葱蒜那样有种无苗，当今为文的世界又还原为文言文世界了。

二、不能太实，不能太虚

王勃的"落霞与孤鹜齐飞，秋水共长天一色"较之北朝庾信《马射赋》的"落花与芝盖齐飞，杨柳共春旗一色"，要优美动人得多，脱胎之言反而成了千古流传的佳句。这是为什么？这是因为"意翻空而易奇，言征实而难巧"（【南朝梁】刘勰《文心雕龙·神思》），庾赋过于究实而略显小气和俗气，王文则因虚实结合而尽显大气与空灵。

本来，真实是文学艺术的生命，虚实结合是文学艺术的重要特征。小麦、红薯，实实在在，看得见，摸得着；面粉、淀粉，虽然看得见摸得着，但经过加工之后，我们不知道它们具体来自哪一根麦穗，哪一个红薯。不知道，并不等于怀疑它们的真实性。小麦、红薯就相当于文学创作中的原材料，面粉、淀粉就相当于文学创作中加工过的材料。二者当中，加工材料正是虚实结合的精品。我们在处理原材料与加工材料的关系时，要有一个度，否则就会变成非驴非马的东西，什么都不像。太实则俗，太虚则空。其俗在骨，高雅安附？空洞无物，个性何显？"挑上50斤，我能跑得飞快"——谁稀罕？"420斤也许挑得起"——吹牛吧？"千斤重担我敢挑"——不错，有勇气！为什么最后一句话会得到人们的赞赏？因为"千斤"看来是实写，其实是虚写。唐杜牧的《阿房宫赋》有这样的描写：

"五步一楼，十步一阁；廊腰缦回，檐牙高啄；各抱地势，钩心斗角。"你看，"五步""十步"，数得多清楚呀。真的是这么一回事吗？非也。作者极尽铺陈渲染之能事，是为了突出楼阁之多、相间之密而采用的虚实结合的艺术手法，这充分体现了赋体的特色。

三、重视骨架，突出血肉

文章的骨架是逻辑，文章的血肉是形象。徒有骨架，面目可憎；血肉无倚，体态难存。任何成功的文学作品，都是逻辑与形象浑然相融的统一。有的新赋，论骨架，骨架不牢；论形象，形象不丰满。一说到地方风貌，左一个"人杰地灵"，右一个"地灵人杰"，似乎就没有别的可以形容了。这不仅仅属于语言表达问题，而且从中也看得出未能认真处理好逻辑与形象的关系。魏明伦老师撰写的碑文《风雨同舟记》，"仿作之舟、联想之舟、风雨同舟"就是从三个角度确立的骨架。至于舟船静姿、动态、效用如何，则通过真切的幻想、广阔的联想、奇特的想象、深刻的感想，绘声绘色地描写出来，令人感到美不胜收。

拙作《舞赋》在构思过程中，最初心里是一团乱麻。对舞蹈感受得多，并不等于就认识得清，认识得深。刘勰道出了为文的真谛。他说："故思理为妙，神与物游。神居胸臆，而志气统其关键；物沿耳目，而辞令管其枢机。"（《文心雕龙·神思》）事实的确如此，笔者从"寂然凝虑"，到"悄焉动容"，抓住舞之久、舞之美、舞之巧、舞之乐、舞之健、舞之丰等几大要点，分别展开，铺陈描绘，终于一气呵成。

四、既追曲高，又求和众

辞赋和其他所有不同体裁的文章一样，写出来都是为了交流，为了让人家受到启发，受到教育，受到感染。而前提则是将辞赋读懂。虽然辞赋创作是"我手写我心"，但也应该为读者着想，尽量写得明白晓畅。我认为，辞赋写作要力求做到让行家们认同，让多数人读懂，促少数人提高。行家最认同什么样的辞赋呢？按照重庆师范大学董味甘教授的意思，就是"出奇招，吐激情，赋文采，协金声"。当你出奇招的时候，也许行家会拍案叫绝。然而，针对少数文学积淀不多的人来说，他们岂止对"出奇招"有如坠五里云中之感，就连对"出变招"也百思不得其解。这时的作者，就有必要通过作注释、谈构思、搞讲座等多种途径，提高读者的阅读理解能力和鉴赏能力，使自己赢得更多的读者。

五、尊崇流派，反对宗派

大量的阅读和写作实践让我了解到：鲜明的特色促成风格，稳定的风格形成流派，不同的流派构成文学创作的百花园。看看大自然，江有千流，水有万派；各流各派，呈现出种种独特的样式。再看看辞赋创作，有的严谨，有的高古，有的飘逸，有的清丽，有的隽永，有的晓畅，呈现出不同的风格。麻辣酸甜，细滑酥脆，各有各的味道，谁能说哪样好哪样不好呢？在辞赋创作中，我尊崇不同流派，反对陷入宗派。尊崇流派就是增长见识，增强本领；陷入宗派就是陷入泥潭，自封门户。

辞赋创作，没有最好，只有更好，打铁还需自身硬。我愿意向所有同行学习，不断提高辞赋的写作能力，为中华辞赋的振兴做出应有的贡献。

（发表于中国新闻文化促进会、中国碑赋文化工程院主办的《中华辞赋》2011 年第 5 期。2018 年修改。）

切
磋
篇

读书人"偷"而不窃书

——阅读与写作中的正话反说

　　"读书人窃书不算偷",这是鲁迅笔下的孔乙己在丑事败露后的尴尬之言、掩饰之语。

　　其实,读书的过程中是可以"偷"的,只不过叫作"读书人偷而不窃书"。大凡有影响的文学家、艺术家,哪个不是"偷"的高手?

　　允而取之谓之借,不告而取谓之偷。通过阅读,把别人精彩的东西学到手,原作者不一定知道吧——这就叫作"偷"。今人读古籍,更是明目张胆地"偷"。

　　唐代有个叫皎然的诗僧在其《诗式》中提出了"三偷"主张:偷语,偷意,偷势。这就是说,读人家的东西,要留心佳词妙语,留心思路旨趣,留心构思之奇妙及神韵之独特,从而"偷"出动人心弦、启人睿智、耐人寻味的东西,把它们藏于府库,使之成为记忆中的珍宝,以备日后派上用场。

　　"偷",要吃得苦。头悬梁,锥刺股,凿壁偷光,囊萤映雪……故事中的人"偷"得是够苦的。为什么这么苦的事情还要去干呢?不同的时代,不同的人,会有不同的追求。如果"偷"来给大家享用,"偷"是为了"中华之崛起",我想,人们是会赞同、支持的。既然人家赞同、支持你"偷",你就应该自得其乐。陶渊明在其《五柳先生传》里有一个自况:"好读书,不求甚解;每有会意,便欣然忘食。"一旦尝到"偷"的甜头,便乐得忘了吃饭。这和宋代朱熹一样:"读书之乐何处寻?数点梅花天地心。"苦中寻乐,读书人便"偷"上路了。

　　"偷",要讲究法。理化生,文史哲,音体美……金银财宝到处都是。涉猎得越广,越能成富翁。不过,鸿篇典籍,浩如烟海;人生苦短,盈虚有数。虽然到处有可偷之物,但不可能都受用得了,只能择其真,选其善,拥其美。这就要求博览时抓其精髓,精读时笔录心记,品鉴时融会贯通。苏东坡的"各个击破法"、鲁迅的"随便翻翻法"、华罗庚的"厚薄转换法"、爱因斯坦的"总、分、合三步式",等等,都给我们展示了"偷"的高招。

"偷",要不收手。学人家的东西就是在"偷"人家的东西。不"偷"不痛快。活到老,也要"偷"到老。西汉文学家刘向说得好:"少而好学,如日出之阳;壮而好学,如日中之光;老而好学,如炳烛之明。"时有星移,景有物换,事有兴替。相应地,知识在不断更新。不一直"偷"下去,怎么能与时俱进?怎么能适应现代社会的要求呢?

"偷"来的东西,不能原封不动地放在那儿,应该按需要将其加工,奉献给大家,让大家喜欢。加工得不好的东西不受卖。这就要看你加工制作的本事如何了。

偷语,讲的是引用要恰当。引用的目的,要么是印证主旨,要么是暗含深意,要么是增强气势,要么是为了风趣,要么是突出形象。就像菜肴里放的调料,有了它,味道就特别鲜美,但是,调料总不能比菜多。如果一个劲地引,大段大段地抄,就会遭到人们的反感乃至指责,就会因抄袭、剽窃而背一身"作假者、文抄公"的骂名。

偷意,说的是借用要合理。毛泽东和陆游的《卜算子·咏梅》,都写同一对象,都用了托物言志、移情于景、寓情于物的手法,但毛泽东善于"反其意而用之",其意境与陆游的原词迥然不同。在中学阶段,多练练缩写、扩写、改写、续写,对偷意能力的培养是很有好处的。因为,偷意的实质是模仿。胡适说:"凡富于创造性的人必敏于模仿,凡不善于模仿的人决不能创造……'太阳之下,没有新的东西。'一切所谓创造都是从模仿出来。"操千曲而后晓声,观千剑而后识器;熟读唐诗三百首,不会作诗也会吟。

偷势,指的是化用要善翻新意,具有浓郁的韵味和神奇的魅力。这是"三偷"的最高境界,它涉及创新思维的问题。齐白石老人有句名言:"似我者死,学我者生。"有创意、有个性的作品,犹如破壳之鸟、出土之苗,从头到尾都是新的。学生写作,首先是能够将"偷"来的东西进行归纳、分析、比较、鉴赏,从而形成内化,然后在所学的基础上融入所感,通过变形、搅拌、改造等手段,使新的语句、新的作品得以升华。可以想见,王实甫《西厢记》【耍孩儿】里的"淋漓襟袖啼红泪,比司马青衫更湿",演员唱得肝肠寸断,台下也一定会泪雨滂沱。其实,这唱词源于白居易《琵琶行》"座中泣下谁最多?江州司马青衫湿。"两句诗。毛泽东《念奴娇·昆仑》中的"安得倚天抽宝剑"一句,应当是从宋玉《大言赋》"长剑耿耿倚天外"和李白《大猎赋》"于是擢倚天之剑"等诗句化用而来的。宋、李突出的是物，毛泽东突出的是人。通过毛泽东这么一点化，一个顶天立地的无产阶级革命家的高大形象跃然纸上，其雄浑、豪迈的气势尽显于字里行间。

　　由此看来，我们在阅读与写作中要"敢偷""乐偷""会偷""常偷"。"偷"了之后还要学会加工改造，以便"推销"出去，将更多的佳作奉献给人民。

跋

　　20 世纪 60 年代初，与共和国同龄的赵厚庆在永川圣水河畔，跟我有 3 年的师生缘。天真活泼稚气淳朴的他，聪慧过人，勤奋好学，不仅各科成绩优异，而且文章写得特好，自然深得我这个语文教师的喜爱。记得在一次全校性的作文比赛中，他获得了第一名。这之前，我们语文组也曾有过激烈的争论。我没管个别老师的横挑鼻子竖挑眼，据理力争，维护了评判的公正。

　　不知道为什么，一个非常优秀的学生在那时竟然不能升学，不能接受更良好的教育。他回到家乡来苏，仍然如饥似渴地读书，坚持不懈地作文，打下了坚实的文化基础，成了永川文化馆培养的农村业余文艺创作成员。令人庆幸的是，改革开放的春风给了赵厚庆们接受高等教育的机会。厚庆到了重庆师院，真是如鱼得水，饱览各种典籍，积累了广博的文化知识，掌握了从事教育工作的十八般武艺。

　　无论是做语文教师，还是当中学校长，他都兢兢业业，勇挑重担，吃苦耐劳，乐于负责。他的演讲和教育短论袒露了一颗火热的、赤诚的、无私的、挚爱的心。他爱国爱民爱师爱生，把满腔热情倾注在自己所钟爱的伟大的教育事业之中。

　　当好教师，做好校长，不那么容易。除了需要高尚的品格之外，还要有过硬的本领，也就是说需要才干。这个集子中的各类文章，展示了厚庆的多才多艺。他与时俱进，不断学习，不断实践，不断反思与总结。有教育教学文章 10 余万言，文艺作品 80 余篇。"捧着一颗心来，不带半根草去"，这就是对"为人民服务"的最好诠释。

　　厚庆现已退休。我祝福他身体健康，雄心永壮！

夏业昌
2013 年 5 月 6 日

　　注：夏业昌先后担任永川景圣中学和永川教师进修学校语文教师、高级讲师。1994 年，被四川省人民政府授予"中学语文特级教师"称号。1996 年，被中共永川市委、永川市人民政府授予"科技拔尖人才"称号。此文为《赋韵文心》撰写的跋。

后 记

　　没有实践的经历就无所谓经验的总结，没有经验的总结就无所谓规律的把握，没有规律的把握就无所谓理论的指导，没有理论的指导就会在实践中感到茫然。初学写赋，我只是凭着感觉走而已。

　　我写辞赋起步很晚，时间不长，实践不多。只不过我是教语文的，平时总想让学生多记记成语、联句，多让他们背背句式匀称、文气流畅的精美文言段落。无论上课，还是演讲，往往要用上自认为漂亮的词句。有时积句成段，把它用到黑板报上，作为宣传教育的内容；有时积段成篇，作为学生写作的借鉴。这些段落篇章，仅仅是有一点赋的味道。

　　读大学，学过一些赋；教中学，介绍过一些赋。虽然涉及不多，但印象特别深。写一点来试试吧，于是便动起了笔。不过，自己写的是不是赋呢？心里实在没有底。

　　2008 年初，我发现了一些专业辞赋网站；年底，我才知道有一家专业辞赋杂志社。从网上和杂志上，我学习了不少辞赋名家的作品。《中华辞赋》2008 年第 5 期发表我的《飞天赋》，次年 12 月居然获得中国碑赋文化工程院、深圳报业集团、《中华辞赋》社联合举办的"绿景杯"中华辞赋大赛优秀奖。一炮打响，欣喜若狂。

　　随着辞赋阅读量的增加，我发现，相比之下，我早期所写的辞赋瑕疵不少。

　　2011 年 5 月底举办的"中华辞赋北京高峰论坛"让我真正地走上了辞赋创作之路。全国人大常委会原副委员长许嘉璐，原新闻出版总署副署长、中国新闻文化促进会副会长李东东，新华社原副总编辑、《半月谈》总编辑、《中华辞赋》杂志社社长闫凡路和马识途、廖奔、郑伯农、魏明伦等专家学者以及其他辞赋作者 200 多人出席了论坛。许嘉璐在致辞中指出，辞赋是文学中的一朵奇葩，可以感染人、吸引人，培养大家读书、思考和想象的能力。辞赋还能反映我们的时代风貌，传播开来，可达到"爽社会之耳"的功效。大家从他的讲话中受到了鼓舞。高峰论坛上，人们对辞赋的认识、理解和发展建议，有不同观点，有时争论还挺激烈。参加这次高峰论坛，我真是"大赚而特赚"了。

不过，辞赋这个东西，被人称为"文化恐龙"，写起来真的不好拿捏。好在"蓬生麻中不扶而直"，一些辞赋名家对我进行指导、指教和指点，使我获益匪浅。

在北京梅地亚中心，我和著名辞赋家于海洲先生住在同一个房间。于老师三句话不离本行，教给我一些辞赋知识和写作要领。在他的指导下，我的《湖头赋》获"全球华人辞赋大赛"二等奖，《抗战精神赋》获"'恒有源杯'《抗战精神赋》海内外诗赋词曲联大奖赛"征文活动全国辞赋大赛佳作奖。

《中华辞赋》杂志原执行总编黄彦老师经常鼓励我。一见到我的好稿件，就打电话来给予充分肯定。他特地把我的《钱学森赋》安排在中国作家协会主管、中国作家出版集团主办的《中华辞赋》2014 年 1、2 期合刊——创刊号中。这增强了我的自信。

峰会前后，作者赠书。我有幸得到黄彦老师的《黄彦序跋文论集》、魏明伦先生的杂文集和韩邦亭老师的辞赋专集。这为我的写作立下了标杆。

有着全国辞赋大赛"获奖专业户"称号的著名辞赋家马建勋先生，前些年调入《中华辞赋》编辑部负责编辑工作。他对我的指点的确是落到了点子上。细致入微的指教不仅体现了马老师一丝不苟的严谨态度，更体现了对作者认真负责的精神。我把这种精神看作是一种特别的关爱。

2014 年 1 月，光明日报出版社出版了我的《赋韵文心》一书，该书的出版为《枝傲富苑》奠定了基础。重庆师范大学董味甘教授曾经为我写了"鹧鸪天——题赠《赋韵文心》"一词，这既是对我的抬爱，又是对我的鼓励。

参加全国辞赋大赛，除永川宣传部组织的铭文征稿一等奖外，我曾两次获二等奖，三次获优秀奖，一次获佳作奖。奖项分别由北京、湖北、福建、贵州的专家评审委员会评审。各地专家对本人辞赋的认可，更是增强了我努力创作的信心。

亲和力极强的窦瑞华和何事忠，二人都曾担任重庆市政协副主席。他们既是我微信聊天的朋友，又是忠实而热情的读者。他们的频频点赞，为我的辞赋创作增添了助推剂。

边实践，边总结，我的《新赋写作偶得》一文谈到了我对辞赋写作的认识和主张，被《中华辞赋》杂志采用。我的总的观点是：不能无古，不能复古；不能太实，不能太虚；重视骨架，突出血肉；既追曲高，又求和众；尊崇流派，反对宗派。

我的追求就是把自己喜欢做的事情做好。怎样才算做好？《易》曰："鼓天下之动者存乎辞。""爽社会之耳"就叫做好。如何才能"爽社会之耳"？我很欣赏重庆师范大学董味甘教授的几句话："出奇招，吐激情，赋文采，协金声。"为了"爽社会之耳"，我强调这么六个字：真、善、正、美、畅、新。要是人们一看到辞赋，就想读；一读，就想背；一背，就想用；一用，就觉得有趣，就觉得精神为之大振——那就真是爽耳悦目怡心了。能为营造这么一种辞赋创作的氛围出一点力，小小之花便可以躲在丛中笑了。

《枝傲富苑》是一本辞赋专集。全书主体共有人物篇、华夏篇、桑梓篇、学校篇、艺术篇、生活篇、警世篇、切磋篇等8个部分。本书通过人、事、景、物、理等不同角度，反映了古今中外的诸多内容，涉及政治、经济、文化、社会、生态、民族、军事以及外交等各个方面。其中，反映学校的内容占了较大比例。

不过，本书还有个别文章尚属非驴非马的东西。如果自我安慰，也只能算是准辞赋和准骈文。我没能忍痛将它割去，留点尾巴，是为了让大家看看我的成长过程。

《枝傲富苑》的编写不应当看成我一个人努力的结果，因为书中凝聚了各位辞赋大家对我精心培养的心血。著名辞赋家韩邦亭老师欣然应允为我作序，其心也拳拳，其意也切切，其论也凿凿，令人豁然开朗。重庆大学的苟世祥教授、重庆工商大学的郑敬东教授和重庆文理学院的李天福教授等人，特地在本书的切磋篇里撰写了很有见地的评论文章，这为本书增色不少。贤生程前主动地为本书的出版慷慨资助。在此书付梓之际，我谨向他们表达深深的敬意和谢忱。

赵厚庆于 2018 年 11 月 18 日谨记

让我始料未及的是，我写的《袁隆平赋》，居然在《中华辞赋》发表八年之后（2019 年）引起了国家杂交水稻工程技术研究中心的注意。袁隆平院士看后当即同意与我见面，见面时赞不绝口。能够凭着辞赋创作这个缘分拜望世界名人，真是三生有幸。

2020 年 2 月 21 日晚 9 点 55 分，我将新作《钟南山赋》发给《中华辞赋》总编闵凡路老师。他于 11 点 55 分就给我回复："《钟南山赋》，很好。"其后，他又给我发来微信说道："厚庆，你在辞赋创作方面是很有成就的。望继续努力！"他对我的肯定和鼓励，使我非常感动，备受鼓舞。

"厚庆校长真是用心用功之人，把并不熟悉的李兰娟写得出神入化，佩服佩服！相比之下，赋比格律诗更好！"今年"三八妇女节"前夕，何事忠副主席再一次为我的前行击节叫好，呐喊助威。这使我精神为之奋然。

赵厚庆于 2020 年 4 月 18 日补记

"哲人已萎，水稻正旺。反差何其强烈！百姓何其悲伤！"我得知袁隆平去世的消息后深感悲痛，并写下了一段感言以缅怀袁老。

悼袁隆平院士

赵厚庆

毕生跟党走，
念好"稻德经"。
天地福音久，
隆平宏愿成。
杂交当亮眼，
泪雨安浸程？
千家焚香烛，
万众悼巨星。

赵厚庆于 2020 年 5 月 22 日补记

附录

赵厚庆辞赋作品及获奖情况汇总

（中国新闻文化促进会内刊、国家级杂志试刊

——2008 年至 2013 年）

一、《中华辞赋》

1.《飞天赋》　《中华辞赋》2008 年第 5 期，2009 年 12 月获中国碑赋文化工程院、深圳报业集团、《中华辞赋》社联合举办的"绿景杯"中华辞赋大赛优秀奖，编入线装书局《神州赋》中

2.《舞赋》　《中华辞赋》2010 年第 4 期，编入新华出版社出版的《中华辞赋百家赋选》

3.《神女湖赋》　《中华辞赋》2010 年第 6 期

4.《打假檄文》　《中华辞赋》2011 年第 2 期

5.《新赋写作偶得》　《中华辞赋》2011 年第 5 期

6.《望贤赋》　《中华辞赋》2011 年第 6 期

7.《党魂赋》　2011 年 8 月 15 日获中国新闻文化促进会、重庆市委宣传部、《人民日报》社文艺部、《中华辞赋》社联合举办的"为中国共产党九十华诞放歌"征文大赛优秀奖；编入重庆出版社出版的《砥柱中流颂》一书

8.《袁隆平赋》　《中华辞赋》2012 年第 1 期

9.《漳河赋》　2012 年 2 月 14 日获《中华辞赋》社、《湖北日报》社与湖北英博集团联合举办的《漳河赋》全国征文大赛优秀奖

10.《永川教育赋》　《中华辞赋》2012 年第 3 期

11.《碧峰峡赋》　《中华辞赋》2012 年第 5 期

12.《松溉职校赋》　《中华辞赋》2013 年第 4 期

13.《金龙小学赋》　《中华辞赋》2013 年第 4 期

二、《重庆日报》

1.《飞天赋》　《重庆日报》2008 年 3 月 20 日"两江潮"副刊

2.《高歌赋》　《重庆日报》2010 年 9 月 21 日第三版

其他

1.《湖头赋》 《对联（民间对联故事）（下半月）》2011年第7期，2011年6月获福建省安溪县湖头镇政府和北京《对联》杂志社联合举办的"《湖头赋》全球华人辞赋大赛"二等奖

2.《同心赋》 2013年3月20日发表于中国新闻文化促进会、中国碑赋文化工程院主办的辞赋网

2014年赵厚庆辞赋作品情况汇总

（国家级杂志公开出版）

1.《钱学森赋》 中国作家协会主管、中国作家出版集团主办的《中华辞赋》2014年1、2期合刊——创刊号

2.《南坪地下街赋》 2月12日发表于中国作家协会主管、中国作家出版集团主办的辞赋网

3.《中华民族和谐赋》 中国作家协会主管、中国作家出版集团主办的《中华辞赋》2014年第5期

4.《合道堂赋》 3月13日发表于中国作家协会主管、中国作家出版集团主办的辞赋网

5.《双桂堂赋》 发表于中华当代文学会主办的《诗词世界》2014年第3期"辞赋天地"专栏；9月29日发表于中国作家协会主管、中国作家出版集团主办的辞赋网

2015年赵厚庆辞赋作品情况汇总

（国家级杂志公开出版）

1.《和平学校赋》 3月24日发表于中国作家协会主管、中国作家出版集团主办的辞赋网

2.《抗震救灾赋》 中国作家协会主管、中国作家出版集团主办的《中华辞赋》2015年第4期

3.《抗战精神赋》 中国作家协会主管、中国作家出版集团主办的《中华辞赋》2015年第9期；2015年2月12日获《诗词世界》杂志社、

《诗词百家》杂志社等单位举办的 "'恒有源杯'《抗战精神赋》海内外诗赋词曲联大奖赛" 征文活动佳作奖，编入中央文献出版社 2015 年版《抗战精神赋》一书中

4. 《瓮安赋》 5 月 28 日发表于中国作家协会主管、中国作家出版集团主办的辞赋网及《中华辞赋》2015 年第 12 期；2015 年 10 月 26 日获贵州省文联、中国赋学会、贵州省国学研究与传播中心、黔南州文联、中共瓮安县委、瓮安县人民政府主办的全国征文二等奖

5. 《汉字赋》 5 月 28 日发表于中国作家协会主管、中国作家出版集团主办的辞赋网

6. 《灵璧赋》 7 月 24 日发表于中国作家协会主管、中国作家出版集团主办的辞赋网

7. 《普莲小学赋》 11 月 10 日发表于中国作家协会主管、中国作家出版集团主办的辞赋网

8. 《南昌地铁赋》 12 月 17 日发表于中国作家协会主管、中国作家出版集团主办的辞赋网

2016 年赵厚庆辞赋作品情况汇总

（国家级杂志公开出版）

1. 《红专小学新校赋》 《中华辞赋》2016 年第 5 期
2. 《黄公忧思赋》 《中华辞赋》2016 年第 9 期

2017 年赵厚庆辞赋作品情况汇总

（国家级杂志公开出版）

1. 《劳动赋》 《中华辞赋》2017 年第 1 期，4 月 13 日发表于中国作家协会主管、中国作家出版集团主办的辞赋网

2. 《卧龙中学赋》 《中华辞赋》2017 年第 1 期

3. 《永川博物馆赋》 《中华辞赋》2017 年第 9 期

4. 《汇龙小学赋》 《中华辞赋》2017 年第 11 期

2018 年赵厚庆辞赋作品情况汇总

（国家级杂志公开出版）

1.《永川楠木林赋》 《中华辞赋》2018 年第 8 期

2019 年赵厚庆辞赋作品情况汇总

（国家级杂志公开出版）

1.《黄氏红豆腐赋》 《中华辞赋》2019 年第 3 期
2.《海棠颂》 《中华辞赋》2019 年第 6 期

2020 年赵厚庆辞赋作品情况汇总

（国家级杂志公开出版）

1.《永川税务赋》 《中华辞赋》2020 年第 3 期
2.《钟南山赋》 《中华辞赋》2020 年第 9 期；2020 年 8 月获重庆市关心下一代工作委员会"众志战'疫'话家国"老少征文比赛一等奖。

赵厚庆辞赋作品碑刻情况汇总

1.《幸福永康宝鼎铭》 刻于永川神女湖畔三吨重的巨型铜铸宝鼎上
2.《永川古城记忆》 刻于永川文曲桥上
3.《忠魂》 刻于永川望贤公园忠魂广场
4.《东坡广场赋》 刻于永川区来苏镇东坡广场
5.《三中赋》 刻于永川来苏中学校
6.《红旗颂》 刻于永川区红旗小学
7.《连心桥铭》 刻于永川区第五中学校外
8.《英利学校灾后重建记》 刻于重庆市梁平县（今梁平区）文化镇英利小学碑石上

9.《来苏小学赋》　刻于永川区来苏小学

10.《宝峰小学受助兴学记》　刻于永川区宝峰小学

11.《红河小学赋》　刻于永川区红河小学

12.《永川教育赋》　刻于永川中学老校区外

13.《红专小学赋》　刻于永川区红专小学

14.《松溉职校赋》　刻于重庆市松溉中等职业技术学校

15.《双路小学赋》　刻于重庆市大足区双桥开发区

16.《普莲小学赋》　刻于永川区普莲小学

17.《红专小学新校赋》　刻于永川区红专小学新校

18.《卧龙初中赋》　刻于永川区卧龙初中

19.《兴龙湖小学赋》　刻于永川区兴龙湖小学

20.《南华宫小学赋》　刻于永川区南华宫小学

21.《神女湖小学赋》　刻于神女湖小学

22.《劳动赋》　刻于永川区总工会新区

23.《汇龙小学赋》　刻于永川区汇龙小学

24.《重庆市农业机械化学校赋》　刻于重庆市农业机械化学校

25.《昌州赋》　刻于永川区协信长乐坊

26.《名家系列赋》　刻于重庆科创学院

27.《重庆市农业学校赋》　刻于重庆市农业学校（白市驿）

28.《和平学校赋》　刻于成都市高新区农业学校

29.《袁隆平赋》　刻于长沙市国家杂交水稻工程技术研究中心

30.《重庆智能工程职业学院赋》　刻于重庆智能工程职业学院

辞赋入编情况

1.《美女赋》　编入中国文联出版社出版的《中华新辞赋选粹》第一卷

2.《永川赋》　编入中国文联出版社出版的《中华新辞赋选粹》第一卷

3.《龙赋》　编入中国文联出版社出版的《中华新辞赋选粹》第一卷

4.《飞天赋》　编入线装书局《神州赋》

5.《朋友赋》　编入中国文联出版社出版的《中华新辞赋选粹》第

二卷

6.《汉字赋》 编入中国文联出版社出版的《中华新辞赋选粹》第
二卷

7.《抗震救灾赋》 编入中国文联出版社出版的《中华新辞赋选粹》
第三卷

8.《重庆财经职业学院赋》 编入中国文联出版社出版的《中华新辞
赋选粹》第三卷

9.《神女湖赋》 编入中国文联出版社出版的《中华新辞赋选粹》第
三卷

10.《笑赋》 编入中国文联出版社出版的《中华新辞赋选粹》第
三卷

11.《舞赋》 编入新华出版社出版的《中华辞赋百家赋选》

12.《党魂赋》 编入重庆出版社出版的《砥柱中流颂》一书

13.《劳动赋》 编入《中华辞赋》编辑部编辑、天地出版社2018年
版的《当代辞赋名家作品精选》一书中。

市级内刊发表

1.《舞赋》 重庆市人民政府文史研究馆主办的《重庆艺苑》2013
年秋刊

2.《重庆直辖廿年赋》 重庆市人民政府文史研究馆主办的《重庆艺
苑》2017年夏刊

3.《昌州赋》 重庆市人民政府文史研究馆主办的《重庆艺苑》2017
年秋刊

4.《永川赋》 重庆市人民政府文史研究馆主办的《重庆艺苑》2018
年夏刊